国家出版基金项目
NATIONAL PUBLICATION FOUNDATION

唐宋文學史

陳子展◎著

山西出版傳媒集團
山西人民出版社

圖書在版編目(CIP)數據

唐宋文學史 / 陳子展著. -太原: 山西人民出版社, 2015.3
(近代名家散佚學術著作叢刊 / 許嘉璐主編)
ISBN 978-7-203-08940-7

Ⅰ. ①唐… Ⅱ. ①陳… Ⅲ. ①中國文學-古代文學史-唐宋時期 Ⅳ. ①I209.4

中國版本圖書館 CIP 數據核字(2015)第 031795 號

唐宋文學史

主　　編　許嘉璐
著　　者　陳子展
責任編輯　梁晉華

出 版 者　山西出版傳媒集團·山西人民出版社
地　　址　太原市建設南路 21 號
郵　　編　030012
發行營銷　0351-4922220　4955996　4956039
　　　　　0351-4922127(傳真)　4956038(郵購)
E-mail　sxskcb@163.com　發行部
　　　　　sxskcb@126.com　總編室
網　　址　www.sxskcb.com

經 銷 者　山西出版傳媒集團·山西人民出版社
承 印 廠　山西出版傳媒集團·山西人民印刷有限責任公司

開　　本　700mm×970mm　1/16
印　　張　24.25
字　　數　167千字
印　　數　1—3000冊
版　　次　2015年3月　第1版
印　　次　2015年3月　第1次印刷
書　　號　ISBN 978-7-203-08940-7
定　　價　60.00圓

《近代名家散佚學術著作叢刊》編委會

出版説明

近代名家散佚學術著作叢刊選取一九四九年以後未再刊行之近代名家學術著作共一百二十册，編例如次：

一、本叢書遴選之著作在相關學術領域具有一定的代表性，在學術研究方向、方法上獨具特色。

二、爲避免重新排印時出錯，本叢書原本原貌影印出版。影印之底本皆經專家組審定，原書字體大小，排版格式均未做大的改變，原書之序言、附注皆予保留。

三、本叢書分爲八大類，以作者生卒年編次。

四、爲使叢書體例一致，本叢書前言後記均采用繁體字排版。

五、個别頁碼較少的版本，爲方便裝幀和閲讀，進行了合訂。

六、少數學術著作原書内容有個别破損之處，編者以不改變版本内容爲前提，部分進行修補，難以修復之處保留缺損原狀。

七、原版書中個别錯訛之處，皆照原樣影印，未做修改。

八、所選版本之抽印本頁碼標注，起始至所終頁碼均照原樣影印，未重新編排標注新頁碼。

由於叢書規模較大，不足之處，殷切期待方家指正。

總序／披沙瀝金，以爲鏡鑒

◇許嘉璐

多年來有一個問題始終在我腦中盤桓：爲什麽在十九世紀末到二十世紀初，在短短的幾十年裏，中國的各個學術領域竟涌現了那麽多大師級的人物？這是中國近代史上一個極爲重要的現象，我認爲，如果不能給出令人滿意的答案，我們撰寫的近代學術史將是不完整的，甚至是缺乏靈魂的。後來我知道，著名人類學家克羅伯曾提出過一個問題：爲什麽天才成群地來？看來這種現象的出現並非中國所獨有，思考其所以然的也大有人在。而在那一次世紀之交中國的情況，似乎應驗了「天才成群地來」這個令克氏久久不解的疑問。錢學森先生曾從相反的方向提出了相同的疑問：爲什麽我們這個時代出現不了杰出人才？後來人們稱這個問題爲「錢學森之謎」。

要回答這些疑問不是件容易的事。與其迅速地囫圇地探尋，不如先多了解那些讓中國近代學術（應該包括人文科學和自然科學）史上閃耀着光輝的大師們的作品和自述，從而在腦海里盡量「復原」他們所處的環境和在那種環境下的心理路徑，從中或許可以得到一些啓示。

有一點是顯然的，這就是他們雖然都已遠離塵世而去，但是他們獨立思考的品性、求知治學的真誠、困厄窮愁中對節操的堅守，恐怕是他們共同的主觀因素，一直影響到現在，而且將會永遠留存下去。

就思想界、學術界而言，二十世紀上半葉是一個新説和舊説碰撞，中學和西學融匯的大時代。那時的學人極爲重視言行操守，同時具備現代知識分子的理想信念；他們的學術研究十分純凈，絶少功利因素；他們的視界開闊，以包容的心態和嚴謹的風格造就了成果的大氣與厚重。至於在客觀因素一面，他們實際是在用工業化時代的事實解説着太史公所説的名山之作「大抵聖賢發憤之所爲作」，困厄苦難使得他們「皆意有所鬱結」。這種鬱結，幾乎和個人的名利毫無牽涉，他們永遠不能釋懷的，是民族的存亡、國運的興衰、民衆的福禍和文脈的續斷。

那個時代也是近代歷史上最大規模的中西古今學術調適、創新的時期，學術方法上的交互滲透和融合、創新亦可謂「於斯爲盛」。斯時之學人是要在封閉的屋墻上鑿出窗子的勇士，是使人能够看看外部世界的第一批導夫先路者；或者可以説，他們是在「意有所鬱結」時「彷徨」和「吶喊」的「狂人」。

相對於那時的哲人們，後來者是幸運兒。現在的形勢是，近三十年來學界空前繁榮，衆多學科有了長足之進，其中很重要的一點是學界有了更新穎、更廣闊的國際視野，似乎接續上了百年前的學壇盛事。但細想想，「古」與「今」還是有差別的。其異，主要不在於世界情勢、學術進展、工具改善這些客觀存在，而在於在廣泛吸收各國優長的同時，自身文化的主體性越來越受到重視，換言之，「拿來主義」已經延長了「拿來」的程序，加上了試用、甄別、篩選、吸收、融合、成長。就我孤陋所見，在當今地球上，面向所有異質文明，努力汲取我之所缺，其範圍之大和心態之切，似乎無出中國之右者。從這個角度説，我們已經超越了前輩。但是事情還有另外一面，學術，特別是人文學科，其職業化、「沙龍化」和功利性，以及隨之而來的浮躁病却嚴重了。從這個角度説，是不是我們已經後退得够可以的了？而這是不是我們這個時代出不了大師的原因之一呢？

民國學術界的特點之一是極爲注重對傳統的反省、批判與繼承。他們對傳統文化盡最大的努力進行整理和研究。一方面，由於戰亂頻仍，民不聊生，學者們擔起了讓中華文化薪火相傳的歷史責任；另一方面，他們要通過對中國傳統文化的整理、挖掘來重振民族自信心。這一時期對傳統文化進行整理的全面而深入是前所未有的，舉凡文字學、語言學、經濟學、法學、哲學、政治制度、書法繪畫、金石學……規模之宏大，研究之精微，令人嘆爲觀止。

民國學術推動了現代學科體系的建立。在對傳統文化整理和研究的基礎上，吸收西方的文化思想和理念，推動和建立了中國現代學科體系。例如，在對語言文字和音韻學成果進行整理、研究的基礎上開始着手規範之，建立了國語學；深入研究書法、國畫，將其融入了現代美術學科；在廢除舊有學制後逐步建立起小、中、大學較完整的科目和學科體系。

民國學術也改變了傳統學術方式，建立了新的研究範式。以現代科學考古爲發端，科研的實踐和成果使中國知識界真正認識到在實驗、比較基礎上的邏輯分析對學術研究的重要，推進了中國學術的一大演變。至於我們常説的打破士大夫傳統、走出書齋到田野鄉村和市民中進行調查研究、結束了經學時代、以歷史眼光檢視儒學和諸子等等，都是確立新學術範式的努力。這一轉變，也標誌着中國學術界脱胎换骨，全面進入了現代，爲此後的學術發展奠定了堅實的基礎。當然，西方啓蒙運動以來，在「現代性」和「現代化」裏潛伏着的缺陷和謬誤也傳到了中國，這些不能不在前哲的著作裏留下痕迹。這並不奇怪。類似的情況，古往今來孰能免之？猶如今天的我們，誰敢自稱我之所見就是永恒的真理？在這個問題上兩個時代所異者，或許就在昔時大家創立新説或譯註西學著作，往往是懷着對學術和前哲的敬畏而爲之，故而常常誤不在我；當今則往往出於對學問和他人的輕蔑，或以所研究的對象爲謀己的工具，因而難辭主觀之咎吧。翻閲他們的心血之作，這些復雜的狀况可以顯見，可以視之爲我們的一面鏡子。

滄海桑田，世事變幻，歷史的動盪和時代的遮蔽，使當年許多大師的一些極有價值的學術著作被棄於故紙堆中，不能不令人有遺珠之憾。爲此，山西人民出版社不惜以數年之艱辛，披沙瀝金，編輯出版這套近代名家散佚學術著作叢刊，凡一百二十册，計文學、史學、政治與法律、美學與文藝理論、民族風俗、宗教與哲學、經濟、語言文獻共八大類別。所選皆爲作者之純學術著作，無論是其見解、精神，抑或是其時代烙印，都是後輩學人可資借鑒的寶貴財富。他們出版這套叢書，意在讓世人不忘來程，知篳路藍縷之不易，爲民族文化的傳承再增薪木。

出版社的初衷，與我近年來所思所慮近似，故願略述淺見於書端，以與策劃者、編輯者和讀者共勉。

二〇一四年七月六日

改定於自安東回京途中

前言／猛回頭，那支支紅燭

——二十三種民國文學研究著作概覽

◇梁歸智

「視爾夢夢，天胡此醉？於時處處，人亦有言！」

此聯乃北京宣南（宣武門外舊城區）北半截胡同四十一號中「莽蒼蒼齋」楹聯。齋主何人乎？即戊戌變法失敗而捐軀之「六君子」中翹楚譚嗣同字復生號壯飛者也。慈禧太后發動政變，逮捕維新黨人，友人勸譚嗣同逃避，他堅辭曰：「外國變法未有不流血者，中國變法流血請自嗣同始。」乃於一八九八年九月二十四日被捕，繼而遇害於菜市口。臨刑前仍大呼曰：「有心殺賊，無力回天；死得其所，快哉！快哉！」

自此而後，果然爲變法——改變社會制度而流血不止，一九一一年十月十日辛亥革命成功，中國歷史上最後一個封建王朝被推翻，一九一二年一月一日中華民國成立。然餘波未息，新瀾迭起，袁世凱竊國，張勛復辟，北洋軍閥混戰，國民黨軍北伐，中國共產黨成立，國共爭鋒，時而合作，時而破裂，日本入侵，八年抗戰，勝利後繼以三年内戰，終於以一九四九年十月一日建立中華人民共和國而告一大段落。

從一九一二年一月一日到一九四九年十月一日，凡三十八年，此即「民國」時段也。

三十八年過去，彈指一揮間。戰焰紛飛，生靈涂炭，歷史真是「相斫書」！而文明的燭火，點點簇簇，飄曳閃爍於如磐夜氣之中，雖遭暴風，遇疾雨，而終不熄不滅。其中最具象徵性的事件，乃一八九七年二月二十一日在上海成立之商務印書館，於一九三二年一月二十九日遭日本侵略軍針對性轟炸，占全國出版量百分之五十二的出版巨頭損失一千六百三十萬元，百分之八十以上資産被毀，其所屬東方圖書館同時被炸，四十五萬册圖書化作劫灰，其中有無數古籍善本、孤本！日軍侵滬司令鹽澤幸一狂吠：「炸毀閘北幾條街，一年半就可恢復，只有把商務印書館、東方圖書館這個中國最重要的文化機關焚毀了，牠則永遠不能恢復。」而劫難後的商務印書館，懸掛出「爲國難而犧牲，爲文化而奮鬥！」的巨幅標語，經半年即宣告復業，實現了「日出一書」的奇迹。

由於歷史演變的吊詭，民國時期的出版物，在一九四九年以後的中國大陸，大多數遭遇了被遺忘的命運，沉埋於少數圖書館的塵封角落。斗轉星移，時來運轉，二十一世紀進入了第二個十年，山西人民出版社推出這套叢書，遴選民國出版的若干學術精品，分學科編纂，蔚爲盛事大觀。此分卷是對中國文學（主要是古典文學）的研究，共二十三種。下面對這二十三種書籍作一個概覽性的介紹。

先看這些書的作者。生年不明者毋論外，出生最早的當屬韓柳文研究法的撰者林紓，他誕生於一八五二年（清文宗咸豐二年），卒於一九二四年（民國十三年——一九一二年爲中華民國元年）。出生最晚的是陶淵明批評的作者蕭望卿，誕生於一九一七年（民國六年）。這二十位作者中，一些是後來成爲大家的著名人物，林紓之外，有大學者徐珂、章太炎、陳寅恪、吕思勉、陸侃如、周貽白、趙景深，著名作家蕭乾等。此外的作者，則屬於有一定學術建樹或僅留下少量著述的文化人。

從作品看，這二十三種著作有某一種文學或某個人作品的分論，如詩經之女性的研究、曹子建詩的研究，也有某一長時段的文學史或文藝理論性質的概説，如清代詞學概論、中國戲劇小史。其中陸侃如三種，趙景深兩種；而陳寅恪和蕭望卿的兩種著作研究對象相同而又篇幅短小，合爲一册；陸侃如有兩種合爲一册。故，這裏一共有二十位作者的二十三種著述，却是二十一册文本。

分册介紹述評，是按照著作内容所關涉之中國文學史發展綫索的先後爲序？還是以研究者的情況或者書册的寫作出版先後爲序？却是一個頗讓人躊躇的問題。因爲近四十年的民國，正是中國社會從傳統向近現代激烈轉型的時段，不僅作者的思想認識，書册的觀點立場，而且連書寫的語言文風，都存在鮮明的古今遞嬗演變的痕迹。經考量，决定采取折衷的立場，即基本上按照文學史發展的脉絡綫索，先概説性著作，後專題性研究，同時顧及其他因素，將徐珂、林紓、章太炎的三種以文言文表述的著述放在最後予以推介月旦，也算是對横跨清王朝與民國兩代之文化先驅者的致敬。

中國文學小史，作者趙景深，生於一九〇二年，卒於一九八五年，主要以元雜劇、宋元南戲和古典小説的輯佚考證而名世，代表性著作爲曲論初探、宋元戲曲本事、宋元南戲考略、中國小説叢考等。這本中國文學小史是他二十多歲時的作品，上海的大光書局出版，後再版重印，達二十次之多。他於一九三六年寫「十九版序」，這樣説道：「十年前，我跟隨着新文學浪漫運動的巨潮向前推動，當時我充滿了熱情和詩趣，喜歡説一點帶有情感的話，喜歡像做詩一樣的寫文章。……也許讀者們這樣的愛讀這本小書，使牠達到十九版，清華大學入學考試且曾指定此書爲唯一的參考書，大約都是爲了牠使人讀起來不至於十分頭痛吧？」

以西方的學科意識而撰述「中國文學史」，二十世紀以始，共有數百本。第一本中國文學史爲何人所寫？或曰英國人，或曰日本人，或曰俄國人。中國人自己最早撰寫的中國文學史，一般認爲乃林傳甲一九〇四年撰中國文學史，黄人（黄摩西）亦於同年撰同名之書。林著是在當年之京師大學堂即後來之北京大學撰成，黄著是在當年之東吴大學即後來之蘇州大學撰成，歷史演變的軌迹斑斑俱在。趙景深的這本「小史」，名副其實，牠篇幅很小，如作者自表，「我只是寫一本中國文學的常識；或者，我是在説一個故事」。其特色不在學術含量的全備高深，而在簡略概約，蜻蜓點水，却時見談言微中；同時文風清麗活潑，很適於普及。

中國文學小史凡三十五節，第一節「緒論」，第二節「詩經」，第三節「屈原宋玉」，第三十四節「清代的詩文」，第三十五節「最近的中國文學」。從詩經、楚辭始，司馬相如和司馬遷，曹氏父子，陶淵明與謝靈運，唐詩，宋詞，元曲，明清的小説、傳奇和詩文，面面俱到，而最後一節，更有聞一多、汪静之等的詩歌，郁達夫、魯迅等的小説，田漢、丁西林等的戲劇，周作人、朱自清等的散文等。

比起今日的文學史經典著作，此書自然不可能在材料的全備準確和學理的系統精深方面争勝，但其特色也頗堪注目，即那時還没有後來的一些教條框架，因而一些説法能讓人眼前一亮，細想也頗堪玩味。如論到李白和杜甫的同異，這樣對比：

李白：南方化、仙品、出世、浪漫、受道家影響、才、情、樂自然；

杜甫：北方化、聖品、入世、寫實、本儒教見地、學、性、泣時事。

與後來的經典化定位大同小異，而更加言簡意賅，同時還有一些生動的表述，如這樣談論李白：「我們也曾想像到一個眸子炯然，腰束玉帶，身穿宫錦袍，在采石磯邊狂歌於船頭的詩人麽？這便是天才豪放的李白。」後面對李杜的「優劣」也一語到位：「李白是樂天的，杜甫是悲觀的。」「他們兩人作風如此不同，當然我們不能分出優劣來。」比起一九四九年以後幾部文學史的某些教條化論述，以及郭沫若的李白與杜甫之立場偏頗，民國時期學人的思想自由客觀公允躍然紙上。

詩經之女性的研究，謝晉青著。此書曾作爲商務印書館「國學小叢書」、「萬有文庫」而數次出版重印。謝氏生於一八九三年，卒於一九二三年，乃日本留學生、南社社員，另有譯著西洋倫理學史（原作者日本人三浦藤作）。詩經之女性的研究共十節，其實就是對十五國風裏的女性題材特別是愛情婚戀詩歌的思想與藝術分析評價。其「緒論」説：「我這次是想在詩經中，發掘古代婦女問題的，並不是做考據底工作，在意義方面，我們總以詩底本義爲歸宿；那些不可靠的誤解，我們一概不取。在藝術方面，我們總以普遍而真摯的平民主義爲歸宿，那些不自然的附會穿鑿，我們也一概排斥。」「結論」則總結説：「詩經底十五國風，原來存詩一百六十篇，其中經我認爲有關婦女問題的，共計八十五篇。這八十五（篇）詩，若再依性質來區别，那就是：最多的爲戀愛問題詩，其次即爲描寫女性美和女性生活之詩，再其次就是婚姻問題和失戀問題底作品了。爲什麽戀愛問題底作品，占最大的數目呢？這就因爲兩性問題，是在人類生活上，占最重要的地位底證據。」

此書的許多具體分析賞鑒相當細緻，頗能體現民國以來西方推崇女性張揚人性思潮對古典文學研究的影響，一九四九年以後中國文學史中的相關評述，傾向立場，實承其緒。

有關楚辭的著作，共選有兩種：陸侃如屈原與宋玉、何天行楚辭作於漢代考。

陸侃如，生於一九〇三年，卒於一九七八年，是二十世紀五六十年代中國著名古典文學專家，他與夫人馮沅君合著之中國詩史是開創性的著作。此外撰有樂府古辭考、陸侃如古典文學論文集、中國文學史簡編、中國古典文學簡史，及與高亨合著楚辭選，與牟世金合著文心雕龍選譯、劉勰論創作、劉勰與文心雕龍等。屈原與宋玉是在他的處女作屈原、宋玉基礎上整合而成，却也算得上這一研究領域初具規模的「集大成」之作。書共六節：一、引論；二、屈原的生平；三、屈原的作品；四、宋玉的生平；五、宋玉的作品；六、餘論。最後列「參考書目」，自王逸楚辭章句、洪興祖楚辭補注、朱熹楚辭集注以下凡四十種。可以説，後來關於楚辭研究的許多重要問題都已經有所體現或涉及，算得上是此領域近現代研究的一册早期代表性著作。

楚辭作於漢代考的作者何天行生於一九一三年，卒於一九八六年，對浙江遠古文化——良渚文化的發掘考證有重要貢獻，出版有杭縣良渚鎮之石器與黑陶，是著名的考古學著作。楚辭作於漢代考受當時顧頡剛疑古學派的影響，論證楚辭各篇皆作於漢代，離騷的作者是淮南王劉安。這種觀點是楚辭研究中的一家之言，後來朱東潤也持相近觀點。楚辭作於漢代考的寫作曾受到蔡元培的鼓勵，完成於抗日戰爭發生前夕，作爲一種歷史痕迹，於楚辭學的演變具有參考價值。

漢代詞賦之發達，商務印書館一九三五年出版，其作者金秬香，生平待考，他另有駢文概論一書，爲商務「萬有文庫」第一集中叢書，則金氏乃當時知名文化人無疑。漢代詞賦之發達共十章，對漢賦作了比較全面的考察研究，其第一章「辭字之解釋」辨析「辭」與「詞」字義語源的來龍去脈，認爲「楚辭漢賦」中「辭」應作「詞」，故全書行文，皆稱「詞賦」。其後各章，對「賦字之定義」、「詞賦之源流」、「詞賦之作用」、「詞賦之分析」、「漢代詞賦之所由盛」、「漢代詞賦之所由衰」、「漢代詞賦發達之原因」、「漢代詞賦之種類」、「漢代詞賦之變遷」分别討論，漢代重要詞賦作家作品多已涉及，全書行文爲淺近文言。由於詞句多古僻，深入研討漢賦者歷來不多，此書可視爲漢賦研究的早期圭臬。

陸侃如樂府古辭考，完成於一九二五年，商務印書館一九三〇年出版，堪稱是對漢樂府研究的開山之作。共八章，依次爲：一、引言；二、郊廟歌；三、燕郊歌；四、舞曲；五、鼓吹曲；六、横吹曲；七、相和歌；八、清商曲。序例有云：「樂府是中國文學史上很重要的材料。但是研究起來，較詩經楚辭爲難，因爲没有適當的參考書。……近來研究詩經楚辭的人很多，但很少有人研究樂府的。這本小册子的問世，便是希望能引起讀者對於樂府的興趣，大家來作湛深的研究，使樂府的真價值不致永久的湮没。」雖是「小册子」，而能於漢樂府爬梳史料，清理源流，辨析考鑒，確有開闢之功，後來的研究者，實受其惠。

此册還另有陸侃如的一篇論文左思練都考，北京大學出版部一九四八年出版，乃對西晉詩人左思撰寫三都賦構思十年的傳統説法提出异議，認爲「事實上三都賦的構思恐怕超過二十年」，引證古籍，分析辯駁，是一篇專門的考證文章。

原廣州師範學院院長陳一百，生於一九〇九年，卒於一九九三年，是一位教育家。其所著曹子建詩研究於一九四〇年由上海三通書局出版，一九七一年香港大地出版社再版。書分上下篇，上篇包括曹植傳略、曹子建集的傳本考略、曹植詩歌的情感、後世諸家對曹植的評論；下篇兩部分，分别是曹植詩選讀和曹植樂府選讀，文末附有清代學者丁晏的魏陳思王年譜。此書也算對曹植其人其詩的一種早期研究的痕迹，可供後來者借鑒參考。

陶淵明之思想與清談之關係、陶淵明批評二書篇幅不大，故合爲一册。前者爲陳寅恪的一篇論文，燕京大學哈佛燕京社一九四五年出版；後者爲蕭望卿著，開明書店一九四七年出版。陳寅恪生於一八九〇年，卒於一九六九年，是名震遐邇的文史大師，毋庸多介。蕭望卿生於一九一七年，卒於二〇〇六年，曾先後於西南聯大和清華大學深造，並與聞一多、朱自清、沈從文等大家交往密切，一九四九年後任教於河北師範學院中文系，述而不作，僅有此陶淵明批評傳世。

陶淵明之思想與清談之關係不愧名家名作，條理清明，言簡義豐，實爲後世研陶之先驅。文章首先追溯從漢末、魏到晉的「清談」之風，「然則當時諸人名教與自然主張之互異即是自身政治立場之不同，乃實際問題，非止玄想而已」。「略述淵明之前魏晉以來清談發展演變之歷程既竟，兹方論淵明之思想，蓋必如是，乃可認識其特殊之見解，與思想史上之地位也。」再討論陶淵明與佛教徒慧遠等頗有交往，而其思想不染佛風，乃因爲「蓋其平生保持陶氏世傳之天師道信仰，雖服膺儒術，而不歸命釋迦也」。同時，陶淵明「自以曾祖晉世宰輔，耻復屈身異代」，他的「自然」思想，「與當日實際政治有關，不僅是抽象玄理無疑也」。

最後論定陶淵明作爲思想家的崇高地位：「淵明之思想爲承襲魏晉清談演變之結果及依據其家世信仰道教之自然説而創改之新自然説。……不似舊自然説之養此有形之生命，或别學神仙，惟求融合精神於運化之中，即與大自然爲一體。……故淵明之爲人實外儒而内道，捨釋迦而宗天師者也。推其造詣所極，殆與千年後之道教採取禪宗學説以改進其教義者，頗有近似之處。然則就其舊義革新，『孤明先發』而論，實爲吾國中古時代之大思想家，豈僅文學品節居古今之第一流，爲世所共知者而已哉！」

陶淵明批評共三章：陶淵明歷史的影像、陶淵明四言詩歌論、陶淵明五言詩的藝術。這本書是文學史角度的陶淵明專論，與陳寅恪的思想論合而觀之，可謂陶淵明的「全影」，一九四九年後陶淵明研究的輪廓理路，其實皆在其籠罩之下。

此書前有朱自清的序，言短義豐，對陶淵明批評的價值貢獻，可謂已經説盡。陶淵明「詩最少，可是各家議論最紛紜。考證方面且不提，只説批評一面，歷代的意見也够歧異够有趣的。本書『歷史的影像』一章頗能扼要的指出這種演變。在這紛紜的議論之下，要自出心裁獨創一見是很難的。但這是一個重新估定價值的時代，對於一切傳統，我們要重新加以分析和綜合，用這時代的語言，重新表現出來。本書批評陶詩，用的正是現代的語言，一鱗一爪的，雖然不是全豹，表現着陶詩給予現代的我們的影像。這就與從前人不同了。」「本書二三章專論陶詩的作風和藝術，不厭其詳。從前人論陶詩，以爲『質直』『平淡』，就不從這方面鑽研進去。但『質直』『平淡』，也有個所以然，不該含胡了事。本書詳人所略，便是這方面的努力。」「陶淵明的創獲是在五言詩。本書説『到他手裏，才是更廣泛的將日常生活詩化』，又説他『用比較接近説話的語言』，是很得要領的。」「歷來評論者推崇他的五言詩，因而也推崇他的四言詩，那是有所蔽的偏見。本書論四言詩一章，大膽的打破了這個偏見，分别詳盡的評價各篇的詩。」

陶淵明之思想與清談之關係用文言行文，簡潔清雅；陶淵明批評則是生動活潑的白話文，没有一九四九年後的八股教條氣味。今天的人閲讀起來，也感到很親切的。

唐代文學史，陳子展著。陳氏生於一八九八年，卒於一九九〇年，一九三三年起一直任教於復旦大學，以詩經直解、楚辭直解名世。唐代文學史於一九四四年由作家書屋（姚蓬子在上海開的書店）出版，一九四七年重印，共八章，分别是：一、説到唐代文學；二、初唐詩人；三、盛唐詩人；四、中唐詩人；五、晚唐詩人；六、古文運動；七、唐人小説；八、晚唐五代詞人。對整個唐代文學，作了梳理概述，篇幅不長，内容全面，可以視爲後來中國文學史唐代文學部分的早期代表作。其中的説法，今天看來自然不新鮮，放在當年的時代背景下，則頗可稱道。如論李白與杜甫的優劣：

> 可見一個肯自命爲狂者，一個不諱言爲腐儒。一個抱超世主義，源於道家思想；一個抱淑世主義，源於儒家思想。一個幻想超昇仙境，一個不忍離開君國。總之，他們的作品都是他們自己生命純真的表白。
>
> 大抵李杜於詩的手法上，一個側重自然，一個側重雕飾。風格上一個豪放飄逸，一個沈（即「沉」）鬱頓挫。各有各的價值，各有各的生命。

商務印書館「國學小叢書」有顧彭年杜甫詩裏的非戰思想，一九二八年出版，一九三三年重印，據作者序言，書完稿於一九二五年。商務印書館「萬有文庫」中又有顧氏現代歐美市制大綱一書，一九三〇年出版。此外知道他從事過新體詩的翻譯與創作，其餘生卒年和生平等則概不清楚。杜甫詩裏的非戰思想共五章加一個附録：一、緒言；二、杜甫傳；三、杜甫的時代；四、杜甫以前及他同時代的反對戰爭的思想與作品；五、杜甫詩的非戰思想；附録：杜甫時代重要之戰爭與叛亂年表。

杜甫爲「詩聖」，杜詩乃「詩史」，歷來研究繁夥。此書以「非戰思想」爲中心主題，表現出明顯的時代印記。如作者自序中所云：「迨江浙戰爭發生後，作者對於戰爭的惡魔的面龐益認識清楚，這位大詩人的非戰作品，也就愈加湧現在我的腦際了，但因戰爭的驚擾，屢次遷徙，心如蝴蝶，如浮萍，飄蕩無定，不克專心於此，直到逼近年節，始把牠修改好，字數已比初稿增加了一倍以上。」今日之杜甫研究成果已經汗牛充棟，而此册小書，仍於讀者開卷有益，在於戰爭之兇惡痛苦，人類仍未能完全消弭避免。而此書感同身受的寫法，就不僅是一本研究著作的影響了。其緒言末段的感慨最能傳達不以時代變遷而更改的情愫：「我們所處的時代與杜甫的時代有不少的地方相類似；環境的艱險比他的有過之無不及；我們的兄弟，所流的血泪，所受的凌辱與壓迫與騷擾，比他的時代的人更甚；但當今能代表時代的作品有幾？能真切的表現自己所處的環境的佳制有幾？具有完整，聖潔，毅勇，偉大的人格而爲民衆呼吁的詩人安在？」

唐人詩中所見當時婦女生活，作家書屋一九四七年出版。作者劉開榮，一九三五年考入金陵女子文理學院中文系，一九四一年畢業，一九四三年完成此書。劉開榮後來又去燕京大學歷史系深造，在陳寅恪指導下完成唐代小説研究，一九四七年商務印書館出版，一九五〇年再版，一九五三年三版，臺灣亦曾三次重版。

唐人詩中所見當時婦女生活書前除作者自序外，尚有華西大學華西週刊主編陳國樺序、陳中凡序及華西大學英文系外教費爾樸序。陳國樺序末署「（民國）三十二年二月十二日序於華西大學」；陳中凡序末署「民國三十二年一月二十五日」、「成都華西壩廣益學舍」，費爾樸序末署「一九四三年春」、「於四川成都」，而劉開榮自序末署「（民國）三十二年一月二十二日於華西壩」，是則其時劉開榮與陳中凡俱任教於華西大學。書之正文共九章：一、引論；二、勞動婦女（上）；三、勞動婦女（下）；四、民間一般婦女的日常生活；五、民間一般婦女的精神生活；六、妓女生活；七、宮庭婦女及貴族婦女生活；八、女冠子生活；九、結論。

陳國樺序有云：「處在中國抗建（即抗戰與建設——引者）的現階段，如欲建設新中國，必須動員二萬萬多女同胞的力量，共同參與偉大的建設工作。著者劉開榮君寫成此書，實無异提出婦女解放的問題，請大家重新加以嚴肅的考慮，因爲唐代的婦女生活，又何異於現代的婦女生活呢？」

陳中凡序則說：「我以爲此文可以作爲唐代婦女史看。因爲我國古代史家專紀帝王名臣的史績，至今中國史書有帝王家譜之譏。社會上廣大群衆反被擯於史書領域以外，真是憾事。今讀此文，方知道史家所忽略的東西，詩人乃一唱三歎，反復申詠。只要後人加以探討，就可以把當日被壓迫的一般婦女實際情形，畢露無遺。」

費爾樸序（英文，劉開榮譯成漢語）贊美：「本書作者劉開榮女士，本人會詩，也善爲富有詩意的散文，可以説是給近代的文學寶庫添上了一幅生動的圖畫——一幅女人的美麗的夢景。『唐代的光榮』不但包括有金漆的畫棟和迴廊，光彩奪目的瓷器，以及吴道子的山水名畫，并且有琳琅滿目的辭林文苑，裏面活躍地呈現着宮庭裏莊嚴的婦女，也舞動着詩人們生花的筆尖。」

劉開榮的自序中則如是說：「本書的目的，不是要研究某一人某一事，而是要像一個攝影專家，把唐人詩中所反映的當時婦女生活的斷片，一一剪下來，拚在一起，使人一看便可得到一個個鳥瞰。所以凡能對當時的婦女生活，給一綫光明或一絲暗示的詩料，作者都不肯割捨。尤其關於佔有人精神生活一大部份的兩性間的言情談愛的記載，作者更要把它赤裸裸地呈現在讀者的面前，讓讀者進到他們的精神世界裏面去，不再襲用以往的成見，把君臣的關係拉扯上去，加以牽强附會的解釋了。」

可見這册書，無論作者與評者，都更注重其對「新婦女觀」的弘揚，而於唐代文學研究的價值反而在其次。劉開榮身爲女性，於有關女性的詩作更容易心有戚戚焉。這自然也受當日西學日漸張揚女權等社會情境、時代風氣和思潮的影響。今日的讀者，則更注重其學術層面的價值。如陳汝潔說：「有人説劉開榮的這本書實踐了陳寅恪先生的『以詩證史』的思想，我仔細讀了之後，覺得劉著與陳寅恪先生的元白詩箋證稿相比，還是差別較大的。陳著箋釋元白詩，往往證之以史籍，能使人明了詩中所寫何者爲史實何者爲虛構。在陳來說，『以詩證史』又何嘗不是『以史證詩』。而通過『以史證詩』所揭示出的元白詩中的今典，對讀者理解元白詩具有重要作用。以注釋來說，能注出今典比注明古典難度要大。寅恪先生在元白詩箋證稿中揭示了大量今典，因難能而可貴。而劉著在全書中很少涉及當時的史籍，所以讀後讓人覺得是她從全唐詩中分類披檢關乎婦女詩作，費了不少工夫而欠了一點功力，無法望陳著項背。但劉著是一部有趣的書，她把唐詩中關於婦女的詩作檢索、排比出來，讓人知道唐詩中的這一類。倘若她能够進一步讓讀者知道詩中所寫的這些婦女生活，哪些合於唐代史實哪些是詩人虛構，那該多好！不過，從書名來看，她大約認定唐代詩歌中所寫即是當時社會中所有，真的嗎？我認爲這需要證明。」

清代婦女文學史，一九二七年二月中華書局初版，一九三二年十二月再版，共十七萬五千字。作者梁乙真，河北獲鹿人，生於一九〇〇年，一九二五年後就讀於上海南方大學，卒年及生平不詳。除清代婦女文學史外，尚著有中國文學史話、中國民族文學史、中國婦女文學史和元明散曲小史。

清代婦女文學史共列舉了漢、滿閨閣名媛、娼門、女冠、難女、乞丐女性作者三百餘人。內容目録爲：第一編明清兩朝婦女之極盛時期；第二編清代婦女文學之極盛時期（上）；第三編清代婦女文學之極盛時期（下）；第四編清代婦女文學之衰落時期；第五編清代婦女文學雜述。

書前有王藴章序、王燦芝序和自序，書末附録清代婦女著作家表及人名索引。此書受謝無量中國婦女文學史啓發和影響，但後來居上。王藴章和王燦芝都給予較高評價。當代女性文學研究者也頗加青目，評論其重視女性張揚女權的思想意義高於文學史意義。所謂二十世紀三部女性文學史梁乙真居其二。

宋代文學，吕思勉著。吕氏生於一八八四年，卒於一九五七年，是著名歷史學家，其中國通史、秦漢史、讀史札記等都是史學名著。這册宋代文學一九二九年由商務印書館出版，共六章，分别是：一、概説；二、宋代之古文；三、宋代之駢文；四、宋代之詩；五、宋代之詞曲；六、宋代之小説。

此書行文用淺近文言，梳理宋代各體文學的代表作家、演變發展脈絡相當全面，可視爲宋代文學史的早期代表作。其觀點議論，具有二十世紀早期的清明樸實，非如後來受各種所謂「範式」拘限者。如論三蘇之文：蘇洵「筆力堅勁，自以老泉爲最。然老泉好縱横家言，恒以權譎自喜，而其言實不可用。故其議論，多有不中理者」。蘇軾「則見解較老泉爲高。雖亦不脱縱横之習，然絶去作用處，時或近於道家。非如老泉一味以權術自矜也。尤妙在能以明顯之筆達之。晚年文字，則心手相忘，獨立千載」。蘇轍「氣象不如其父兄之雄奇；才思横溢，亦非乃兄之敵。然議論在三家中最爲平正，文亦較有夷然澹蕩之致，則亦非父兄所能也」。宋代文學專設駢文一章，也是後來的文學史一般所忽略的。

中國詞史大綱，胡雲翼著。胡氏生於一九〇六年，卒於一九六五年，曾於中學、大學任教，後爲上海中華書局、商務印書館編輯，於唐宋詩詞研究深湛，有宋詞研究、宋詩研究、宋詞選、唐詩研究等著作行世，影響頗大。中國詞史大綱，北新書局（創立於北京，後遷上海）一九三五年出版。此書分兩編，第一編爲「唐五代詞」，共九章，第二編爲「北宋詞」，共十四章，共録詞人凡五十七家。

此書爲近代意義上對詞這一形式溯波追源之較早學術著作，也可以説是研究宋詞的早期經典。其論詞與詩之區别云：「長短句的歌詞在文人的社會裏確立以後，牠的發展漸漸地把不甚協樂的律絶詩壓倒了。我們看樂曲裏面的長命女、烏夜啼、漁夫詞、長相思、江南春、步虚詞、鳳歸雲、離别難、金縷曲、水調歌、白苧等調，最初都是用五七言絶句歌詞，後來都改用長短句的歌詞了。中唐詩人還有寫律絶詩給樂工伶妓們去唱，到晚唐竟失掉歌詩之法，只有長短句的歌詞了。這不顯明的是：長短句的歌詞藉着在音樂上的便利，把整整的歌詩打倒了嗎？」詞的興盛在音樂這一歷史的核心問題，如此明白曉暢地揭示了出來。

詞的歷史分期，此後的文學史，都以中國詞史大綱的説法爲準，如北宋詞的演變：「歷史的發展，則可分爲四個時期：第一個時期是小詞的時期，以晏殊、歐陽修、晏幾道諸人爲主幹；第二個時期是慢詞的時期，以柳永、秦觀諸人爲主幹；第三個時期是詩人的詞的時期，以蘇軾、黄庭堅諸人爲主幹；第四個時期是樂府詞復興的時期，以周邦彦、李清照諸人爲主幹。」與後來的文學史相較，中國詞史大綱没有「婉約派」「局限於個人趣味」，「豪放派」「關注國家社會」「積極入世」一類意識形態評論語言，更顯學術性的單純。

趙景深著宋元戲文本事，北新書局一九三四年出版，但其完成於一九二三年六月。這是對宋元南戲研究的筆路藍縷之作，其開闢之功永耀史册。作者在自序中説：「這一本小書的目的是想把已佚的宋元戲文輯録出來，作爲研讀中國文學的一個參考；爲了恐怕專載佚文太枯燥，斷簡殘篇湊在一起也令人有丈二金剛之感，於是也附一點本事，把殘文貫串起來，使得讀者看這一本書不像是摹（即『摩』）挲古董，而像是在讀幾篇很有趣味的短篇小説。」

書共九章，輯自南九宮譜、新編南九宮詞、雍熙樂府、九宮大成南北詞宮譜，内容包括：一、王煥和王魁；二、陳巡檢梅嶺失妻；三、四種戀愛戲文；四、王祥卧冰；五、黄周兩孝子；六、江流和尚；七、僅存三五曲的元代戲文；八、僅存兩曲的元代戲文；九、僅存一曲的元代戲文。

中國戲劇小史，周貽白著。周氏生於一九〇〇年，卒於一九七七年，是著名中國戲曲史家和中國戲曲理論家，還曾經創作並演出話劇作品三十部上下。他首先提出並詳細論證中國戲曲的三大聲腔源流——崑曲、弋陽腔和梆子腔，厥功甚偉。他於一九三六年出版中國戲劇史略和中國劇場史（商務印書館），中國戲劇小史乃在前二書基礎上再加補充修訂，於一九四六年由上海的永祥印書館印出。後來又出版中國戲劇史（一九五三）、中國戲劇史講座（一九五八）、中國戲劇史長編（一九六〇），以及遺著中國戲劇發展史綱要（一九七九），都是以中國戲劇小史爲基礎的。

中國戲劇小史共八章：一、中國戲劇的形成；二、唐宋的戲劇；三、南戲與北劇；四、明代戲劇的概況；五、崑曲與亂彈；六、皮黄劇的勃興；七、文明戲與話劇；八、中國戲劇前途的展望。今天的讀者，要了解中國戲劇發展的歷史，當然有後來居上者的書可讀，但前驅者的貢獻也是不容抹殺的。中國戲劇小史的意義就在這裏。

中國小説的起源及其演變，正中書局（陳果夫一九三一年創立於南京）一九三四年出版，作者胡懷琛。胡氏生於一八八六年，卒於一九三八年，一九三二年被聘爲上海市通志館編纂。他搜集整理一批上海地方史志珍貴資料，卓有貢獻。其藏書以詩文集和課本爲特色，如三字經、百家姓、千字文、千家詩等，收集齊全，劉鶚稱其爲「三百千千」。收集外文書籍和少數民族作者的漢文詩集一千餘種，可惜其藏書在抗戰時多半被日寇炸毀。一九四〇年，其子胡道静將殘餘之書捐獻給了震旦大學。

中國小説的起源及其演變共六章：一、本書説到的範圍；二、小説的起源及小説二字在中國文學上的涵義之變遷；三、中國小説「形」的方面的演變；四、中國小説「質」的方面的演變；五、現代小説；六、研究中國小説參考的書目。第一章開宗明義：「本書所講的，只有兩件事情如下：（一）是中國小説的起源，與小説二字涵義的變遷。（二）是中國小説的演變，並現代小説的標準。」

研究小説者歷來推崇魯迅的中國小説史略和胡適的中國章回小説考證，那自然是開山的典範之作。其後錢静芳小説叢考、蔣瑞藻小説考證等也都功力深湛，卓然有成。本書算得上是一册史論相結合的小説研究著作，在中國小説研究的歷史進程中，雖然不如上述幾種著作那麼經典，却也有其歷史的價值和意義，從「可讀性」來説，則更占優勢。如此書説到中國小説的歷史變化，通俗易懂而能切中肯綮：「由古代的傳説在口上，演變成寫在紙上，這是一變。宋代的説話勃興，這是第二變。宋人的話本，由説給人家聽的，變爲直接給人家看的，這是第三變。紅樓夢、儒林外史等，只是寫的，不是説的，這是第四變。然而『説』和『寫』，仍是同時候存在的，决不是變成後者，前者就消滅了。只不過互有盛衰而已。」

此外説到的一些情況，也頗能讓我們對於歷史的演變，有一種親切的感知。如：「在民國前一二年，有周作人譯的域外小説集，是用文言譯西洋的短篇小説。不過是大失敗了。這失敗並非域外小説集自身不高明，只是和那時候的讀者程度相差太遠。第一不歡喜讀這種無頭無尾的短篇小説，第二不歡喜讀平淡無奇的故事，第三不歡喜這種比較生硬而樸質的文言。結果，這部書當時幾乎没有人知道。」

書評研究，商務印書館一九三五年出版。作者蕭乾生於一九一〇年，卒於一九九九年，是著名翻譯家、作家、富有傳奇色彩的二戰記者，畢業於燕京大學新聞系，後去英國劍橋大學任教並讀碩士學位，一九四三年領取了隨軍記者證，正式成爲大公報的駐外記者，也是二戰時期歐洲戰場的唯一中國記者，一九九五年中國作家協會授予其「抗戰勝利者作家紀念碑」榮譽。三百二十萬字的蕭乾文集包括小説、散文、特寫、回憶録等，譯作莎士比亞戲劇故事集、好兵帥克以及與夫人文潔若合譯的尤利西斯等更是影響巨大久遠。

隨着近現代出版業的發展，書評也逐漸增多，但對這種新型的文學批評樣式作正式的研究，書評研究可以説是拓荒之作。書共八章：一、序論；二、書評家；三、閲讀的藝術；四、批評的基準；五、批評的藝術；六、書評的寫作；七、書評與讀書界；八、附録。此書的核心思想是，書評是有益於社會的嚴肅工作，書評家是具有特殊身份的知識者，代表讀者的鑒定者，文化生産的監督人，而不是庸俗、獻媚的商業廣告商。如：「一切批評都必須基於清澄的理解。批評的公允實即理解深澈的反映。」「書評家寧可改業廣告，永不可用批評的地位作兜售的營生。」「對讀者他服務，却也不侍奉如奴隸。他把讀者看成智力的平等者。他並不武斷地强迫讀者接受他的意見，也不賣弄學問如一塾師。讀者的好惡是受風氣支配的，但他不追隨那風氣，他不固執，却有信仰。」無疑，即使在今天，書評研究仍然有牠的現實針對性和意義。

清代詞學概論，上海大東書局一九二六年出版。其作者徐珂生於一八六九年，卒於一九二八年，爲光緒舉人，袁世凱天津小站練兵時的幕僚，一九〇一年任上海外交報、東方雜誌編輯，後爲商務印書館編輯，其所編纂的清稗類鈔是享譽學林的文史巨著。

清代詞學概論共七章：一、總論；二、派别；三、選本；四、評語；五、詞譜；六、詞韵；七、詞話。作者雖入民國，而其傳統文化教養的底色，濃郁深厚，迴非後來人可比。故此書行文，爲優美洗練的文言，而其對清詞演變脈絡的勾勒，代表性詞人的品評，乃至資料的選録等，都有「個中人」的真知灼見，可謂言簡意賅，高屋建瓴，非後來研究者搬弄西洋「範式」敷衍成文者可及。無疑，此書可列入「學術經典」的行列，不像本選集大多數作品具「過渡轉型」之身份色彩也。

如清代詞學概論評騭「清初之詞」的代表作家，「最著者」爲朱彝尊、陳維崧，「兩人並世齊名」，而前者「情深，所作詞高秀超詣，綿密精美，其蔽爲餖飣」；後者「筆重，所作詞天才艷發，辭鋒横溢，其蔽爲粗率」；「繼之而起名重一時者，實惟納蘭容若。門第才華，直越北宋之晏小山而上之，其詞纏綿婉約，能極其致，南唐墜緒，絶而復續」。再如説清詞之派別：「有清一代之詞，有二大别：一浙派，一常州派，亦猶散體文之有桐城陽湖二派也。」這些基本的定位，都成了後來各種文學史、清詞史祖述的圭臬。再如書中説到「才人之詞」、「學人之詞」、「詞人之詞」的三分法，也直搗黄龍，揭示本質，對後世影響深遠。

韓柳文研究法著者林紓生於一八五二年，卒於一九二四年，堪稱是一位清末民初的文化奇人。他是桐城派散文的殿軍，一點不懂西洋語言文字，僅憑聽人口述，把一百八十多種西方小説翻譯成漢語，成爲向古老中國介紹西方文學的開山人。「林譯小説」，曾經是好幾代人的最愛，用文言表述的漢譯西方小説，成了中西文化交流史上一道奇异的瑰彩。

韓柳文研究法亦是文言文著作，對韓愈和柳宗元的多篇古文逐一評論，細緻深入，作者所持觀點立場，則完全是傳統的儒家思想體系和桐城派衡文的法眼，完全不見西學影響的痕迹。此亦可見所謂民國時段之文化形態，新舊雜陳，多元豐富也。

前有馬其昶（一八五五——一九三〇）短序，馬氏乃桐城派後勁，清史稿之「儒林」、「文苑」卷總纂。其序説與林紓「同客京師，一見相傾倒，别三年，再晤，陵谷遷變矣。而先生著書談文如故，一日出所謂韓柳文研究法見示」。所謂「陵谷遷變」，即指清朝滅亡而民國建立，韓柳文研究法於一九一四年由商務印書館出版，則此書或峻稿於清季。馬其昶贊美林紓「於史漢及唐宋大家文，誦之數十年，說其義，玩其辭，醰醰乎其有味也」。林紓於韓愈、柳宗元的古文沉浸涵泳，所謂「韓氏之文，不佞讀之二十有五年」，則其所得所會，自然和後來接受了西方文藝思想的研究者，無真賞而僅「分析批判」所見大爲不同。

如林紓這樣評析韓愈的文章寫作技巧：「韓氏之能，能詳人之所略，又略人之所詳。常人恒設之籬樊，學韓則障礙爲之空。常人流滑之口吻，學韓則結習爲之除。漢所謂摧陷廓清者，或在是也。」「韓文能抑絶掩蔽，不使自露。不佞久乃覺之。……不善學者，往往因蔽而晦，累掩而澀。……所難者，能於掩蔽中，有淵然之光、蒼然之色，所以成爲昌黎耳。」

再如評柳宗元：「柳州段太尉逸事狀，與昌黎張中丞傳後叙，均洋洋有生氣，亦皆良史之才也。不佞甚惜柳州不爲史官，其寫忠義慷慨處，氣壯而語醇，力偉而光斂，可稱極筆。」「若公在永州，一荒昧不辟之區，必待糞除，其勝始出。是永州之勝，均係諸公之一言。則非極力描摹，山容水態，亦不易流傳於藝苑。集中諸文皆佳，而山水之記，尤爲精絶，雖大同小异，然各有經營。韓公猶望而却步，何論其他。」

文學論略，章太炎著。章太炎生於一八六九年，卒於一九三六年，太炎是號，名炳麟，在小學（語言文字學）、歷史、哲學、政治方面都有卓越貢獻，乃近代的國學大師。我的業師姚奠中先生是章先生最後招收的研究生之一，把對文學論略的評介作爲這一個系列學術著作的「收官」，格外具有意味。

文學論略首發於一九〇五年的四川學報（未完），一九二五年上海的群衆圖書公司出版，一九二六年再版，後來又成爲國故論衡的一部分。文學論略前面有胡適的一篇序，其中的一些話很有意味：

這五十年是中國古文學的結束時期。做這個大結束的人物，很不容易得。恰好有一個章炳麟，真可算是古文學很光榮的結局了。章炳麟是清代學術史的押陣大將，但他又是一個文學家。

他是能實行不分文辭與學說的人，故他講學說理的文章都很有文學的價值。

但他究竟是一個復古的文家。他的復古主義雖能「言之成理」，究竟是一種反背時勢的運動。

總而言之，章炳麟的古文學是五十年來的第一作家，這是無可疑的。但他的成績只夠替古文學做一個很光榮的下場，仍舊不能救古文學的必死之症，仍舊不能做到那「取千年朽蠹之餘，反之正則」的盛業。他的弟子也不少，但他的文章却没有傳人。

文學論略開宗明義：「何以謂之文學？以有文字，著於竹帛，故謂之文；論其法式，謂之文學。凡文理，文字，文詞，皆謂之文；而言其采色之煥發，則謂之彣（讀『文』，文采之意）」。這裏的核心思想，即文、史、哲不作絶對區分的「文學」觀念。而這一點，正是中國文化的根蒂，與西方講究分科別類的「科學」文藝學大異其趣。從表面看來，如胡適所批評，章太炎的這種文學觀是「復古主義」，「反背時勢」。胡適在序言結尾説：「章炳麟在文學上的成績與失敗，都給我們一個教訓。他的成績使我們知道文學須有學問與論理做底子，他的失敗使我們知道中國文學的改革須向前進，不可回頭去。」

以五四新文化運動爲起始標誌的「白話文」運動，正是沿着胡適的主張發展前行的，魯迅的「拿來主義」主張也主宰了整個二十世紀的中國文學和文化的走向。我們所評介的民國學術著作，絶大多數也體現了這個方向和主旨。但問題並不是單一的，歷史也是復雜的，如今我們回顧反思，在肯定胡適所説「改革必須向前，不可以回頭去」的歷史合理性一面的同時，也必須正視章太炎的文學主張，蘊含有更深層的中國傳統文化之精義奥旨，而且隨着人類文化在二十一世紀出現的困境，越來越具有啓示意義。單從對文學的認識來説，章太炎標榜的文、史、哲大會通的中國傳統文化的根本立場，也是有其文化深刻性和現實針對性的。

因此，對民國長達四十年時段的學術著作及其體現的思想方向，也不能簡單化地對待，忽視其所體現的歷史走向必然性與新價值的合理性是不對的，過分拔高推崇也有所偏頗。畢竟，那是一個「過渡」、「轉型」的時期，其多數學術文化著作也必然帶有「過渡」、「轉型」的色彩，是「進行時」和「未完成時」，距離「經典」尚有距離。從戊戌變法到辛亥革命到五四運動，一直到一九四九年，泛民國時段（包括其醖釀鋪墊時期）之中國現代化歷程從肇始而前行，歷經曲折，其激烈變化之歷史空隙中艱難産生的學術文化，有其大膽引進勇敢開拓而攝人心魄的一面，也有其嘗試而稚嫩、外來與傳統磨合不甚相契的一面。近世之社會轉型文化轉型乃大勢所趨，民國的學人們做出了艱苦的努力和卓越的貢獻，如何能在吸取世界其他文明滋育的同時，又能使中國傳統文化精粹得以恢弘發揚，再造輝煌，此正民國以來直至今日，中國知識界文化界苦苦思索探尋而歷久彌新之時代課題！

正是在這個意義上，民國的學術著作，這些體現了當日中國文化精英思考、研究、探索中國的社會與國家之現代化轉型的成果，其中的材料等或已經是舊痕陳迹，而其所思考的問題，所探索的思路，所提出的設想，以及這些著作本身的種種成就和不足，對於今天的中國現實，仍然具有攻錯借鑒的意義。他山之石，可以攻玉，何況此本非他山之石，正我山自有之石乎！

欲滅其國族，必先滅其文史。民族的歷史，特别是文化史、思想史、學術史，誠乃一國一族之精魂慧命之所在所基。當年日本侵略者之所以轟炸商務印書館與東方圖書館者，正深諳此理也。而商務印書館鳳凰涅槃浴火重生之艱苦奮鬥，亦未稍懈於斯。

民國語文，也在「轉型」途程中，這些學術著作的文風，大多是一種「尚存文言痕迹的白話文」。今天的青年讀者閱讀起來，也許會有异樣的感覺，但也可謂别具一種風味。而此二十三種著作的作者，絶大多數爲南方人，如浙江、江蘇、湖南、福建等省份，這些著作又大都在上海出版，由此亦可見民國時期文化發展的大情勢。這二十三種著作的二十位作者，當其撰寫著作之時，應該説彼此質素、學養都相差不遠，而其後之發展結局，則有的著作等身成爲大家大師，有的則後勁不足而逐漸湮滅少聞，固然各人機遇運會不同，而個人心志的堅持和努力之有無强弱，無疑是最主要的因素。對今日之學人特别是青年，不也很有啓發意義嗎？

潛入歷史的塵霾中排沙簡金，而選擇出此二十三册著作，並非筆者所爲，因而對此種簡選是否即能代表民國時期文學研究的大體大略，實亦不敢斷言，滄海遺珠或在所難免。而忝膺爲此編叢書作序的重任，惶恐之意，自不待言，管窺蠡測，亂彈胡侃，尚祈盼海内外方家不吝指教。但披閲這些先賢的著述，恰如驀然回首，向幽深的夜，重新點燃支支老紅燭。「紅燭啊！是誰制的蠟——給你軀體？是誰點的火——點着靈魂？」（聞一多紅燭）

點點燭光，明輝熠熠，回顧往昔，瞻望將來，道一聲：願我們的中國，鑒古灼今，發揚傳統精華，吸取五洲營養，漸進改革，持續開放，醒獅昂首，闊步奮行，前程佳美！

二〇一四年四月一日於大連

作者簡介

陳子展（一八九八年—一九九〇年），中國文學史家、雜文家，原名炳堃，字子行，湖南長沙人。一九三二年主編讀書生活，一九三三年起任復旦大學等校教授。二十世紀三十年代曾發表大量雜文、詩歌和文藝評論，後長期從事詩經、楚辭研究。著有中國近代文學之變遷、最近三十年中國文學、詩經直解、楚辭直解等。

唐代

目錄

一　說到唐代文學

說到唐代文學，我以爲劉昫「舊唐書、文苑傳」，宋祁「新唐書、文藝傳」都紀載得很好，可是他們論文的宗旨却有不同。劉昫生在五代古文中絕的時代，偏重駢文；宋祁生在北宋古文復興的時代，偏重古文。劉昫最贊美初唐之文，說是「文皇帝解戎衣而開學校，飾賁帛而禮儒生。門羅吐鳳之才，人擅握蛇之價。靡不發言爲論，下筆成文，足以緯俗經邦，豈止雕章縟句。韻諧金奏，詞炳丹青。故貞觀之風同乎三代。高宗、天后尤重詳延。天子賦橫汾之詩，臣下繼柏梁之奏，巍巍濟濟，煇爍古今。」宋祁則最贊美中唐之文，說是「大歷貞元間，美才輩出，擩嚌道眞，涵泳聖涯。於是韓愈倡之，柳宗元、李翺、皇甫湜等和之，排逐百家，法度森嚴，抵轢晉魏，上軋漢周，唐之文完然爲一王法：此其極也。」劉昫於唐詩特提王維、杜甫；宋祁於唐詩則特提杜甫、李白、元稹、白居易、劉禹錫。而以侍從酬奉之作推許李嶠、宋之問、沈佺期、王維；譎怪之作推許李賀、杜牧、李商隱。如上所說，可見劉昫宋祁論文宗旨不同，他們眼中的唐代文學也頗異樣了。假使我們論唐代文學要分初盛中晚四期的話，那末宋祁最推崇中唐之文，而不提及晚唐，於初唐之文沿襲南朝頗有微詞，於盛唐之燕許大手筆始稍爲推許。他說：「唐有天下三百年，文章無慮三變。高祖太宗，大難始夷，沿江左餘風，絺句繪章，揣合低卬，故王楊爲之伯。玄宗好經術，羣臣稍厭雕瑑，索理致，崇雅黜浮，氣益雄渾，則燕許擅其宗。是時唐興已百年，諸儒爭自名家。」下文他就說到韓柳了。他於中唐韓柳一派的古文說是「擩嚌道眞，涵泳聖涯，」推崇已極，所以他就不得不以中唐爲唐代文學最盛的時期，他不論及晚唐之文也是當然的了。

就文學本身的發展進程而說，李唐一代是文學史上最好分期的一個時代。在這以前，八代文學以古體詩和駢文爲盛；在這以後，就以近體詩和古文爲盛了。近體詩講求聲律，雖說因受佛典文學轉讀謌讚的響影而起於齊梁之際，實則到唐代而近體詩的規律才算確立。加以唐代音樂因融合胡樂俗曲的結果而新聲轉盛，自然於當時人樂詞詩歌有些影響。唐詩聲調之美，和後來詩人對於唐音的贊歎，不是沒有來由的。

再就文學產生的歷史影響和社會背景說，在八代中間經過五胡亂華，南北朝對立。所謂胡虜，都是西北或靠近東北的遊牧部族，漸漸成爲中華民族的新分子，他們的民族性伉爽直率，慷慨悲歌，自然有一部分融化到中華民族的裏頭。直到隋唐統一，經過幾百年，中華民族同化諸部族的艱鉅工作才算告一段落。唐文學以固有的溫柔敦厚的底子加上許多外來的慷慨悲歌的成分，通過南朝的鉛華靡曼參以北朝的伉爽直率，因民族性格的融合與文化風格的融合，不知不覺中就產生出一種異彩來了。我們還應該知道：唐代自李淵起兵，化家爲國，承南北朝喪亂之後，隋煬帝荒淫之餘，削平了割據的羣雄，造成了統一的專制的一個大帝國，人民也就樂得休養生息，安於一種小康的狀態。貞觀盛世，至於斗米三錢（「魏徵傳」）。直到玄宗，百年之間，雖間見水旱蝗螟等災荒，一經賑給，便又相安無事。而且玄宗開元年代，累歲豐稔，東都米斗十錢，青齊米斗五錢，（「本紀」）眞算是所謂太平盛世了。這時候在民間以有了剩餘經濟之故，自然可以產生多量有文學教養的知識份子。在政府方面，貴族官僚只知道歌舞太平，鋪張盛世，怎樣的誇耀功德，炫示權威，文學恰好給他們利用作爲這種工具。所以當時詩歌的大部份不是奉和應制，就是樂府歌辭，揄揚或娛樂聖主賢臣以及諸王公主之作。如從四傑沈宋以至蘇張的大手筆，就大半是諛[illegible]頌死的文章。只因當時正需要這種文學，不然，便得不到國家的豢養，也就不能見重於社會了。「舊唐書、張說傳」裏說：「當承平歲久，志在粉飾盛時。中書舍人徐堅自負文學，常以集賢院學士多非其人，所司供膳太厚，嘗謂朝列曰：此輩於國家何益？如此虛費將建議罷之。張說曰：自古帝王功成則有奢縱之失，或興池臺，或玩聲色。今聖上崇儒重道，親自講論，刊正圖書，詳延學者。今麗正書院，天子禮樂之司，永代規模不易之道也。所費者細，所益者大，徐子之言何其陋哉。玄宗知之，由是薄堅。」其實，玄宗這種粉飾盛時的政策，還是承襲了祖先的傳統，因為從太宗高宗歷武后中宗睿宗各朝，莫不提倡文學，重用文人，先後設置了文學館弘文館崇文館修文館等清要機關，招攬一班文人學士。又常常舉行君臣酬棐，吟詠倡和的宴會。還定下了天下英雄入彀中的考試制度，兼用詩賦取士，開了文人獲得利祿的一條捷徑。同時文化的各方面如宗教（三大教並行不悖之外，他如回教景教祆教摩尼教等也先後傳入中國）藝術（如建築雕塑音樂繪畫書法之類）等都很自由的得到相當的發展，也足以豐富文學的內容，提高文學的水準。至於唐代武功之盛尤為秦漢以來所未有，所以高祖說：「胡越一家，自古未之有也。」太宗紀功詩說：「雪恥酬百王，除凶報千古。」當時皇帝是諸蕃君長共載的天可汗。

是中國民族力最強盛的時代，四夷懾伏，中外交通，彼此文化也得到了交流機會，對於文學也有其相當的影響。前人下種，後人收穫，到了玄宗時候，就達到開花結果的日子了。加以玄宗末年突起安史之亂，驚破了當時人的太平迷夢。安史之亂雖然平了，而藩鎭之禍不息。從太平盛世的詩人忽然跌到了這樣一個禍亂的社會，無論是在掙扎中的貴族官僚，未得志的知識分子，受了這樣一種大刺激，他們心靈上所起的反應雖因階級性個性種種的差異而有強弱深淺等等的不同，可是對於人生的認識，文學的表現，却都較以前更爲深刻，因爲事實上告訴我們：這一的期詩人的收穫最爲豐富。換句話說，他們的成就最爲偉大，還大有影響於後來的作者。我把李白、杜甫代表這一時期稍前的作家，把韓愈、白居易，代表這一時期稍後的作家。這一時期約自八世紀初葉到九世紀中葉，即所謂盛唐中唐的時期，也就是唐代文學最盛的時期。所謂晚唐即由九世紀中葉到末葉的一個時期，那就是唐代文學衰落的時期了。

二　初唐詩人

現在先講初唐詩人：

高棅「唐詩品彙」初盛中晚之分，似乎係承宋祁三變之說，和嚴羽盛中晚之說為評述便利而設的。所謂初唐，包括高祖太宗高宗中宗睿宗至武后的一個時期。（約自六二〇——七一〇）這一時期雖因開國君主鑑於六朝，政尙簡肅，文學上有虞世南、王師旦等反對沿襲南朝宮體之詩，浮靡之文，而提倡雅正，（「新唐書、虞世南傳」「文藝傳」）但除虞世南、李百藥、魏徵、王績（王通之弟）幾人之作近於所謂雅正而外，大都仍沿江左餘風。有名的如上官儀（？——六六四），其詩綺錯婉媚，雖被稱為「上官體」，實是宮體的變種，不過他更講究對仗而已。就是最有名的初唐四傑王楊盧駱也還跑不出南朝的範圍，不過他們的駢文更講究平仄而已。

王勃，（六四八——六七五）字子安，絳州龍門人。王通之孫，福時之子，一家祖孫父子兄弟都有才名。勃六歲能文章，未冠應舉及第。旋爲沛王府修撰，因諸王門雞，戲爲文檄英王雞，爲高宗所斥。父亦坐貶爲交趾令。勃往省父，渡海溺死，年二十八。今存「王子安集」十六卷，明張燮輯本。勃爲文敏捷，時人稱爲「腹藁」。所作駢文以「滕王閣序」爲最佳。序中「落霞與孤鶩齊飛，秋水共長天一色」爲傳誦名句。便是反對駢文的韓愈作「新修滕王閣記」提到王勃，也說「壯其文辭。」並說「竊喜載名其上，詞列三王 勃序，緒賦，仲舒記）之次，有榮耀焉。」勃詩工五言，今錄一首於次：

別薛華

送送多窮路，遑遑獨問津。悲涼千里道，悽斷百年身。
心事同漂泊，生涯共苦辛。無論去與住，俱是夢中人。

楊炯，（六五〇——六九二？）華陰人。年十一舉神童，爲崇文館學士，詹事司直。出爲梓州司法參軍，遷盈川令，以嚴酷稱，吏稍忤意，榜殺之。卒官下，年約四十餘。時稱王楊盧駱四傑。炯曰：「吾愧在盧前，恥居王後。」雖不滿於勃，然亦不見有大勝勃處。今存「盈川集」十卷，明童佩輯本。錄其詩一首：

從軍行

烽火照玉京，心中自不平。牙璋辭鳳闕，鐵騎繞龍城。

雪暗凋旗畫，風多雜鼓聲。寧爲百夫長，勝作一書生。

他作詩賦每好連以人名作對，如「庭菊賦序」云：

薛顗以親賢爲洗馬，田巖以幽貞爲學士。高元思、張師德以至孝託後車，顏強學、沈尊行以博聞兼侍讀。周琮、李憲、王祖英、曹叔文以儒術進，崔融、徐彥伯、劉知幾、石抱忠以文章顯。德行則許子豐，耆舊則權無二。駱賓則訓詁之前識，張相則老莊之後輿。

又如詩中也好用古人名：

漢帝求仙日，相如作賦才。（「和劉侍郎入隆唐觀」）

亭逢李廣騎，門接邵平瓜。（「送李庶子致仕還洛」）

鍾儀琴未奏，蘇武節猶新。（「和劉長史答十九兄」）

因此，他的作品被譏爲「點鬼簿」。

盧照鄰，（六五〇——？）字昇之，幽州范陽人。十歲從曹憲、王義方授「蒼」「雅」。爲鄧王府典籤，王稱「此吾之相如。」調新都尉，病，去官，居太白山中。後以足攣手廢，乃去具茨山下，買園數十畝，疏潁水周舍，復豫爲墓，偃臥其中。自以當高宗時尚吏，己獨儒；武后尚法，己獨尚黃老；后封嵩山，屢聘賢士，己已廢：著「五悲文」以自明。其「窮魚賦序」稱曾以橫事被拘，將致之深議，則中間又遭非罪。讀他的「與洛陽名流朝士乞藥直書」，他想向每人乞錢二千，貧困可以想見。又「釋疾文序」云：「余羸臥不起，行已十年。宛轉匡牀，婆娑小室。未攀偃蹇柱，一臂連蹉；不學邯鄲步，兩足匍匐。寸步千里，咫尺山河。」又云：「覆燾雖廣，嗟不容乎此生；亭育雖繁，恩已絕乎斯載；」病苦亦可想見。無怪乎他自稱「幽憂子」，最後與親屬執別，自沈潁水了。「釋疾文三歌」之一云：

歲將暮兮歡不再，時已晚兮憂來多。東郊絕此麒麟筆，西山祕此鳳凰柯。死去死去今如此，生兮生兮奈汝何！

這就是那位苦命詩人的絕命辭了。今存「幽憂子集」七卷。

駱賓王，（六五〇——六八四）婺州義烏人。七歲能賦詩，有「詠鵝」詩云：「鵝，鵝，鵝！曲項向天歌。白毛浮綠水，紅掌撥清波。」爲人落魄無行，好與博徒遊。高宗末爲長安主簿，坐贓左遷臨海丞 快快失志，棄官去。徐敬業起兵，軍中書檄皆賓王之詞。武后讀檄，初但嬉笑，讀至「一坏之土未乾，六尺之孤安在？」矍然曰：「宰相安得失此人！」敬業敗，伏誅，年三十五。所作詩文多散失，武后素重其文，遣使求之。有兗州人郗雲卿集成十卷。今存。（以上四傑集均有「四部叢刊」本）朱國楨「湧幢小品」，載正德九年有曹某者，鑿靛池於海門城東黃泥口，得古冢題石曰駱賓王之墓。則孟棨「本事詩」所云賓王落髮，徧遊名山，宋之問遊靈隱寺作詩，嘗爲續樓觀滄海口，門對浙江潮句一說，似不可靠。賓王所作好以數字屬對，被譏爲「算博士」。嘗作「帝京篇」，當時以爲絕唱，篇中亦多數字。如云「山河千里國，城闕九重門，」「五緯連影集星躔，八水分流橫地軸。秦塞重關一百二，漢家離宮三十六。」此以數字狀形勢之雄。如云「三街九陌麗城隈，萬戶千門平旦開，」「小堂綺帳三千戶，大道青樓十二重。」此以數字狀宮闕之壯。如云「延年女弟雙飛入，羅敷使君千騎歸。」「春朝桂樽樽百味，秋夜蘭燈燈九微。」「且論三萬六千是，寧知四十九年非。」此以數字狀王侯貴戚之荒淫無度。如云「相顧百齡皆有待，居然萬化咸應改。」「當時一旦擅豪華，自言千載常驕奢。」此以數字狀倏忽變遷，榮華消歇。如云「三冬自矜誠足用，十年不調幾邅迴。」此以數字狀一己之湮滯。這位算博士的詩眞算會用數目字了。也許是因爲這首多用數字的詩得到當時人的鼓勵，他纔喜常用數字的。

「新唐書、文藝列傳、杜甫傳」贊云：「唐興，詩人承陳、隋風流，浮靡相矜。至宋之問沈佺期等，研揣聲音，浮切不差，而號律詩，競相沿襲。」又「宋之問傳」云：「魏建安後迄江左，詩律屢變。至沈約庾信以音韻相婉附，屬對精密。及之問佺期又加靡麗，回忌聲病，約句準篇，如錦繡成文，學者宗之，號爲沈宋。語曰，蘇李居前，沈宋比肩，謂蘇武、李陵也。」五言古詩相傳自蘇李而成立，五言律詩則自沈宋而成立。自然，四聲八病之說，麗辭屬對之法，雖遠在齊梁之際，沈約劉勰諸人已有提倡。五言律詩的萌芽也在齊梁，如沈約、王融、謝眺、江淹、何遜、陰鏗諸人所作，就有許多這類詩。到了初唐四傑沈宋諸人，他們的這類詩，不但屬對精密，平仄也精密了，五言律詩的體製完成了。同時七言律詩也成立了，沈宋就是兼工七言律詩的人。總之，這個時期五七言律絕詩都有了，七言古詩也漸漸盛行了。

沈佺期，（六五〇——七一五？）字雲卿，相州內黃人。及進士第，累除給事中考功，受賕劾未究。會張易之敗，遂長流驩州。後官至中書舍人，太子少詹事。其爲詩尤長於七言。

古意呈補闕喬知之

盧家少婦鬱金堂，海燕雙棲玳瑁梁。九月寒砧催木葉，十年征戍憶遼陽。白狼河外音書斷，丹鳳城南秋夜長。誰謂含愁獨不見，更教明月照流黃！

遙同杜員外審言過嶺

天長地闊嶺頭分，去國離家見白雲。洛浦風光何所似，崇山瘴癘不堪聞。南浮漲海人何處，北望衡陽雁幾羣。兩地江山萬餘里，何時重謁聖明君！

宋之問，（六五六——七一二）字延清，虢州弘農人。武后時，召與楊炯分直內教。於時張易之等烝昵寵甚，之問與閻朝隱、沈佺期、劉允濟傾心媚附，至爲易之奉溺器。及易之等敗，左遷瀧州參軍。未幾，逃匿張仲之家，以舉發仲之與王同皎謀殺武三思事，得復官。爲了脫罪求榮，便是告密賣友的事他也居然做。睿宗立以易之爲三思黨配徙欽州，先天中賜死，年五十七。之問善爲五言詩。

題大庾嶺北驛

陽月南飛雁，傳聞至此迴。我行殊未已，何日復歸來。

江靜潮初落，林昏瘴不開。明朝望鄉處，應見隴頭梅。

沈宋之流至爲在朝小人捧便壺，可謂斯文掃地了。據「新唐書、文藝傳、李適傳」云：「初，中宗景龍二年始於修文館置大學士四員，學士八員，直學士十二員，象四時八節十二月。於是李嶠、宗楚客、趙彥昭、韋嗣立爲大學士。適、劉憲、崔湜、鄭愔、盧用藏、李乂、岑羲、劉子玄爲學士，薛稷、馬懷素、宋之問、武平一、杜審言、沈佺期、閻朝隱爲直學士。又召徐堅、韋元旦、徐彥伯、劉允濟等滿員。其後被選者不一。凡天子饗會游豫，唯宰相及學士得從。春幸梨園，並渭水祓除，則賜細柳圈辟癘。夏宴蒲萄園，賜朱櫻桃。秋登慈恩浮圖，獻菊花酒稱壽。冬幸新豐，歷白鹿觀、上驪山，賜浴湯，給香粉蘭澤。從行，給翔麟馬。品官，黃衣各一。帝有所感，即賦詩，學士皆屬和，當時人所歆慕。然皆狎猥佻佞，忘君臣禮法，惟以文華取幸。」多謝這段記載，我們可以看出這一時期文學與政治的關係：君主以文學粉飾盛時，文人以文華取幸。由叔世的宮體詩到盛時的奉和應制之作，顯有歷史綫索可尋。在這些文人中，除沈宋而外，徐堅（六五九——七二九）劉子玄（六六一——七二一）是淵博的學者。徐撰「初學記」，在唐人類書中，博不及歐陽詢（五五七——六四一）「藝文類聚」，精勝於虞世南（五五八——六三八）「北堂書鈔」，白居易「白孔六帖」。劉本名知幾，著「史通」，為史學傑作，論者推為載筆之法家，著書之監史。其他如李嶠、杜審言、宗楚客、薛稷等則都能詩，而以李嶠杜審言為著。李嶠、蘇味道、崔融、杜審言被稱為「文章四友」。李嶠（六四四——七一三）最工「詠物詩」，凡日月風雲河海田宅典籍音樂文具武器以及銀錢布帛飲食被服舟車器用飛潛動植各類物事都有題詠，都是五律，共存一百三四十首之多。（據「全唐詩」）大約因爲當時這種詩體還算新起，他纔用這種詩體作詠物的嘗試，他就成了唐代第一個詠物詩人。杜審言（六四七——七一五）是一個恃才傲世的狂士。「新唐書、文藝傳」本傳云：「蘇味道爲天官侍郎，審言集判，出謂人曰，味道必死。人驚問故。答曰，彼見吾判且羞死也。又嘗語人曰，吾文章當得屈宋作衙官，吾筆當得王羲之北面。」又云：「審言病甚，宋之問武平一等省候何如。答曰，甚爲造化小兒相苦，尙何言！然吾在，久壓公等，今且死 固大慰，但恨不見替人。」他臨死還不失掉矜誕的風趣。所作亦頗有風趣，今錄二首：

春日京中有懷

今年遊寓獨遊秦，愁思看春不當春。上林苑裏花徒發，細柳營前葉漫新。公子南橋應盡興，將軍西第幾留賓。寄語洛城風日道，明年春色倍還人。

贈蘇綰書記

知君書記本翩翩，爲許從戎赴朔邊。

紅粉樓中應記日，燕支山下莫經年。

說也奇怪，在這文學沿襲江左餘風的時候，有幾個隱逸方外的詩人偏能別具一格，突破「當時體」的範圍。前已提及的王績和現在要說到的王梵志、寒山子，就是如此。倘若王梵志眞是生於隋文帝時候（五九〇？——六六〇？）（「太平廣記」八十二）「寒山子」眞是貞觀中天台廣興縣僧，（？「四庫提要」一百四十九）那末，他們約和王績（五八四——六四四）同時。王績的思想屬於老莊一派、他們的思想屬於佛家一派。王績是「隱逸傳」中的人物，好飲酒，既作「醉鄉記」「無心子傳」「五斗先生傳」，又著「酒經」「酒譜」，當時李淳風稱他爲「酒家南董」。他常把周易老莊放在床頭，而大膽說出「禮樂囚姬旦　詩書縛孔丘」的話。作有許多近於白話的詩，而又不傷雅正。

題酒店壁

此日長昏飲，非關養性靈。眼看人盡醉，何忍獨爲醒！

秋夜喜遇王處士

北場芸藿罷，東皋刈黍歸。相逢秋月滿，更值夜螢飛。

春桂問答二首

問春桂：「桃李正芳華。年光隨處滿，何事獨無花？」

春桂答，「春華詎能久。風霜搖落時，獨秀君知否？」

無疑的，王績的人格和詩格都深受陶潛的影響。今存「東皋子集」三卷。

王梵志、衞州黎陽人，相傳他是林檎樹上癭裏生出來的。其詩久逸，近來纔從敦煌石室發見幾個寫本，伯希和（Pelliot）拿去藏在巴黎圖書館。劉復「敦煌掇瑣」中鈔錄王梵志詩一卷。這裏選錄他幾首較好的詩：

吾有十畝田、種在南山坡。青松四五樹，綠豆兩三窠。熱即池中浴，涼便岸上歌。遨遊自取足，誰能奈我何！

草屋足風塵，牀無破氈臥。客來且喚入，地舖稿薦坐。家裏元無炭、柳麻且吹火。白酒瓦鉢藏，鐺子兩脚破。鹿脯三四條，石鹽五六課。看客只甯馨，從你痛殺我。

世無百年人，強作千年調。打鐵作門限，鬼見拍手笑。

養兒從小打，莫道憐不答。長大欺父母，後悔定無疑。

借物索不得，貸錢不肯還。頻來論即門，過在阿誰邊。

其他五言四句，都是諷世勸善的白話詩。例如：

他人騎大馬，我獨跨驢子。回頭擔柴漢，心下較些子。

城外土饅頭，餡草在城裏，一人喫一個，莫嫌沒滋味。

胡仔「苕溪漁隱叢話」載黃庭堅賞愛王梵志的「翻着襪」一詩，也是五言四句的：

梵志翻着襪，人皆道是錯。乍可刺你眼，不可隱我脚。

陳善「捫蝨新話」說：「知梵志翻着襪法，則可以作文；知九方臯相馬法，則可以觀人文章。」這話說的有理。

我以爲寒山子大概生在初唐盛唐之際，隱居天台翠屏山，與國清寺僧拾得、豐干時相往來，大歷中還在。（「太平廣記」五十五）「續藏經、風穴語錄」載寒山詩一首：

梵志死去來，魂識見閻老。讀破百王書，不免受捶拷。一稱南無佛，皆以成佛道。

寒山的詩或許受了王梵志的影響。王績往往題壁作詩，寒山則於竹木石巖，人家廳壁，處處題詩。現在看他自己怎樣自述：

五言五百篇，七字七十九。三字三十一，都來六百首。一例書巖石，自誇云好手。若能會我詩，眞是如來母。

他自誇好手，頗有風趣。他怎樣作詩的呢？

有箇王秀才，笑我詩多失。云不識蜂腰，仍不會鶴膝。平側不解壓，凡言取次出。我笑你作詩，如盲徒詠日。

他不識什麼四聲八病，他不怕用凡言，他有意的要做不拘格律的白話詩。他也不管讀者的反應如何。

> 下愚讀我詩，不解却嗤誚。中庸讀我詩，思量云甚要。上賢讀我詩，把著滿面笑。楊修見幼婦，一覽便知妙。

他自信會有人知道他的詩之妙處，會有人替他流傳。——「忽遇明眼人，卽自流天下。」他還自信他的詩具有使人爲善向上的效用：

> 凡讀我詩者，心中須護淨。慳貪繼日廉，諂曲登時正。驅遣除惡業，歸依受眞性。今時得佛身，急急如律令。

這裏選錄他的幾首好詩：

> 出身既擾擾，世事非一狀。未能捨流俗　所以相追訪。明弔徐五死，今送劉三葬。日日不得閒，爲此心悽愴。

> 我在村中住，衆推無比方。昨日到城下，仍被狗形相。或嫌袴太窄，或說衫少

長。擽却雞子眼，雀兒舞堂堂。

有人把椿樹，喚作白旃檀。學道多沙數，幾個得泥洹。棄金却擔草，謾人亦自謾。似聚沙一處，成團亦大難。

欲得安身處，寒山可長保。微風吹幽松，近聽聲逾好。下有斑白人，喃喃讀黃老。十年歸不得，忘却來時道。

這種詩略像禪宗語錄，無疑的是受了當時禪宗的影響。語帶詼諧而意實嚴肅，外似平易而內藏機鋒，其妙處在此。「寒山子詩附豐干拾得詩」，有「四部叢刊」本。自晉宋以來，漸有譯人模倣佛典文學中的偈頌而作偈說理，傳教，諷人。如鳩摩羅什慧遠用偈相問答；禪宗此土第二祖慧可第六祖慧能也作有近於白語的偈。可是惠休寶月之流仍作世俗的豔冶之詩。慧能生卒（六三八——七一三）恰在王梵志寒山子間，王梵志寒山子作出這種非偈非詩的詩體自然不是偶然的奇蹟了。

最後要說這一時期的陳子昂（六五六——六九八）了，他是梓州射洪人，家世富豪子，他獨苦節讀書。初爲「感遇詩」三十首 京兆司功王適歎謂「此子必爲天下文宗」。官至左拾遺 麟臺正字。嘗上書武后請興明堂太學，宋祁謂爲「薦圭璧於房闥，以脂澤汙漫之。」今存「陳拾遺集」十卷，有「四部叢刊」本。韓愈詩云：「國初盛文章，子昂始高蹈，」柳宗元亦謂「張說工文章，九齡善比興，兼備者子昂而已。」張說（六六七——七三〇）文章典麗宏贍，當時與蘇頲（六七〇——七二七）並稱，朝廷大述作多出其手，號爲「燕許大手筆」。今存「張燕公集」二十五卷。有「四部叢刊」本。張九齡（六七三——七四〇）詩有神味，文亦高雅。今存「曲江集」二十卷，有「四部叢刊」本。燕許曲江皆爲初唐盛唐之際的人。初唐文士撰碑頌，皆以徐庾爲宗，氣調漸劣；富嘉謨吳少微始以經典爲本，稱爲「富吳體」。到了燕許大手筆，可說達到這一類文體的最高峯了。子昂之文，不遜燕許。所作表序猶沿排偶之習，論事書疏則疎樸近古，無怪韓、柳好像要推他爲古文運動的先驅。我最愛讀他的「登幽州臺歌」：

前不見古人，後不見來者，念天地之悠悠，獨愴然而涕下。

一首小詩把一瞬間登高望遠所得的靈感，所悟宇宙無限、人生有涯的大道理寫出來，眞是神來之筆。

綜觀初唐百年間文學，一面沿習了六朝浮靡的餘習，一面又有一點借復古而革新的傾向。作者輩出，後來居上，唐代文學脫舊創新的機運已經醞釀到了快要成熟的時候了。

三　盛唐詩人

所謂盛唐，應包括玄宗肅宗至代宗的一個時期。（約自七一〇——七八〇）太宗已有「雪恥酬百王，除凶報千古」的豪語，實則到了玄宗纔是唐代國力達到最高峯的一個時期，同時也是中國文化自周漢以後發展到最高的一個時期。就文學說，由初唐四傑、沈、宋、陳子昂、張說諸人，直到盛唐李、杜、王、孟、高、岑諸人，詩格纔大變了。這一大變已和初唐作風不同，自然不必說八代。他們算替唐詩開了一個新時代，即就全部詩史說，也開展了一個新時代。倘若我們承認胡適之所說詩經時代爲「詩人時代」，那末，這一時代就可算是「第二詩人時代」了。

略依作者生卒先後，就從王、孟說起罷

孟浩然（六八九——七四〇）襄陽人。少好節義，喜振人患難，隱鹿門山。年四十餘乃遊京師，張九齡、王維雅稱道之。九齡爲荊州，辟置於府，府罷。開元末病疽背卒，年五十二。初，王維過郢州，畫浩然像於刺史亭，因曰「浩然亭」。咸通中刺史鄭誠謂賢者名不可斥，更署曰「孟亭」。皮日休「郢州孟亭記」，謂「明皇世，章句之風大得建安體，論者推李翰林杜工部爲尤，介其間能不愧者，浩然也。」浩然一生風流瀟洒，不汲汲於仕進。所以李白「贈孟浩然」詩云：「吾愛孟夫，風流天下聞。紅顏棄軒冕，白首臥松雲。醉月頻中聖，迷花不事君。高山安可仰，徒此揖清芬。」他自己的詩中也說：

北闕休上書，南山歸敝廬。不才明主棄，多病故人疏。（「歲暮歸南山」）。

拂衣何處去？高枕南山南。欲徇五斗祿，其如七不堪。（「京還贈王維」）。

又詩云：

自洛之越

皇皇二十載，書劍兩無成。山水尋吳越，風塵厭洛京。扁舟泛湖海，長揖謝公卿。且樂杯中物，誰論世上名。

他好與隱者道士上人法師來往，幽棲生活是他最好的題材。頗多關於「談玄」「高論」「悟道」「忘機」之作。如云：「會理知無我　觀空厭有形。」「坐聽閑猿嘯，彌清塵外心。」能引讀者於其欣賞的瞬間忘其自我，而與作者同入脩然塵外的一種境界。又云：「我愛陶家趣，林園無俗情，」可見他曾受了陶潛的影響，不過更饒禪機妙悟。又云：「書取幽棲事，將尋靜者論。」「當路誰相假，知音世所稀。」他似乎只許王維為知音。總之不是悟道的靜者不易領會他的詩趣。王士禎欣賞其富有神韻之作，這位闊詩人也算是他的異代知音能。今存「孟浩然集」四卷，有「四部叢刊」本。

王維，（六九九——七五九）字摩詰，太原祁人。九歲知屬辭。與弟縉齊名。開元初擢進士，調大樂丞，累遷給事中。天寶末，安祿山陷兩都，維為賊得，迎置洛陽，迫以僞署。祿山大宴凝碧池，召梨園諸工合樂。維悲惻賦詩云：「萬戶傷心生野煙，百官何日再朝天。秋槐花落空宮裏，凝碧池頭奏管絃。」賊平，維以「凝碧池」詩聞於行在，特宥之。責授太子中允 官至尚書右丞卒，年六十一。維工草隸，善音樂。弟兄皆篤志奉佛，食不葷血 衣不文綵。在京師日飯十數名僧，以玄譚爲樂。齋中唯有茶鐺藥臼，經案繩牀而已。退朝之後，焚香獨坐，以禪誦爲事。妻亡無子，孤居三十年。別墅在輞川，地奇勝，與道友裴迪往來其間，彈琴賦詩爲樂。嘗聚其田園所爲詩，號「輞川集」。母亡，表輞川第爲寺，終葬其西。今存「王右丞集」二十八卷，附錄二卷。王維是一個多方面的藝術家。他的生活兼都市山林而有之，不但與幽棲人物名僧道友相來往，兼爲豪英貴人虛左以迎。雖然他的詩格和孟浩然相近，王孟並稱，實則他的題材較孟豐富，體裁較孟多樣，情趣較孟深厚，有時禪味也較孟更濃。他的詩多爲諸王座上樂章，不止「渭城曲」一首。他的畫思固然入神，而詩思也像畫思；不過詩爲有聲之畫 畫乃無聲之詩而已。如詩句云：「渡頭餘落日，墟里上孤煙。」「明月松間照，清泉石上流。」「山中一半雨·樹杪百重泉。」「江流天地外，山色有無中。」都是詩中有畫的名句。又如：

蒼茫葭菼外，雲水與昭邱，檣帶城烏去，江連暮雨愁。（「送賀遂員外外甥」）。

日隱桑柘外，河明閭井間。牧童望村去，獵犬隨人還。（「淇上即事田園」）

前一詩不是很鮮明的一幅荊門秋色的畫面嗎？後一詩不是很活現的一幅北方田野的景象嗎？再如：

征蓬出漢塞，歸雁入胡天，大漠孤煙直，長河落日圓。（「使至塞上」）

這幾句詩給人以邊塞荒涼的深刻印象。把捉物象要點，而以單純有力的手法描繪之，同時以瞬間湧現的情思移入之，眞只有觀察獨到，精思入神的藝術家纔能如此。又王維的詩常用靜字閑字。有時一詩中二字同用。如云，「灑空深巷靜，積素廣庭閑。」（「冬晚對雪」）以及「閉門晝方靜」，「閑居日清靜」等是。惟其能閑能靜幾能察物工畫，審音精樂，獨坐耽禪。今錄五律二首：

終南別業

中歲頗好道，晚家南山陲。興來每獨往，勝事空自知。行到水窮處，坐看雲起時。偶然值林叟，談笑無還期。

酬張少府

晚年惟好靜，萬事不關心。自顧無長策，空知返舊林。松風吹解帶，山月照彈琴。君問窮通理，漁歌入浦深！

再錄五絕二首：

竹里館

獨坐幽篁裏，彈琴復長嘯。深林人不知，明月來相照。

送別

山中相送罷，日暮掩柴扉。芳草明年綠，王孫歸不歸。

他的五絕似較五律更好。寫來不費力，却是由靜中妙悟得來的，言外暗示透出的。這是詩趣，也是禪趣。詩家三昧在此，禪家三昧也在此。

與王孟同時而作風略近、又見於王維詩題裏的詩人，有裴迪、祖詠、丘爲、儲光羲、綦毋潛等，而以儲光羲爲著。儲爲兗州人，與崔國輔、綦毋潛、祖詠、崔顥、常建同爲開元進士，官至監察御史、天寶末任僞官貶死。今存「儲光羲詩集」五卷。殷璠「河岳英靈集」稱其詩「削盡常言，得浩然之氣。」農樵漁牧是他常用的題材，質樸古淡略近陶詩，略嫌道盡而少餘味。例如「田家卽事」一詩倘截去首尾六句豈不更佳？

（蒲葉日已長，杏花日以滋，老農要看此，貴不違天時。）迎晨起飯牛，雙駕耕東菑。蚯蚓土中出，田烏隨我飛。羣合亂啄噪，嗷嗷如道飢。我心多惻隱，顧此兩傷悲。撥食與田烏，日暮空筐歸。（親戚更相誚，我心終不移。）

常建，字里均無可考，但知其嘗爲盱眙尉而已。「河嶽英靈集」錄肅代間二十四人，以建冠首、序中稱許其「松際露微月，淸光猶爲君」諸句。今存「常建詩集」三卷。錄其五律一首：

破山寺後禪院

淸晨入古寺，初日照高林。曲徑通幽處，禪房花木深。

山林悅鳥性，潭影空人心。萬籟此俱寂，惟聞鐘磬音。

歐陽修「題青州山齋」極賞此詩，謂欲效其語，久不可得。企慕古人，固是常事。至若李白之推許同時人崔顥「黃鶴樓」一詩，則尤爲虛心服善，不可多得了。

崔顥，（？——七五四）汴州人。有文無行，好蒱博飲酒。及遊京師，娶妻惟擇美者，稍不愜意即去之，前後凡四五娶。（稍後秦系亦以出妻獲謗）累官司勳員外郎。他以「黃鶴樓」一詩而享盛名：

昔人已乘黃鶴去，此地空餘黃鶴樓。黃鶴一去不復返，白雲千載空悠悠。

晴川歷歷漢陽樹，芳草萋萋鸚鵡洲。日暮鄉關何處是，煙波江上使人愁。

沈德潛謂此詩「意得象先，神行語外，縱筆寫去，遂擅千古之奇。」相傳李白的「鸚鵡洲」「登金陵鳳凰臺」二詩爲求效崔顥此詩而作。

李白，（七〇一——七六二）字太白，漢隴西人李廣之後，梁武昭王暠九世孫。其先隋末以罪徙西域碎葉。（今新疆焉耆）神龍初，（七〇五）遁還，客巴西。白生於西域，母爲蠻婆。（「四川總志」說龍安府平武縣有蠻婆渡，相傳李白母浣紗於此。）父客以逋其邑，遂以客爲名。後爲任城尉，因家焉。白自述「五歲誦六甲，十歲觀百家。」（「上安州裴長史書」）「十五觀奇書，作賦凌相如。」（「贈張相鎬」）又說：「昔與邑人東巖子隱於岷山之陽。白巢居數年，不跡城市。養奇禽千計，呼皆就掌取食，了無驚猜。廣漢太守聞而異之 詣廬親覩，因舉二人以有道，並不起，此則白養高忘機不屈之跡。」王琦「李太白年譜」說：「白性倜儻，喜縱橫術；擊劍，爲任俠，嘗手刃數人；輕財重施，不事產業。」可知李白五歲到二十歲左右是他讀書修養，任俠仗義的時期。二十五歲左右到四十歲左右，他就「仗劍去國，辭親遠遊，」「偏干諸侯」「歷抵卿相」了。據他自巳說：「南窮蒼梧，東涉溟海，見鄉人相如大誇雲夢之事，云楚有七澤，遂乃觀焉。而許相公家見招，妻以孫女，憩跡於此，至移三霜焉。」又說：「酒隱安陸，蹉跎十年。」（「上安州裴長史書」「上安州李長史書。」）大約他在楚漢的時期頗久，其間曾南泛洞庭，東至金陵、維揚，又曾至山東河南太原等處。在山東時，與孔巢父、韓準、裴政、張叔明、陶沔居徂徠山，日沉飲，號「竹溪六逸」。天寶初，南入會稽，與吳筠善，筠被召，故亦同至長安。那時李白巳四十多歲了。白到長安後，玄宗召見金鑾殿，論當世事，奏頌一篇。帝賜食，親爲調羹。有詔供奉翰林，白猶與飲徒醉於市。帝坐沈香亭子，意有所感，欲得召白爲樂章；召入而白巳醉，左右以水灑面，稍解，援筆成文，婉麗精切，無留思。帝愛其才，數宴見。白嘗侍帝，醉使高力士脫靴。力士素貴，恥之。摘其詩以激楊貴妃。帝欲官白，妃輒阻止。白自知不爲親近所容，益驁放不自脩。與賀知章、李適之、汝陽王璡、崔宗之、蘇晉、張旭、焦遂、爲酒中八仙人。懇求還山，帝賜金放還。於是就從祖陳留採訪大使彥允，請北海高天師授道籙於齊州紫極宮。自是浮遊四方，北抵趙魏燕晉；西涉邠岐，歷商於至洛陽；南遊淮泗，再入會稽。而家寓魯中，故時來往齊魯間，前後十年中 惟遊梁宋最久。這是李白四十多歲到五十多歲的事。天寶十四年，安祿山反，白轉側宿松匡廬間。永王璘爲江淮兵馬都督揚州節度大使，白在宣州謁見，遂辟從事。永王璘謀亂兵敗，白坐長流夜郎。後遇赦待還，往依當塗令李陽冰。白晚好黃老，度牛渚磯至姑孰，悅謝家青山，欲終焉。及卒，葬東麓，年六十二。元和末，宣歙觀察使范傳正以白志在青山，爲改葬，立二碑焉。有「李太白集」三十卷，清王琦集註本，別爲附錄六卷。

李白論詩，排斥六朝，昌言復古。如云：「自從建安來，綺麗不足珍。聖代復玄古，垂衣貴清眞。」又云：「我志在刪述，垂輝映千春，希聖如有立，絕筆於獲麟。」（「古風」五十九首之一）又云：「梁陳以來，豔薄斯極，沈休文又尚聲律。將復古道，非我而誰？」（「孟棨本事詩」）他似以全力製作樂府古體，不甚措意於當時的律詩；偶作七律，存者不多。五律雖稱逸品，亦以長古體單行之氣，運於聲調偶儷之中。李陽冰的「李白草堂集序」說：「自三代已來，風騷之後，馳驅屈宋，鞭撻揚馬，千載獨步，唯公一人。故王公趨風，列岳結軌，羣賢翕習，如鳥歸鳳。」盧用藏云：「陳拾遺卓立千古，横制頹波，天下質文，翕然一變。至今國朝詩體尚有梁陳宮掖之風，至公大變，掃地倂盡，今古文集遏而不行，唯公文章横被六合，可謂力敵造化歟！」我們可以知道李白不但自己有革新詩體的宏願，即從他同時的人看來，他也是一個風靡一世的詩體革命者。我以爲他倡詩體革命正和後來韓愈倡文體革命一樣，同是迎合一般人好古的心理而昌言復古，其實同是以革命者的精神而從事創作。皮日休說李白不求古於建安江左，不求麗於江左南朝，（「劉棗強碑文」）正是指李白的創作精神而說的。李白的詩雖多用樂府古辭舊題，却不甚拘於原有意思，也不拘於原有聲調形式，乃是爲自己發抒胸臆而作的新詩，和其他的五言七言歌行一樣。從來詩人摹擬樂府的作品大都只能算是一種戲作。其根柢全置於作者自身的經驗而唱出由作者內心所發的聲音，絕不多見。到了李白，却能充分把自巳肺腑中間潛流或澎湃的情感思想借着樂府而自然地歌唱出來。他眞是基於自己生活的經驗而發揮內在的眞理之抒情詩人啊！錄詩二首：

日出入行

日出東　隈　似從地底來。歷天又復入西海，六龍所舍安在哉？其始與終古不息，人非元氣安得與之久徘徊！草不謝榮於春風，木不怨落於秋風，誰揮鞭策驅四運，萬物興歇皆自然。羲和、羲和！汝奚汩沒於荒淫之波？魯陽何德，駐景揮戈。逆道違天，矯誣實多。吾將囊括大塊，浩然與溟涬同科。

將進酒

君不見黃河之水天上來，奔流到海不復回。君不見高堂明鏡悲白髮，朝如青絲暮成雪。人生得意須盡歡，莫使金樽空對月。天生我才必有用，千金散盡還復來。烹羊宰牛且爲樂，會須一飲三百杯。岑夫子，丹邱生，進酒君莫停。與君歌一曲，請君爲我傾耳聽。鐘鼓饌玉不足貴，但願長醉不用醒。古來聖賢皆寂寞，唯有飲者留其名。陳王昔宴平樂，斗酒十千恣歡謔。主人爲何言少錢，徑須沽酒對君酌。五花馬，千金裘，呼兒將出換美酒，與爾同銷萬古愁。

「日出入行」一詩可見他的自然主義的人生觀，同時亦可見其與天地萬物精神往來的一種超脫境界。「將進酒」一詩可見他找尋刺激，貪圖瞬間享樂的頹廢生活。劉昫說他「少有逸才，志氣宏放，飄然有超世之心。」這是不錯的。所謂逸才，是說他有迥異尋常的天才。天才本是先天的；加以當他出生時，其母長庚入夢，名他爲白，而字太白；後來又有人稱他「謫仙」，這都給他以非常人的暗示。他的詩異說：「天上白玉京，十二樓五重，仙人撫我頂，結髮受長生。」難怪他以不同凡人的仙侶自命了。何況他少年養高學道，受有道家（不如說神仙家）的影響，這就是他詩中超自然的神仙思想的來源罷。所謂志氣宏放，也因才大而志益大。未得志時則羡慕游俠。如說：「燕南壯士吳門豪，筑中置鉛魚隱刀。感君恩重許君命，太山一擲輕鴻毛。」（「結襪子」）又說：「縱死俠骨香，不慚世上英，誰能書閣下，白首太玄經！」（「俠客行」）得志時則享樂富貴。如說：「承恩初入銀臺門，著書獨在金鑾殿。龍駒雕鐙白玉鞍，象牀綺食黃金盤。當時笑我微賤者，却來請謁爲交歡。」（「贈從弟南平太守之遙」）何況游俠總是容易接近富貴的。如說：「君不見淮南少年游俠客，白日毬獵夜擁擲，呼盧百萬終不惜，報讎千里如咫尺。少年游俠好經過，渾身裝束皆綺羅。蘭蕙相隨喧妓女，風光去處滿笙歌。驕矜自言不可有，俠士堂中養來久。好鞍好馬乞與人，十千五千旋沽酒。赤心用盡爲知己，黃金不惜栽桃李。桃李栽來幾度春，一回花落一回新。府縣盡爲門下客，王侯皆是平交人。」（「少年行」）從他詩中可見其超人超凡庸的游俠富貴思想。然而神仙不可求，富貴不可保，失志之餘，不免露出厭世思想，頹廢氣分，還是超世主義的一貫。所謂超世的意義當如此。他這種超世的思想和態度移在作風上也有超現實的傾向。往往用象徵的手法，暗示的力量，美化當前的現實。杜甫詩說，「白也詩無敵飄然思不羣。」一似就李白超世的人格和作風說的。又一詩說：「不見李生久，佯狂眞可哀，世人皆欲殺，吾意獨憐才。」狂人、罪犯，天才，只是一個心理變態或精神異常者的人格的多方面，杜甫可說是最能知道李白的罷。李白於詩幾乎無體不工，但我最愛讀他的七言歌行「江上吟」、「廬山謠」、「夢遊天姥吟」、「灞陵行」、「宣州謝朓樓餞別」、「把酒問月」諸篇，眞有鞭打山嶽，驅走風霆的氣魄。同時也最愛讀他的五七言絕句，眞是語近情遙，使人神遠。雖是小詩罷，他却用其生命的全力把瞬間的靈感呈現出來，又並不像故意去努力，只像在一種不得不然的狀態裏，而已見其抒情的緊張，興會的深遠，這眞是抒情詩人入神的妙技呵！有唐一代，只有王維的五絕，王昌齡的七絕差可和他比肩，餘人均有不及。他和王昌齡是朋友，有詩爲贈：

聞王昌齡左遷龍標遙有此寄

楊花落盡子規啼，聞道龍標過五溪。我寄愁心與明月，隨君直到夜郎西。

王昌齡，字少伯，江寧人。開元間進士，又中宏辭。曾爲汜水尉。不護細行，貶龍標尉。以世亂還鄉里，爲刺史閭曉丘所殺。李攀龍推他的「秦時明月漢時關，萬里長征人未還，但使龍城飛將在，不教胡馬度陰山」一詩爲唐代七絕壓卷之作。王士禎以爲未允，必求壓卷，則李白的「朝辭白帝」，王維的「渭城」，王之渙的「黃河遠上」，和昌齡的「奉帚平明」皆可，而終唐之世，絕句亦無出四章之右者。我們要知道足以使王昌齡詩名不朽的卽在他那將近百首的絕句，（據「全唐詩」）稱他爲「詩天子」的也在此。從來批評者論到七絕大都是把他和李白並稱的。

當李白十二歲的時候，又有一個偉大的詩人誕生，這便是杜甫。

杜甫，（七一二——七七〇）字子美，晉杜預之後。本籍襄陽，曾祖依藝爲河南鞏縣令，徙居於此。祖審言，前已說過。父閑，終奉天令。母崔氏。甫幼多病，家貧好學。他的「壯遊」詩云：「往者十四五，出遊翰墨場，斯文崔（尚）魏（啓心）徒，以我似班揚。七齡思卽壯，開口詠鳳凰。九齡書大字，有作成一囊。」可見他幼年夙慧。二十歲左右，他就開始漫遊。「哭韋之晉」詩云：「悽愴郇瑕邑，差池弱冠年。」大約游晉之後，又爲吳越之遊。歸赴長安，舉進士不第。「奉贈韋左丞丈二十二韻」云：「甫昔少年日，早充觀國賓。讀書破萬卷，下筆如有神。賦料揚雄敵，詩看子建親。李邕求識面，王翰願卜鄰。自謂頗挺出，立登要路津。致君堯舜上，再使風俗淳。」可見其少年時代的氣概。又「壯遊」詩云，「歸帆拂天姥，中歲貢舊鄉。氣劘屈賈壘，目短曹劉牆。忤下考功第，獨辭京尹堂。放蕩齊趙間，裘馬頗清狂。春歌叢臺上，冬獵青邱旁。呼鷹皁櫪林，逐獸雲雪岡。射飛曾縱鞚，引臂落鶖鶬。蘇侯（預）據鞍喜，忽如攜葛強。快意八九年，西歸到咸陽。」下第之後，遨遊齊趙間，過了八九年的快意生活，又到長安，他已是三十五歲左右的人了。「壯遊」詩又云：「許與必詞伯，賞遊實賢王。曳裾置醴地，奏賦入明光。天子膺食召，羣公會軒裳。脫身無所愛，痛飲信行藏。黑貂不免敝，斑鬢兀稱觴。杜曲換耆舊，四郊多白楊。坐深鄉黨敬，日覺生死忙。朱門任傾奪，赤族迭罹殃。國馬竭粟豆，官鷄輸稻粱。舉隅見煩費，引古惜興亡。」又「奉贈韋左丞丈二十二韻」詩云：「騎驢三十載，旅食京華春。朝叩富兒門，暮隨肥馬塵，殘羹與冷炙，到處潛悲辛。」可見他在長安時，雖聲名漸盛，而生活潦倒。同時國事漸壞，已露衰危之象。他在長安四五年間，先後進「獻鵰賦」「三大禮賦」「封西嶽賦」，高自稱道。且言「先臣恕預以來，承儒守官十一世，迨審言以文章顯中宗時。臣賴緒業，自七歲屬辭且四十年，然衣不蓋體，常寄食於人，竊恐轉死溝壑，伏惟天子哀憐之。若令執先臣故事，拔泥塗之久辱，則臣之述作雖不足鼓吹六經，至沈鬱頓挫，隨時敏給，楊雄枚臯可企及也。有臣如此，陛下其忍棄之！」自待制集賢院，授河西尉不拜，改右衛率府胄曹參軍，但他仍不能養家。他在「自京赴奉先縣詠懷五百字」一詩中云：「老妻寄異縣，十口隔風雪，誰能久不顧，庶往共飢渴。入門聞號咷，幼子飢已卒。吾寧捨一哀，里巷亦嗚咽。所愧爲人父，無食致夭折！」可見他雖做了一個小京官，兒子却已餓死了。同時又云：「凌晨過驪山，御榻在嵽嵲。蚩尤塞寒空，蹴踏崖谷滑。瑤池氣鬱律，羽林相摩戛。君臣留懽娛，樂動殷樛葛。賜浴皆長纓，與宴非短褐。彤庭所分帛，本自寒女出。鞭撻其夫家，聚歛貢城闕。聖人筐篚恩，實欲邦國活。臣如忽至理，君豈棄此物。多士盈朝廷，仁者宜戰慄。況聞內金盤，盡在衛霍室。中堂舞神仙，煙霧散玉質。煖客貂鼠裘，悲管逐淸瑟。勸客駝蹄羹，霜橙壓香橘。朱門酒肉臭，路有凍死骨。榮枯咫尺異，惆悵難再述。」他因過驪山而歎君臣懽娛，憂其荒淫兆亂。此詩作於天寶十四年(七五五)十一月，果然，安祿山就在這年冬叛亂了。肅宗立，他自鄜州欲奔行在，遂陷賊中。他的「哀王孫」、「哀江頭」等名篇，皆爲此時作品。次年亡走鳳翔，上謁，拜左拾遺。房琯以討賊兵敗罷相，他上疏言罪細不宜免大臣，幾至獲罪。放還鄜州。他的傑作之一「北征」詩云：「潼關百萬師，往者散何卒。遂令半秦民，殘害爲異物。況我墮胡塵，及歸盡華髮。經年至茆屋，妻子衣百結。慟哭松聲迴，悲泉共幽咽。平生所驕兒，顏色白勝雪。見耶背面啼，垢膩脚不襪。牀前兩小女，補綻纔過膝。海圖坼波濤，舊繡移曲折。天吳及紫鳳，顛倒在短褐。老夫情懷惡，嘔泄臥數日。那無囊中帛，救汝寒凜慄。粉黛亦解包，衾裯稍羅列。瘦妻面復光，癡女頭自櫛。學母無不爲，曉妝隨手抹。移時施朱鉛，狼藉畫眉闊。生還對童稚，似欲忘飢渴。問事競挽鬚，誰能卽瞋喝。翻思在賊愁，甘受雜亂聒。新歸且慰意，生理焉得說。」他由亂離中逃到家來，一時悲喜交集的情狀都活描出來了。此時官軍雖收兩京，而賊猶充斥。他的「三吏」（「新安吏」、「潼關吏」、「石壕吏」）「三別」（「新婚別」、「垂老別」、「無家別」）諸名篇皆此期間所作。他從駕還京師，出爲華州司功參軍。關輔飢，寓居成州同谷縣，自己負薪采橡栗自給。乾元中寓居同谷縣作歌七首，寫他的艱苦生活最深摯最沈痛。（後來文天祥、汪元量、王夫之、鄭燮都有倣作）這個時候他已五十歲，李白已死了。嚴武鎭成都，奏爲節度參謀檢校尙書工部員外郎。他於成都浣花里種竹植樹，結廬枕江，縱酒嘯詠，與田夫野老相狎，蕩無拘檢。嚴武死後，他經渝州到夔州，居之。「諸將」、「秋興」、「詠懷古跡」諸名篇皆此期間所作。大曆三年（七六八）離夔州，出峽，至岳州。四年至潭州，登衡山。五年到耒陽，死於寓次，旅殯岳陽，年五十九。註杜詩者號稱千家，以淸仇兆鰲「杜詩詳註」爲最流行。又「杜詩鏡詮」也好。

杜甫是屈原以後第一個被推崇的詩人，元稹謂其「上薄風騷，下該沈宋，言奪蘇李，氣吞曹劉，掩顏謝之孤高，雜徐庾之流麗，盡得古今之體勢，而兼人人之所獨專。」宋祁亦以爲「甫渾涵汪茫，千彙萬狀，兼古今而有之。」都似乎有推崇杜甫爲集古今詩人之大成的意思。又黃庭堅推他爲詩中之史，楊萬里推他爲詩中之聖，王世貞則推爲詩中之神。宋犖說：「七言古詩上下千百年，定當推少陵爲第一，蓋天地元氣之奧至少陵而盡發之，允爲集大成之聖。」聖而不可知之之謂神，要算王世貞詩神之說，推崇杜甫到了極點了。詆毀杜甫的人就很少，只有楊億詆杜爲「

村夫子」，王愼中也曾嚴駁杜詩，都沒有什麼影響。至李、杜優劣之說，則始於中唐元、白諸人。元稹說：「詩人已來，未有如子美者。時山東人李白，亦以文奇取稱，時人謂之李杜。予觀其壯浪縱恣，擺去拘束，摸寫物象，及樂府歌詩，誠亦差肩於子美矣。至若鋪陳終始，排比聲韻，大或千言，次猶數百；詞氣豪邁，而風調淸深；屬對律切，而脫棄凡近；則李尙不能歷其藩翰，況堂奧乎？」白居易也說：「李白之作才矣奇矣，人不逮矣，索其風雅比興，十無一焉。杜詩最多，可傳者千餘首。至於貫穿今古，覼縷格律，盡工盡善，又過於李。」元白極推崇杜的長律，而白更推崇杜詩的諷諭，都不免抑李揚杜。當時韓愈有詩說，「李杜文章在，光燄萬丈長。不知羣兒愚，那用故謗傷。蚍蜉撼大樹，可笑不自量。」他以平等的眼光看李杜，所以對於當時的李杜優劣論者就不免訶斥了。

我們雖不必用個人的趣味來評騭李杜的優劣，但從藝術的觀點來辨別他們的差異，卻是可以的。最好先看李杜當日彼此間的互相批評。相傳李白有「戲贈杜甫」

的一詩道：

飯顆山頭逢杜甫，頭戴笠子日卓午。借問因何太瘦生，只爲從來作詩苦。

李白眼中的杜甫只是一個態度嚴肅而認眞的苦吟詩人。所以「舊唐書杜甫傳」中說：「白自負文格放達，譏甫齷齪，而有飯顆山之嘲誚。」杜甫也有「贈李白」的一首詩道：

秋來相顧尚飄蓬，未就丹砂愧葛洪。痛飲狂歌空度日，飛揚跋扈爲誰雄！

杜甫眼中的李白則是一個態度超脫而豪放的狂歌詩人。再從李杜詩文選摘可以作爲他們自己表白的詩句：

李白：「嶔奇歷落可笑人。」（「上安州李長史書」）

杜甫：「乾坤一腐儒。」（「江漢」）

李白：「我本楚狂人，鳳歌笑孔丘。」（「盧山謠」）

杜甫：「許君一何愚，竊比稷與契。」（「詠懷五百字」）

李白：「巨鼇莫載三山去，我欲蓬萊頂上行。」（「懷仙行」）

杜甫：「生逢堯舜君，不忍便永訣。」（「詠懷」）

可見一個肯自命爲狂者，一個不諱言爲腐儒。一個抱超世主義，源於道家思想；一個抱淑世主義，源於儒家思想。一個幻想超昇仙境，一個不忍離開君國。總之，他們的作品都是他們自己生命純眞的表白，這裏不過略爲舉例比較而已。再看他們怎樣論詩罷！

李白：「清水出芙蓉，天然去雕飾。」（「放流夜郎書懷」）

杜甫：「爲人性僻耽佳句，語不驚人死不休。」（「江上値水。」）

李白：「興酣落筆搖五嶽，詩成笑傲凌滄洲。」（「江上吟」）

杜甫：「但覺高歌有鬼神，焉知餓死塡溝壑。」（「醉時歌」）

大抵李杜於詩的手法上，一個側重自然，一個側重雕飾。風格上一個豪放飄逸，一個沈鬱頓挫。各有各的價値，各有各的生命。我們還該知道李白是主觀主義的詩人，以個人的情緒爲對象，長於抒情。杜甫是客觀主義的詩人，以外物的眞實爲對象，長於寫實。李詩偏於造境，是想象的境界，超於現實的境界。杜甫偏於寫境，是經驗的境界，囿於現實的境界。李杜都能在詩壇上開拓一個大境界，成爲勢均力敵的兩大家。雖同生一個時代，却因通過了各自不同的人生觀與藝術觀，各人詩中所反映出來的時代就覺兩樣了。

杜甫於天寶以後，頗多描寫亂離之作。他那種客觀的寫實詩，就是這個時代詩人的偉大收穫。自個人的身邊瑣屑以至天下國家的大事，無一不可爲他的題材。杜詩所以被稱爲詩史，就在這裏。「四庫提要」說：「自宋人倡詩史之說，而箋杜詩者遂以劉昫宋祁二書據爲藁本，一字一句，務使與紀傳相符。夫忠君愛國，君子之心；感事憂時，風人之旨。杜詩所以高於諸家者，固在於是，然集中根本不過數十首耳。詠月而以爲比肅宗，詠螢而以爲比李輔國，則詩家無景物矣。謂紈袴下服爲小人，謂儒冠上服爲君子，則詩家無字句矣。」我想註李詩的只有宋楊齊賢、元蕭士贇、明胡震亨、清王琦四五家，而註杜詩的號稱千家，何能保住他們不說些穿鑿傅會的話？杜甫就眞由他們派作腐儒了。李白畢竟是一個不可捉摸的偉大天才，不幸在生沒有幾個人了解他，幸而死後少有人誤註誤箋他的作品。

⑱現在要說到和李杜同時高岑諸家了。

高適，（六九五？——七六五）字達夫，渤海人。少濩落不事生產。家貧，客於梁宋，以求丐取給。天寶中，海內事干進者注意文詞。適年過五十始留意詩什。數年之間，體格漸變，以氣質自高。每吟一篇已，爲好事者稱誦。初舉有道科，爲封丘尉。河西節度使哥舒翰表爲書記。安祿山之叛，潼關失守，適奔赴行在，擢諫議大夫。歷遷成都尹，劍南西川節度使。代宗卽位，禦吐蕃無功，召還爲刑部侍郎，轉散騎常侍，進封渤海縣侯。開元天寶間，詩人封侯者惟高適一人。今存「高常侍集」八卷，有「四部叢刊」本。他的詩工七言古體。杜甫每以高適李白並稱。如「遺懷」云：「憶與高李輩，論交入酒壚。兩公壯藻思，得我色敷腴。氣酣登吹臺，懷古覩平蕪。芒碭雲一去，鴈驚空相呼。」可見當日他們三人的豪情逸興。就詩而論，高在李杜之間只算蜂腰。高的一生由乞丐而詩人而達官，生活不爲不豐富，可是眞正富有生命之力的作品實在不多。本來他是一個熱心功名的豪傑，注意文詞也不過作爲干進之具而已。送別諸作却多壯語，我最愛「別恨隨流水，交情脫寶刀，」「白雲勸盡杯中物，明月相隨何處眠，」「意氣能甘萬里去，辛勤判作一年行」諸句。「別董大一絕」也很好。詩云：

　千里黃雲白日曛，北風吹雁雪紛紛。莫愁前路無知己，天下誰人不識君。

岑參，（七一五？——七七○？）南陽人。少孤貧篤學。登天寶中進士第，由右率府兵曹參軍累官安西節度判官，入爲右補闕，又出爲虢州長史。代宗總戎西服時，委以書奏之任。由庫部郎出刺嘉州。杜鴻漸鎮西川，表爲從事，以職方郎兼侍御史，領幕職。使罷，流寓不還，遂終於蜀。所著「岑嘉州詩」七卷，有「四部叢刊」本。參詩多寫邊塞壯境奇景，故多壯辭奇語。每一篇出，人人傳寫，雖閭里士虛，戎夷蠻貊，莫不謳誦。他與高適爲友，同樣熱心功名。例如：

銀山磧西館

銀山磧口風似箭，鐵門關西月如練。雙雙愁淚沾馬尾，颯颯胡沙迸人面。大夫三十未富貴，安能終日守筆硯。

可見其意氣之一斑。他們兩人的詩，說及邊塞戰事，大都精神百倍，不像別的詩人僅含非戰思想。高岑並稱，在這一點上不是偶然的。王孟多寫田園山水，高岑愛寫邊塞風光。王孟所寫自然界的美是優美，高岑所寫自然界的美是壯美。讀王孟詩生隱逸的思想，讀高岑詩起功名的念頭。再舉高岑兩人的詩爲例：

送兵到薊北　　高適

積雪與天迥，屯軍連塞愁。誰知此行邁，不爲覓封侯！

戲題關門　　岑參

來亦一布衣，去亦一布衣。羞見關城吏，還從舊路歸。

同李員外賀哥舒大夫破九曲之作　　高適

泉噴諸戎血，風驅死虜魂。頭飛攢萬戟，面縛聚轅門。

獻封大夫破播仙凱歌　　岑參

日落轅門鼓角鳴，千羣面縛出蕃城。洗兵魚海雲迎陣，秣馬龍堆月照營。

總之，高岑在當日都是歡喜爲自己民族而歌唱的詩人，足以代表盛唐詩人的民族意識。

李頎，與高適、王昌齡、王維、崔顥諸人爲友，而生卒年不可考。他是東川人，家於潁陽，開元中進士，官新鄉尉。所作以七言詩爲最工。明代嘉隆諸子及晚清王闓運都奉爲圭臬。今錄其詩兩首：

琴歌送別

主人有酒歡今夕，請奏鳴琴廣陵客。月照城頭烏半飛，霜淒萬木風入衣。銅鑪華燭燭增輝，初彈「淥水」後「楚妃」。一聲已動物皆靜，四座無言星欲稀。

淸淮奉使千餘里，敢告雲山從此始。

送魏萬之京

朝聞遊子唱離歌，昨夜微霜初度河。鴻雁不堪愁裏聽，雲山況是客中過。關城曙色催寒近，御苑砧聲向晚多。莫是長安行樂處，空令歲月易蹉跎。

還有劉長卿是開元末進士，韋應物當玄宗時爲三衞郎，錢起是天寶十年進士第一人，郎士元是天寶末進士，他們的文學活動大都在大歷年代。他們算是介於盛唐中唐之間的詩人，不妨敍述於此。

劉長卿，字文房，河間人，一說宣城人。官至隨州刺史。爲人怨懟多忤，詩工五言，權德輿稱爲「五言長城」。皇甫湜嘗譏人云：「詩未有劉長卿一句，已呼阮籍爲老兵。語未有駱賓王一字，已呼宋玉爲罪人。」其爲人推重如此。今舉兩首爲例：

經漂母墓

昔賢懷一飯，茲事已千秋。古墓樵人識 前朝楚水流。

渚蘋行客薦，山木杜鵑愁。春草茫茫綠，王孫舊此遊。

贈別嚴士元

春風倚棹闔閭城，水國春寒陰復晴。細雨濕衣看不見，閒花落地聽無聲。

日斜江水孤帆影，草綠湖南萬里晴。東道若逢相識問，青袍今已誤儒生。

劉長卿的詩，意深不露，而有高秀之韻，這是他所以異於人處。今存「劉隨州集」十卷，外集一卷，有「四部叢刊」本。

韋應物，長安人，官至左司郎中。蘇州刺史。性高潔，鮮食寡欲，所在焚香掃地而坐。唯劉長卿、顧況、秦系、丹丘、皎然之儔，得厠賓客，與之酬唱。年在九十以上，不知其所終。所著「韋蘇州集」十卷，附錄一卷，有「四部叢刊」本。其「逢楊開府」一詩云，「少事武皇帝，無賴恃恩私，身作里中橫，家藏亡命兒，朝持樗蒱局，暮竊東鄰姬。司隸不敢捕，立在白玉墀。驪山風雪夜，長揚羽獵時，一字都不識，飲酒專頑癡。武皇升仙去，憔悴被人欺。讀書事已晚，把筆學題詩。兩府始收斂，南宮謬見推。非才果不容，出守撫孳孳。忽逢楊開府，論舊涕俱垂。坐客何由識，惟有故人知。」這可算是他一生的速寫。少壯時候，只是一個無賴的宿衞武士，中年以後纔因受侮辱而發憤讀書，晚年因不得志而便甘淡泊。他有詩句說「身多疾病思田里，邑有流亡愧俸錢。」這樣，他就有「效陶體」的詩，有和陶相近的人格與作風。朱熹就說他「無一字造作，氣象近道」了。錄詩一首：

●寄全椒山中道士

今朝郡齋冷，忽念山中客。澗　束荊薪，歸來煮白石。欲持一瓢酒，遠慰風雨夕。落葉滿空山，何處尋行跡。

他有「答故人見諭詩」，說是「時風重書札，物情敦貨遺。機杼十縑單，慵疏百函愧。嘗負交親責，且為一官累。」官場腐敗至此！他是一個高潔的人，當然要看不慣了。

錢起，字仲文，吳興人，官至尙書考功郎中。郎士元，字君胄，中山人，官至郢州刺史，「全唐詩」錄其詩一卷。當日自丞相以下，出使作牧，錢郎若無詩祖餞，卽爲時論所鄙。時人語曰，「前有沈宋，後有錢郎。」又合劉長卿、李嘉祐並稱爲「錢、郎、劉、李」。今錄錢郎「祖餞詩」各一首：

送夏侯審校書南歸　　錢起

楚鄉飛鳥外，獨與片帆還。破錦催歸客，殘陽見舊山。
詩成流水上，夢盡落花間。倘寄相思字，愁人定解顏。

送李將軍赴鄧州（沈德潛疑鄧州原爲定州）　　郎士元

雙旌漢飛將，萬里獨橫戈。春色臨關近，黃雲出塞多。
鼓鼙悲絕漠，烽戍隔長河。想到陰山北，天驕已請和。

「錢考功集」十卷，有「四部叢刊」本。其古體詩皆稱「往體」。「四庫提要」說：「大歷以還，詩格初變，開寶渾厚之氣漸遠漸漓，風調相高，稍趨浮響，升降之關，十不才實爲之職志，起與郎士元其稱首也。然温秀蘊藉，不失風人之旨，前輩典型猶有存焉。」明七子倡言詩必盛唐，不讀大歷以後書，似未免爲偏見。錢起與盧綸、吉中孚、韓翃、司空曙、苗發、崔峒、耿湋、夏侯審、李端，爲「大歷十才子」。（「新唐書」）十才子之說不一，郎士元、劉長卿、李嘉祐、李益、冷朝陽、皇甫曾、皇甫冉諸子，都有人各依自己的意見加減進去的。所謂十才子，如苗、吉、夏侯、崔、耿幾個人存詩都不多，也不盡見其才，盛唐文學到了他們，眞算強弩之末了。

四　中唐詩人

我們要談到中唐詩人了：

中唐，應該是指德宗、順宗、憲宗、穆宗到敬宗的一個時期，（約七八〇——八三〇）約五十年。這一時期的文學，就詩說，當以韓白爲代表作者；就文說，當以韓柳爲代表作者。無疑的，韓愈是這一時期的大作家。因柳早死，就從柳說起罷：

柳宗元，（七七三——八一九）字子厚，河東人。十七歲舉進士，二十七歲爲監察御史裏行。王叔文、韋執誼新貴用事，引他爲朋黨，擢禮部員外郎。俄而叔文失敗，他也貶永州司馬。同貶的八人，稱爲「八司馬」。宗元少年卽精警絕倫，爲文雄深雅健。既貶竄荒僻之地，因自放於山水間。抑鬱感憤皆發於文章，因「天問」而作「天對」，倣「騷」數十篇，讀者爲之悲惻。元和十年移柳州刺史，十四年卒 年四十七。「唐柳先生文集」四十八卷，有「四部叢刊」本。論其文，則韓柳並稱，將於另章評述。論其詩，則韋柳並稱，因爲同是學陶的。其實，柳詩一部分在風格上固然受了陶詩影響，在思想上則受佛家的影響也大。他說：「吾自幼好佛，求其道積三十年。」（「送巽上人序」）他以永州柳州清幽奇麗的山水，佛家寂靜超妙的情趣，陶詩沖淡自然的風格，鎔鑄而成一家的詩。

雨後曉行獨至愚溪北池

宿雲散洲渚，曉日明村塢。高樹臨春池，風驚夜來雨。予心適無事，偶此成賓主。

漁翁

漁翁夜傍西巖宿，曉汲清湘然楚竹。煙銷日出不見人，欸乃一聲山水綠。迴看天際下中流，巖上無心雲相逐。

中夜起望西園值月上

覺聞繁露墜，開戶臨西園。寒月上東嶺，泠泠疏竹根。石泉遠逾響，山鳥時一喧。倚楹遂至旦，寂寂將何言。

他能窺探自然的閫奧，寫出物我渾融的境界。不過他究竟是一個好事喜功的志士，一旦被譴為投荒的逐臣，心中的烈火雖驟遭閉熄，而殘灰膽燼猶有餘溫。所以他的詩有時看似平淡怡悅，而深憂至憤不難於言外得之。他自己也說：「嬉笑之怒甚乎裂眥，長歌之哀過乎痛哭，庸詎知吾之浩浩非戚戚之尤者乎！」（「對賀者」）熱烈與冷靜，愁苦與怡悅，怨尤與悔悟，憤慨與恬淡，種種極矛盾的情緒錯綜起伏於他的心中，這眞是他精神上的大痛苦。懂得這個，纔可以讀他的「永州山水記」，同時還可以讀他的「囚山賦」；讀了他的平靜心情，怡悅山水的詩以外，同時更可以了解他悵觸無已、情緒亢奮的詩。

與浩初上人同看山寄京華親故

海畔尖山似劍鋩　秋來處處割愁腸。若爲化得身千億，散作峯頭望故鄉。

別舍弟宗一

零落殘紅倍黯然，雙垂別淚越江邊。一身去國六千里，萬死投荒十二年。桂嶺瘴來雲似墨，洞庭春盡水如天。欲知此後相思夢，長在荊門郢樹煙。

登柳州城樓寄漳汀封連四州

城上高樓接大荒，海天愁思正茫茫。驚風亂颭芙蓉水，密雨斜侵薜荔牆。嶺樹重遮千里目，江流曲似九迴腸。共來百越文身地，猶自音書滯一鄉。

他這種詩把孤憤的鬱結，愁腸的迴蕩，很痛烈地表現出來，至今我們讀了還可想見當時一位憂讒畏譏者的腐心隕涕。人生的苦悶白晝無可排遣，心靈自求安慰，晚上不得不做滿足願望的夢。被遣投荒的柳宗元儘管外貌恬淡，但他憂憤鬱結的潛意識却時時衝決意識的藩籬而不能自已的宣洩於詩篇。所以他雖然在心波平靜的時候可以做優游閒淡的詩如陶潛王維一樣，還可以與不愛官不爭能而嗜閑安之浮圖遊；但他究竟不曾打算做什麼高人隱士，乃是被讒貶的政治上的失敗者；而且他所居之地，不是山水名勝的栗里、輞川，乃是當時所謂荒煙瘴雨，蠻花犵草的永州、柳州；於是他不得不「時時舉首，長吟哀歌，舒洩幽鬱！」（「上李中丞書」）這樣能夠捕捉自己感情的眞影，作爲自己的生命的表白，柳詩的不朽在此，何必他求？我以爲中唐的詩人僅柳一人可以和韓白並駕齊驅而無愧色。

韓愈，（七六八——八二四）字退之，昌黎人，一說河內河陽人。三歲而孤，兄會嫂鄭鞠養之。自知讀書，日記數千百言。比長，盡能通六經百家學。擢進士第，官監察御史。上疏極論宮市，德宗怒，貶山陽令。有愛在民，民生子，多以其姓字之。又歷國子博士，史館修撰等官。裴度宣慰淮西，奏愈爲行軍司馬。淮西平，遷刑部侍郎。憲宗迎佛骨入禁中，愈上表極諫，貶潮州刺史，尋移袁州。在潮除鱷魚患，在袁禁以男女爲隸。召拜國子祭酒，轉兵部侍郎。王廷湊亂，召愈宣諭，愈極論順逆利害，廷湊畏服之。歸轉吏部侍郎卒，年五十七，謚曰文。所著「韓昌黎集」四十卷，外集十卷，遺文一卷，有「四部叢刊」本。

韓愈以倡散文復古，享不朽之名，將另章詳述。就詩而說，他開奇險生澀一派，影響和他同時及後來無數的作家，眞是詩壇怪傑。他的詩以七古爲最工。喜用僻字險句，喜壓劇韻，（稍後段成式亦好壓窮韻惡韻，其平聲好韻不僻者，書竹簡，稱爲韻牒。）也喜描述醜惡，（如「元和聖德詩」寫劉闢全家就刑的慘狀，以及「嘲鼾睡」「譴瘧鬼」等詩）所以有人說他「以醜爲美」。他好使才，不免說盡。有時只是平面的敍述，或大發議論，使詩散文化，即篇章字句的結構都是散文的，所以有人說他「以文爲詩」。不過他也有詩趣盎然的作品，山石便是一例。

山石

山石犖确行徑微，黃昏到寺蝙蝠飛。昇堂坐階新雨足，芭蕉葉大支子肥。僧言古壁佛畫好，以火來照所見稀。鋪牀拂席置羹飯，疏糲亦足飽我飢。夜深靜臥百蟲絕，清月出嶺光入扉。天明獨去無道路，出入高下窮煙霏。山紅澗碧紛爛漫，時見松櫪皆十圍。當流赤足踏澗石，水深激激風吹衣。人生如此自可樂，豈必局束爲人鞿。嗟哉吾黨二三子，安得至老不更歸。

元好問「論詩絕句」云，「有情芍藥含春淚，無力薔薇臥晚枝。拈出退之山石句，始知渠是女郎詩。」有情二句爲秦觀詩。不錯，秦詩婉弱，韓詩雄健。元好問論詩主張高華，故推崇韓詩。沈德潛云，「昌黎從李杜崛起之後，能不相沿襲，別開境界，雖縱横變化不逮李杜，而規模堂廡彌見闊大，洵推豪傑之士。」（「唐詩別裁」）沈論詩主格調，也推崇韓詩。趙翼云，「詩至昌黎時，李杜已在前，縱極力變化，終不能再闢一徑。惟少陵奇險處尚有可推擴，故一眼覰定，欲從此闢山開道，自成一家 此昌黎注意所在也。然奇險處亦自有得失。蓋少陵才思所到，偶然得之，而昌黎則專以此求勝，故時見斧鑿痕跡，有心與無心異也。其實昌黎自有本色，仍在文從字順中自然雄厚博大，不可捉摸，不專以奇險見長。恐昌黎亦不自知，後人平心讀之自見。若徒 奇險求昌黎，則失之矣。」（「甌北詩話」）這段話說得尤。無奈和韓同時而受他的影響的作家，就只看見韓詩的奇險處，似乎未見韓詩的自然雄厚博大處。

韓門弟子皇甫湜爲顧況「華陽集」（今存三卷）作序說：「偏於逸歌長句，駿發踔厲，往往若穿天心，出月脅，意外驚人語，非尋常所能及。」可見諷刺詩人顧況也是險怪一派，不過顧況死在韓愈三十歲前，自然未受韓詩的影響。至於孟郊、賈島、劉叉、盧仝乃至張籍、王建、姚合、李賀諸人，就或多或少受到韓愈的影響，可稱爲韓派詩人了。

孟郊，（七五一——八一四）字東野，湖州武康人，一說洛陽人。年五十始登進士第。有詩云，「昔日齷齪不足嗟 今朝放蕩思無涯。春風得意馬蹄疾，一日看盡長安花。」可以想見寒士登科後的狂喜。官溧陽尉。韓愈極推重他，薦於興元尹鄭餘慶，奏爲參謀，未至而卒，年六十四。張籍私謚曰貞曜先生。所著「孟東野詩集」十卷。有「四部叢刊」本。他是苦吟詩人，思苦奇澀。他自己也說：「夜學曉未休，苦吟鬼神愁。如何不自閑，心與身為仇。」（「夜感自遣」）又說：「食薺腸亦苦，強歌聲無歡。出門即有礙，誰謂天地寬。」（「贈別崔純亮」）又說：「萬事有何味，一生虛自囚。」（「冬日」）可以想見其心之深處的悲哀。他的詩好自詠貧苦，又常寄與貧苦大衆以無限的同情，有時亦詛咒社會制度的不合理。韓愈常以「橫空盤硬語，妥帖力排奡」稱孟郊，後人就以此稱韓愈了。

蘇軾說：「郊寒島瘦」。元好問說，「郊島兩詩囚。」又說：「東野窮愁死不休，高天厚地一詩囚。」原來孟郊賈島同是出身貧苦階層。郊嘗苦寒，恨敲石無火；島歎鬢絲如雪，不堪織衣。郊島並論，由來已久。相傳韓愈有詩云，「孟郊死葬北邙山，日月風雲頓覺閑。天恐文章中斷絕，再生賈島在人間。」賈島，（七八八——八四三）字浪仙，一作閬仙，初為浮屠，名無本。韓愈有「送無本師歸范陽」詩，說是「無本於為文，身大不及膽。吾嘗示之難，勇往無不敢。」又說：「狂詞肆滂葩，低昂見舒慘。姦窮怪變得，往往造平淡。」他既從韓愈學為文章，遂返俗。累舉不第。文宗時爲長江主簿卒，年五十六。我們讀了「賈長江集」，（十卷，有「四部叢刊」本），知道他常臥病經年累月，幸虧韓愈屢送衣食給他。他自比病鶴，所作「病蟬」「病鶻吟」也是自況。他說，「不緣毛羽遭零落，焉肯雄心向爾低。」病鶻也不同凡鳥了。相傳他於驢上吟出「鳥宿池中樹，僧敲月下門。」研究敲推二字，神遊詩府，致遭權京尹韓吏部的呵喝，眞可說是詩迷。又相傳他三年吟了「獨行潭底影，數息樹邊身」二句，自述甘苦道：「二句三年得，一吟雙淚流。知音如不賞，歸臥故山秋。」他把作品比生命還看得重要，這是何等嚴肅的創作態度呵！

劉叉也是一個大膽的險怪詩人。他有詩句道：「酒腸寬似海，詩膽大如天。」又「答孟東野」云，「酸寒孟夫子，苦愛老叉詩，生澀有百篇，謂是瓊瑤辭。」他的「冰柱」「雪車」二詩頗有名，實則生澀怪僻讀不上口。（據「全唐詩」）他少時任俠，因酒殺人亡命，逢赦後，從韓愈爲學。又因與賓客爭論使氣，持愈金數斤而去，聲言「此諛墓中人得耳，不若與劉君爲壽！」不知所終。他是韓門的子路。

盧仝　范陽人，號玉川子，嗜飲茶。長鬚赤脚，灌園自資。因宿王涯第，死於甘露之變。（八三五）（王涯、王建、同以詞詩有名。）所著「玉川子詩集」二卷，外集一卷，有「四部叢刊」本。韓愈有「寄盧仝」詩，說他「怪辭驚衆謗不已」，殆指他的「與馬異結交」詩而言。他有「月蝕」詩長一千七八百字，怪辭更多，更蹇澀難讀。韓愈的「月蝕」詩似就盧仝原作刪改而成。

張籍，字文昌，蘇州吳人，歷官太祝，國子司業。今存「張司業集」八卷，有「四部叢刊」本。這位病眼詩人長於樂府，多涉及社會問題、勞動問題、如野老歌，築城曲等是。白居易稱許他，以爲「風雅比興外，未嘗著空文。」他有「贈王建」詩云：「白君去後交遊少，東野亡來篋笥貧。賴有白頭王建在，眼前猶有詠詩人。」可證他受過白王的影響，同時他也受到韓孟的影響。韓愈贈他的詩道：「今我及數子，固無蕕與薰。險語破鬼膽，高詞媲皇墳。」（「醉贈張祕書」）又道：「想其下手時，巨刃摩天揚。垠崖劃崩豁，乾坤擺雷硠。」（「調張籍」）王建，字仲初，潁川人，官陝州司馬。他也長於樂府，如「田家行」、「水夫謠」等都屬於社會問題的詩。他的「寄上韓愈侍郎」詩云：「詠傷松桂春山瘦，取盡珠璣碧海愁。敍述異篇徧總核，鞭驅險句最先投。碑文合遣貞魂謝，史筆應令諂骨羞。」他似有意推韓愈爲當時險怪詩人的領袖，同時也敬重韓愈的碑傳文章。有「王司馬集」八卷。

姚合贈「王建司馬」云：「文高輕古意，官冷似前賢。」「贈張籍太祝」云：「古風無手敵，新語是人知。飛動終由格，功夫過却奇。」張王樂府雖用古題，却想用新語寫新意，頗和白居易相近。若論好奇，仍屬韓派。姚合不甚作樂府，作詩則刻意苦吟，力求新奇。姚賈友善，齊名，都工五律，風格亦相近。姚合，陝州人，宰相姚崇的曾孫。歷官武功主簿，祕書少監。以其早作「武功縣詩」三十首有名，人稱其詩爲「武功體」。「姚少監詩集」十卷，有「四部叢刊」本。又撰「極玄集」，錄王維至戴叔倫二十一人之詩百篇。他自謂「此詩中射雕手也。」張爲作「主客圖」，以李益爲清奇雅正主，以姚合爲入室，其實二人詩格不甚相類。

李益，姑臧人，大歷間進士，官至禮部尚書。少癡而忌刻，防閑妻妾苛嚴，世謂妬爲「李益疾」。他最工七絕。沈德潛云：「七言絕句，中唐以李庶子、劉賓客爲最，音節神韻可追逐龍標、供奉。」他的詩，時人或以繪圖，或以合樂，與宗人李賀齊名。其「回樂峯」一絕最爲人所傳誦。詩云：「回樂峯前沙似雪，受降城外月如霜。不知何處吹蘆管，一夜征人盡望鄉。」「全唐詩」錄李益詩二卷。

李賀，（七九一——八一七）字長吉，洛陽昌谷人，系出鄭王後。七歲能辭章。韓愈皇甫湜訪之，命賦「高軒過」一篇：

華裾織翠青如蔥，金環壓轡搖玲瓏，馬蹄隱耳聲隆隆，入門下馬氣如虹。云是東京才子，文章鉅公，二十八宿羅心胸，元精耿耿貫當中。殿前作賦聲摩空，筆補造化天無功。龐眉書客感秋蓬，誰知死草生華風。我今垂翅附冥鴻，他日不羞蛇作龍。

一個總角荷衣的孩子，能作出這樣的詩，這還不是奇蹟嗎？他以父名晉肅，不舉進士，韓愈爲作「原諱」勸之，卒不就舉。仕爲奉禮太常，年二十七死。他有兩句詩道：「病骨傷幽素。」（「傷心行」）「龐眉又苦吟」，（「巴童答」）可以想見這位少年詩人的風裁。舊史載：「賀每旦日出，騎弱馬，從小奚奴，背古錦囊，得句即書投囊中，暮歸足成之。母鄭使婢探囊，見所書多，卽怒言：是兒要嘔出心血乃已耳。」原來他嘔心苦吟，是先吟成了零縑碎錦似的句子，然後綴緝成篇。他的詩險怪而纖美，和盧仝劉乂的詩險怪而粗陋不同。每於穠麗之中加以陰暗的色彩。又善寫鬼，所以被人稱爲「鬼才」。所用典故，每多點化其意，牽合其文，如「羲和敲日玻璃聲」（「秦王飲酒」）「秋墳鬼唱鮑家詩」（「秋來」）羲和爲日馭　鮑照有「蒿里吟」，非必有敲日唱詩事，不過見他聯想之妙而已。常人未易有此聯想力，讀他的詩不免如猜啞謎　自有晦澀之感。他有樂府數十篇，教坊伶官諸王妓女都拿去入樂，可證足以投合當時習於宴安而日趨沒落的統治階層所有頹廢而又不免感傷的情調。同時我們要知道作者正是一個已經沒落了的王孫。在他死後，遺詩李藩所所收者，竟被和他有筆硯之舊的表兄投入溷中。他臨命時親授沈子明者，卽今存之「昌谷集」四卷，外集一卷，有「四部叢刊」本。

以上略論韓愈以及和他有深切關係的一羣作家。他們的作品，雖因個性敎養遭遇等等的差異而有大小深淺巧拙種種的不同，但有一種共同的傾向，便是走生硬險怪或新奇的一條路。因爲從建安以來，詩歌的發展，經過李杜及其同時詩人的努力，已經把古近體南北作風冶爲一爐，鍛鍊極其純熟，型式亦已凝固，末流不免平庸化，最好也是鐵中錚錚，庸中佼佼，大歷十才子正是一個好例。到了韓愈這派刁鑽古怪的詩人不肯再走凝固的純熟平庸的老路，就不得不另闢放肆的生硬險怪的一條新路，這也是一種自然的趨勢。這派詩人論到他們自己的作品也就已經說出「硬語」「新語」「險語」「狂詞」「怪辭」「生澀」「苦吟」一類的話頭，可見他們已是自覺的要開闢一條新路了。總之韓愈一派的詩人於詩求其難，白居易一派的詩人於詩求其易，在當時詩壇上都算一條新路。

白居易，（七七二——八四六）字樂天，自號醉吟先生，太原人，一說下邽人。生七月，卽識之無二字。貞元中擢進士第，補祕書郎。元和間由翰林學士左拾遺拜太子左贊善大夫，直言敢諫。有素惡居易者，謂居易浮華無行，其母因看花墮井而死，居易作「賞花新井詩」，甚傷名教，貶爲江州司馬。召還，累官至中書舍人，復出爲杭蘇二州刺史。文宗立，召遷刑部侍郎，封晉陽縣男，食邑三百戶。開成中，起爲太子少傅，進封馮翊縣開國侯。會昌初，以刑部尙書致仕。晚年與香山僧如滿結香火緣，白衣鳩杖，往來香山，自稱香山居士。又與胡杲等九人讌集，有年至百三十餘者，人爲繪圖，稱爲香山九老。卒年七十五，無子。「白氏長慶集」七十一卷，有「四部叢刊」本。

白居易有「與元九書」，元稹有「敍詩寄白樂天書」，都是自述文學的生活，及其對於文學的主張。白居易的主張更爲鮮明。他「痛詩道崩壞，忽忽憤發，或食輟哺，夜輟寢，不量才力欲扶起之。」他覺得個人努力扶持詩道還不夠，主張由政府立采詩之官，開諷刺之路。他說：「感人心者莫先乎情，莫始乎言，莫切乎聲，莫深乎義。詩者根情，苗言，華聲，實義。」凡詩必須具備情感語言聲韻思想四個要素，這是他的詩之界說。他反對梁陳之際嘲風雪弄花草的作品。他說：「自登朝來，年齒漸長，閱事漸多。每與人言，多詢時務，每讀書史，多求理（治）道。始知文章合為時而著，歌詩合為事而作。」這是他所以多作政治詩或社會問題詩的理由。又他的新樂府自序說：「其辭質而徑，欲見之者易喻也。其言直而切，欲聞之者深戒也。其事覈而實，使采之者傳信也。其體順而肆，可以播於樂章歌曲也。總而言之，為君為臣為民為物為事而作，不為文而作也。」他真算是一個現實主義的詩人。他想「易喻」，所以注重詩的通俗性，在使「老嫗都解」；他想「傳信」而「深戒」，所以注重詩的現實性，在能「識時之病，補政之缺」；他想「播於樂章歌曲」，所以注重詩的音樂性，做到「童子解吟長恨曲，胡兒能唱琵琶篇」；而通俗性與樂性二者又是加強現實性及其效果的。這裏錄詩一首：

寄唐生（節）

賈誼哭時事，阮籍哭路歧。唐生今亦哭，異代同其悲。唐生者何人，五十寒且飢。不悲口無食，不悲身無衣。所悲忠與義，悲甚則哭之。太尉（段）擊賊日，尚書（顏）叱盜時；大夫（陸）死兇寇，諫議（陽）謫蠻夷。每見如此事，聲發涕輒隨。往往聞其風，俗士猶或非。憐君頭半白，其志竟不衰。我亦不才徒，鬱鬱何所爲！不能發聲哭，轉作樂府詩。篇篇無空文，句句必盡規。切過虞人箴，痛甚騷人詞。非求宮律高，不務文字奇；惟歌生民病，願得天子知。未得天子知，甘受時人嗤。藥良氣味苦，琴淡音聲稀。不懼權豪怒，亦任親朋譏。時人竟無奈，呼作狂男兒。每逢羣動息，或遇雲霧披。但自高聲歌，庶幾天聽卑。歌哭雖異名，所感則同歸。寄君三十章，與君爲哭詞。

白居易知道歌哭異名同歸，想要以歌代哭，却未盡能把歌哭交融在一起，卽未盡能把現實和自己的感情思想融化於一坩堝之中。有人說他學杜，却未能如杜甫所造詣的那樣：「但覺高歌有鬼神，焉知餓死塡溝壑，」在酣沈於創作的俄頃，超越個人的利害感，而達到一種悲天憫人的聖賢境界。他說：「篇篇無空文，句句必盡規，」這樣，就容易使人犯着狹隘的現實主義的毛病。只知文學有人生的或實用的價值，而不知其同時亦有藝術的或審美的價值。只知文學的教訓作用，在以理教人；而不見其有最爲重要的感動作用，在以情動人。他自己却似知道此中得失的。他的「和答微之詩序」云：「每下筆時輒相傾，共患其意太切而理太周，蓋理太周則詞繁，意太切則言激。與足下爲文，所長在此，所病亦在此。」誠然，所謂「元白體」的作品每有理太周，意太切的毛病。理不太周，使讀者有玩味之地；意不太切，引讀者於想像之中；再稍加以浪漫的氣分，或感傷的情調，如「長恨歌」、「琵琶行」，自是白詩中的不朽之傑作了。他分自己的詩爲諷諭詩、閒適詩、感傷詩、雜律詩四類。白謂志在兼濟，行在獨善，故以爲諷諭詩閒適詩爲可傳，其餘都可刪略。大約他中年用世而面對現實時多「諷諭詩」，詩的境界是社會的功利主義的境界。晚年退休而逃避現實時多「閑適詩」，詩的境界是個人的自然主義的境界。

元稹，（七七九—八三一），字微之，河南人。後魏昭成皇帝十世孫。八歲喪父，家貧，母鄭親爲授書，九歲能屬文。二十八歲應制舉才識兼茂明於體用科第一。除右拾遺，歷監察御史。稹性鋒銳，見事風生，旣居諫垣，不欲碌碌自滯，事無不言，大爲執政所忌，貶爲通州司馬。白居易亦於此時貶爲江州司馬，二人往來贈答之詩甚多。自三五十韻有至百韻者，朝野傳誦，競相倣傚，號「元和體」。穆宗時召還，超擢至同中書門下平章事。未幾，因與裴度不能相容，同時罷相。出爲同州越州刺史。時白居易爲杭州刺史。白有詩云：「爲向兩州郵吏道，莫辭來去遞詩筒。」文宗時官至鄂州刺史，武昌軍節度使卒，年五十三。「元氏長慶集」六十卷，集外文章一卷，有「四部叢刊」本。

元　有「敍詩寄白樂天書」，自述文學的生活及其對於文學的見解。他看不慣當時政治的腐敗，社會的黑暗。至於「心體悸震，若不可活。」想從詩歌中發攄出來。

他說：「無公私感憤，道義激揚，朋友切磋，古今成敗，日月遷逝，光景慘舒，山川勝勢，風雲景色，當花對酒，樂罷哀餘，通滯屈伸，悲歡合散，至於疾恙窮身，悼懷惜逝，凡所對遇異於常者，則欲賦詩。」原來他是一個敏感的詩人，情感所觸都成詩料，初不必限於社會一方面。他的「連昌宮詞」爲名篇，他因中人崔潭峻進此詩而得超擢，宮中至呼爲「元才子」。實則此詩借宮邊老人口吻詠玄宗楊貴妃事，指斥淺露，不及「長恨歌」遠甚，倒不如他的「故行宮」一詩寥寥二十字却令人感喟無窮。詩云：

寥落故行宮，宮花寂寞紅。白頭宮女在，閒坐說玄宗。

他把自己的詩分爲古諷、樂諷、古體、新題樂府、律諷、律詩、悼亡，豔詩八類。其中古諷、樂諷、律諷、就是白居易的所謂「諷諭詩」。白居易說：「自長安抵江西三四千里．凡鄉校佛寺逆旅行舟之中往往有題僕詩者，士庶僧徒孀婦處女之口每每有詠僕詩者」。元 也說到他們兩人的詩：「二十年間，禁省觀寺郵候牆壁之上無不書，王公妾婦牛童馬走之口無不道。至於繕寫摹勒，衒賣於市井，或持以交酒茗者，處處皆是。」（「白氏長慶集序」）。他們的詩多爲大衆而歌，又爲大衆所歌，他們可說是那一時代大衆的詩人了。

元白齊名，劉白亦齊名，有「劉白唱酬集」。

劉禹錫，（七七二——八四二）字夢得，中山無極人。貞元中擢進士第，登博學宏詞科。淮南節度使杜佑（「通典」著者）表管書記，入爲監察御史。王叔文用事，引爲朋黨。叔文敗，禹錫坐貶連州刺史，未至，貶朗州司馬，在「八司馬」之列。朗州接近夜郎，諸夷喜巫鬼，每祠歌竹枝辭，禹錫倚其聲作「竹枝辭」十餘篇，於是武陵夷俚悉歌之。居十年召還，復出刺播州，改連州，徙夔、和二州。入爲主客郎中，集賢直學士；又出刺蘇州，卒於檢校禮部尙書，年七十一。「劉賓客文集」三十卷，外集十卷，有「四部備要」本。禹錫詩精銳有氣骨，晚年尤精。與白居易相倡和。白嘗敍其詩云：「彭城劉夢得，詩豪者也。其鋒森然，少敢當者。」又云

：「其詩在處應有神物護持。」相傳他與元微之、韋楚客同會白樂天舍，各賦「金陵懷古」詩，他引滿一杯，飲完而詩成，詩云：

王濬樓船下益州，金陵王氣黯然收。千尋鐵鎖沈江底，一片降旛出石頭。人世幾回傷往事，山形依舊枕寒流。今逢四海爲家日，故壘蕭蕭蘆荻秋。

白公覽詩云：「四人探驪龍，子先獲珠，所餘鱗爪何用耶！」於是罷唱。禹錫還有「石頭城」一詩云：

山圍故國周遭在，潮打空城寂寞回。淮水東邊舊時月，夜深還過女牆來。

又「烏衣巷」一詩云：

朱雀橋邊野草花，烏衣巷口夕陽斜。舊時王謝堂前燕，飛入尋常百姓家。

二詩均在他的「金陵五題」內。自序云：「友人白樂天掉頭苦吟良久，且曰，石頭詩云潮打空城寂寞回，吾知後之詩人不復措辭矣。」又相傳他說過「爲詩用僻字須有來處」的話，他重陽作詩想押一糕字，思索「六經」無糕字，竟不敢下筆。我看未必然，因爲他是一個富有創作精神的詩人，不但和元白一樣肯用平常的語言，敢作諷刺執政的詩，他還曾倣傚民歌的聲調風格創作了許多的新體詩。

與元白作風相近的還有李紳，元白都曾和過他作的新樂府。

李紳字公垂，亳州人，一說潤州無錫人。官至中書侍郎平章事，封趙郡公。他和李德裕元稹號「三俊」。白居易亦有「笑勸迂辛酒，閒吟短李詩」句。今存「追昔遊集」三卷，其「憫農」二詩甚佳：

春種一粒粟，秋收萬顆子。四海無閑田，農夫猶餓死。

鋤禾日當午，汗滴禾下土。誰知盤中餐，粒粒皆辛苦。

他這種小詩却能很扼要地寫出農民的痛苦。可是他做了宰相後，似乎忘了因被掠奪被壓迫而辛苦而餓死的農民。「鋤禾」一首或云爲聶夷中詩。夷中「傷田家」一詩也很好：

父耕原上田，子劚山下荒。六月禾未秀，官家已修倉。二月賣新絲，五月糶新穀。醫得眼前瘡　剜却心頭肉。我願君王心，化作光明燭。不照綺羅筵，只照逃亡屋。

聶夷中，于濆都是中唐晚唐間不甚著名的農民詩人，「全唐詩」錄其詩各一卷。中唐時候，外而邊塞有警，藩鎮抗命；內而宦官擅權，朋黨構禍；政治日益腐敗，民生日益凋敝。面對現實而具敏感的詩人，不但見到現實的表面，而且有時洞見現實的核心，不得不揭出現實的眞象而爲之呼號：這是「諷諭詩」一時盛行的由來罷。不幸這派詩人是預言者；到了晚唐，國事更不堪問，王仙芝黃巢之流利用農民不安的情緒起而爲亂，唐代就完了。

以上敍述韓白及其同時詩人已完。就作風說，一派作詩如作文；一派作詩如說話。一派求其難，故爲硬語險句；一派求其易，不避俚語俗調。一派側重技巧形式，是個人的；一派側重思想內容，是社會的。二者雖似背道而馳，却同是古近體詩發展到爛熟而且平庸化了以後所生的一種反動。

五　晚唐詩人

這裏要講到晚唐詩人：

所謂晚唐，係指文宗、武宗、宣宗、懿宗、僖宗到昭宗的一個時期，（約八三〇——九一〇）約七十年。實則所謂五代，（梁、唐、晉、漢、周）起訖不過五十年左右，（約九一〇——九六〇）在文學上除了詞繼中唐晚唐而更見發展以外，其他都只算是唐代文學之閏餘。而且許多生存於晚唐五代之際的文人也不好分屬，故不妨包括在晚唐內講，前人論文就有是這樣的。晚唐雖到了唐代文學衰落的時期，却依然有好多詩人撐持這一代詩壇最後的場面。其主要的傾向在穠麗宏敞，如小杜、溫、李是。他如皮、陸之僻澀奧峭，於韓、孟爲近；韋、羅之爽秀條暢，於元、白爲近，亦各有其特點。所以從宋初之楊億、錢惟演，直到清初之馮舒、馮班，就有好多人是偏愛晚唐詩的。

杜牧，（八〇三——八五二）字牧之，京兆萬年人，大史學家杜佑之孫。剛直有奇節，善論古今成敗。太和二年（八二八）擢進士第，官至中書舍人卒，年五十。他作平盧節度巡官李戡墓志，述李戡的話：「嘗痛自元和以來有元、白詩者，纖豔不逞，非莊士雅人多爲其所破壞。流於民間，疏於屏壁。子父女母，交口教授，淫言媟語，冬寒夏熱，入人肌骨，不可除去。吾無位，不得用法以治之。」他似同意這種論調。可是他自己的詩有時纖豔不減元、白；有時情致豪邁，風骨勁拔，又是元、白所不及的。相傳喻鳧以詩投杜牧，牧不之顧，鳧出語人云：「吾詩無綺羅鉛粉，宜其不售也。」實則他只見到杜牧纖豔的一方面。就豪邁說，喻鳧詩學賈島，原是杜牧所不取的。杜牧於李、杜、韓、柳、都極佩服。他的「冬至日寄小姪阿宜」詩云：「經書刮根本，史書閱興亡，高摘屈宋豔，濃薰班馬香。李杜泛浩浩，韓柳摩蒼蒼，近者四君子，與古爭強梁。」又有詩句云：「少陵鯨海動，翰苑鶴天寒。」又云：「杜詩韓筆愁來讀，似倩麻姑癢處搔。」可以見其崇尚。他稱許渾（用晦）爲先輩。許詩工對偶，有「丁卯集」。（以所居在丁卯橋，故名）七律警句如「水聲東注市朝變，山勢北來宮殿高。」「草生宮闕國無主，玉樹後庭花爲誰。」人稱爲「丁卯句法」。杜牧七律亦多這類雄奇生硬的句子，如「月鎖名園孤鶴唳，川酣秋夢鑿龍聲。」（「洛陽長句」）「北極樓臺長挂夢，西江波浪遠吞空，」（「酬張祜處士」）不勝枚舉。「樊川文集」二十卷，外集一卷，別集一卷，有「四部叢刊」本。他的七言律絕最工。七絕可與李白、王昌齡鼎足而三。今舉數首爲例。

泊秦淮

煙籠寒水月籠沙，夜泊秦淮近酒家。商女不知亡國恨，隔江猶唱「後庭花」。

寄揚州韓綽判官

靑山隱隱水迢迢，秋盡江南草未凋。二十四橋明月夜，玉人何處教吹簫。

遣懷

落魄江南載酒行，楚腰纖細掌中輕。十年一覺揚州夢，贏得青樓薄倖名。

江南春絕句

千里鶯啼綠映紅，水村山郭酒旗風。南朝四百八十寺，多少樓臺煙雨中。

山行

遠上寒山石徑邪，白雲生處有人家。停車坐愛楓林晚，霜葉紅於二月花。

赤壁

折戟沈沙鐵未消，自將磨洗認前朝。東風不與周郎便，銅雀春深鎖二喬。

王士禎「唐人萬首絕句選凡例」中稱許杜牧的七絕說：「中唐之李益、劉禹錫晚唐之杜牧、李商隱四家，亦不減盛唐作者。」可是曾國藩「十八家詩鈔」但鈔杜牧七律，鈔李商隱詩也只鈔七律。杜牧七律已經用典太多，流於晦澀了；李商隱的七律更不好懂。我想李商隱作詩眞是「檢閱書册，左右鱗次」，由「獺祭」得來的。例如「錦瑟」一首：

錦瑟無端五十絃，一絃一柱思華年。莊生曉夢迷蝴蝶，望帝春心託杜鵑。滄海月明珠有淚，藍田日暖玉生煙。此情可待成追憶，只是當時已惘然。

這詩究竟說的什麼？錦瑟就是錦瑟？還是令狐楚妾？或者悼亡？或者憂國？還是歎惜年華？從明末釋道源作註以來，其說不一。王士禎「論詩絕句」云：

獺祭曾驚博奧殫，一篇「錦瑟」解人難。千秋毛鄭功臣在，尚有「彌天釋道安」。

其實道源的「李義山詩註」引證雖博，而穿鑿不免。作者故意晦澀，難怪後人猜謎。「李義山文集箋註」十卷，清徐樹穀箋，徐炯註，比較精審可讀。蘇雪林有「李義山戀愛事迹考證」，考出李商隱曾戀愛女冠宋華陽，宮嬪盧飛鸞盧輕鳳姊妹，於是他的「無題」「聖女祠」諸詩謎底揭穿，蘊藏發露　雖然儘管帶着很濃厚的象徵意味或神祕色彩，也有線索可尋了。這裏選錄幾首比較好懂的：

無題

相見時難別亦難，東風無力百花殘。春蠶到死絲方盡，蠟炬成灰淚始乾。曉鏡但愁雲鬢改，夜吟應覺月光寒。蓬山此去無多路，青鳥殷勤爲探看。

和人題眞娘墓（原註：眞娘、吳中樂妓，墓在虎邱山下寺中。）

虎邱山下劍池邊，長遣遊人歎逝川。罥樹斷絲悲舞席，出雲淸梵想歌筵。柳眉空吐效顰葉，榆莢還飛買笑錢。一自香魂招不得，祇應江上獨嬋娟！

馬嵬

海外徒聞更九州，他生未卜此生休。空聞虎旅傳宵柝，無復雞人報曉籌。此日六軍同駐馬，當時七夕笑牽牛。如何四紀爲天子，不及盧家有莫愁！

「石林詩話」稱李商隱詩「精密華麗」，可謂能道出其特點。李商隱，（八一三——八五八）字義山，懷州河內人。開成二年（八三七）登進士第，官弘農尉。會昌中，王茂元鎭河陽，辟爲掌書記，行侍御史，茂元以其女妻之。李德裕秉政，厚遇之。李宗閔黨與德裕相讎怨，大薄之。後令狐綯作相，商隱啓陳綯父楚相厚之情，綯不之省。會河南尹柳仲郢鎮東蜀，辟爲節度判官。大中末，仲郢左遷，商隱罷，未幾卒，年四十六。商隱幼能爲文。令狐楚鎮河陽，以所業文干謁，年纔弱冠，楚以其少俊深禮之。楚鎮天平、汴州，從爲巡官。楚能章奏，以其道授商隱，自是始爲今體章奏，博學強記，下筆不能自休；尤善爲誄奠之辭，與太原温庭筠，南郡段成式齊名，時號「三十六」。論文思清麗，則庭筠過之；而俱無持操，恃才詭激，爲當塗者所薄，名宦不進，坎壈終身。詩人的命運如此，也可悲了。

温庭筠者，太原人，本名岐，字飛卿。貌甚陋，人稱「温鍾馗」。大中初應舉進士，苦心硯席，尤長於詩賦。每理髮思來，卽罷櫛綴文。初至京師，人士翕然推重。然士行塵雜，不脩邊幅。能逐絃吹之音，爲側豔之詞。公卿家無賴子弟裴誠、令狐縞之徒相與蒱飲 酣醉終日，由是累年不第。相傳庭筠入試，押官韻作賦，凡八叉手而八韻成，時號「温八叉」。咸通中失意歸江東，路由廣陵，與新進少年狂遊狹邪。又乞索於揚子院，醉而犯夜，爲虞候所擊，敗面折齒。後爲方城尉隋縣尉卒。今存「溫庭筠集」七卷，別集一卷，有「四部叢刊」本。庭筠屬對絕工，如以「玉條脫」對「金步搖」，以「蒼耳子」對「白頭翁」之類。嘗有一聯云：「蜜官金翼使，花賊玉腰奴，」道蜂蝶也。又「蝶銜胡粉重，鴉背夕陽多」，「雞聲茆店月。人跡板橋霜」等句，亦為人傳誦。其詩得力於六朝樂府宮體，而殊有富貴佳致。今錄一首：

春曉曲

家臨長信往來道，乳燕雙雙拂煙草。油壁車輕金犢肥，流蘇帳曉春雞早。籠中嬌鳥暖猶睡，簾外落花閑不掃。衰桃一樹近前池，似惜紅顏鏡中老。

庭筠詞多綺羅鉛粉之辭，商隱尚有感事傷時之作。李涪「釋怪」譏商隱「無一言經國，無纖意獎善，」不如以此說庭筠，倘若論文未善，我們也相當的認可的話。還有韓偓，於溫、李為後進，亦好豔體詩。偓字致堯，（堯一作光）小字冬郎。商隱集中有「韓冬郎即席得句，有老成之風」的話。昭宗時，偓與吳融（有「唐英歌詩」三卷）同官翰林學士。朱全忠篡唐，偓入閩依王審知。今存「韓內翰別集」一卷。他有「香籢集」（籢一作奩）二卷，後人仿作，稱「香奩體」。或云「香奩集」係和凝作，凝貴後，避人議論，乃假名韓偓。

韓偓自謂「報國危曾捋虎鬚」，同時司空圖（八三七——九〇八）則因朱全忠篡唐，不食而死，年七十二。圖字表聖，河內人，僖宗時爲中書舍人，晚自號知非子，耐辱居士，「唐書」列入「卓行傳」。「司空表聖文集」十卷，詩集五卷，均有「四部叢刊」本。他在文學上的不朽，與其說是創作，毋寧說是批評。他的批評除了與人論詩的書札（如「與李生論詩書」，主張味外味）以外，另有「詩品」一卷，深通詩理，而且本身就是最好的詩篇。「詩品」凡分二十四品：雄渾、沖淡、纖穠、沉著、高古、典雅、洗鍊、勁健、綺麗、自然、含蓄、豪放、精神、縝密、疏野、清奇、委曲、實境、悲慨、形容、超詣、飄逸、曠達、流動。都用四言詩十二句，以象徵的手法顯出各種風格的妙境，而不專主一格。自然，風格的種類區分也是不好拘泥的。王士禎獨取「采采流水，蓬蓬遠春」、「不著一字，盡得風流」數語，以爲詩家之極則，因爲這正給了神韻派一種微妙的啓示。至於摹倣「詩品」而作的批評的韻語，有袁枚的「續詩品」，許奉恩的「文品」，馬榮祖的「文頌」，魏謙升的「賦品」，郭麐的「詞品」等等，可見「詩品」大有影響於淸代的作家和批評家了。我們要知道詩的發展到了晚唐眞是各體各派都臻完備。司空圖用他敏銳的眼光洞見前人的甘苦得失，所以就能成功「詩品」那樣廣博深湛的見解了。

還有皮日休、陸龜蒙一流詩人，因他怪僻的個性，側陋的遭遇，不免好奇立異。好像走路一樣，不肯走人家走過的舊路，就揀偏僻窄狹的小路走，其實這樣的小路已有許多人偶爾高興走過來的。這里所謂小路，就是皮、陸愛做的雜體詩。凡漢、魏、六朝以來的雜體詩，如聯句、離合、反覆、迴文、風人、次韻、疊韻、雙聲、四聲、短韻、強韻、縣名、藥名、人名、雜言、六言、問答、詠物（如「漁具」、「茶具」、「樵人十詠」、「酒中十詠」）等等，他們無體不作，自翊多能。皮日休有一雜體詩序」一文，敍述雜體詩起源，和他們作雜體詩的所以。他們以爲詩體的演進：「由古而律，由律而雜，詩之道盡乎此。」所以就揀雜體詩這條最後的路而走。他們以爲「近代作雜體，唯劉賓客集中有迴文、離合、雙聲、疊韻。如聯句，莫若孟東野與韓文公之多，他集罕見，足知爲之之難。」他們竊慕韓、孟之爲人，想要因難見巧，以奇見長，就成爲雜體詩（不如說是遊戲詩）的作者。皮日休字襲美，襄陽人，性傲誕　隱居鹿門山，自號醉吟先生，又號間氣布衣。咸通中進士，官太常博士，「唐書」稱其降於黃巢，後爲所害。但尹洙「河南集」，陸游「老學菴筆記」，均稱日休終於吳越。「皮子文藪」十卷，有「四部叢刊」本。日休嘗上書請廢莊列之書，以孟子爲學科，又請以韓愈配享太學。所爲文亦多原本經術。與陸龜蒙相倡和，有「松陵倡和集」。陸龜蒙，字魯望，蘇州人，舉進士不第，辟蘇湖二郡從事。退隱松江甫里，自號天隨子。以高士召，不赴，光化中贈左補闕。有「笠澤叢書」四卷，補遺一卷。又「甫里先生文集」二十卷，有「四部叢刊」本。

這一時期的詩人還有不少，最使我們注意的是一羣苦吟詩人，大都受了賈島的影響。例如對於賈島鑄金呼佛的李洞；「纔吟五字句，又白幾根鬚」的缺唇詩人方干；（有「元英集」八卷）「只將五字句，用破一生心」的李頻；（官建州刺史卒，州民祀爲黎岳之神，有「黎岳集」一卷，附錄一卷）自謂「乍可百年無稱意，難教一日不吟詩」，「吾道在五字，吾身寧陸沈」的杜荀鶴；（傳爲杜牧嫁妾所生，有「唐風集」三卷）自謂「吟安一個字，撚斷數莖鬚」的盧延讓；自許「苦吟僧入定，得句將成功」的裴說；「朝吟復暮吟，只是望知音」的崔塗；「爲覓出人句，祇求當路知」，卒登五老榜的曹松；自述「省學爲詩日，宵吟每達晨」「到曉改詩句，四鄰嫌苦吟」，至於「爲愛詩名吟至死」的夜吟詩人劉得仁；說是「五言如四十箇賢人，著一字如屠沽不得」的劉昭禹；以及皮日休所稱「雕金篆玉，牢奇籠怪，百鍛爲字，千鍊爲句」的劉言史都是。其他如自謂「詩思在灞橋風雪中驢子背上」，「屬對可以衡稱」（如凍瓶黏柱礎，宿火陷爐灰）的「歇後鄭五」（綮）；相傳風流放誕，艷遇湘妃的李羣玉；（有「李羣玉集」八卷）詩多怨老嗟卑之作的曹鄴，好作「遊仙詩」的曹唐；（有「曹祠部集」二卷，附曹唐詩一卷）說是「詩無僧字格還卑」，好以僧字入詩的鄭谷；（有「雲臺集」三編）專以程試詩賦有名的王棨；（有「麟角集」一卷）專以詠史有名的胡曾；（有「詠史詩」二卷）好作詠物詩的徐夤；（有「徐正字詩賦」二卷）好詠古跡的汪遵；以吟「子孫何處閒爲客，松柏被人伐作薪」，厲聲駭走樵夫的周朴等。這里都不能詳說了。

還有所謂「江東三羅」，卽羅隱、羅虬、羅鄴。我們可把羅隱來代表晚唐最後的一個詩人。羅隱，（八三三——九〇九）字昭諫，餘杭人，十上不中第，歸依錢鏐，官錢塘令，卒年七十七。有「羅昭諫集」八卷。他是一個生在動亂時代滑稽玩世的作者。他有許多可笑的故事至今還流傳民間。他有些詩句還是如今的俗言諺語。如「今朝有酒今朝醉，明日愁來明日憂。」（「自遣」）「時來天地皆同力，運去英雄不自由。」（「籌筆驛」）「只知事逐眼前去，不覺老從頭上來。」（「水邊偶題」）他每利用此等俗言諺語添加諷刺的風趣，亦莊子「以天下爲沈濁，不可與莊語」之意。他有兩首詩，叫人讀起來就要發笑。一首爲「謁文宣王廟」：

晚來乘興謁先師，松柏淒淒人不知。九仞蕭牆堆瓦礫，三間茅殿走狐狸。雨淋狀似悲麟泣，露滴還同歎鳳悲。儻使小儒名稍立，肯教吾道受棲遲。

接著一首爲「代文宣王答」，就更可笑了。

三教之中儒最尊，止戈爲武武尊文。吾今尚自披蓑笠，你等何須讀典墳。釋氏寶樓侵碧漢，道家宮殿拂青雲。若教顏閔英靈在，終不羞他李老君。

原來唐代的思想界是儒、釋、道三分天下的局面。道教以老子姓李，更得帝王的尊崇，至封爲大聖祖玄元皇帝。又設崇玄館，令習眞經以應貢舉。佛教沿六朝的餘波，除武宗外，帝王莫不信佛。同時儒家也被尊重，國子學祀周、孔，封孔子爲先聖，詔令諸儒撰定「五經正義」。（景教回教等外來宗教雖已傳入，但在思想上似乎沒有甚麼影響。）但看到晚唐孔廟獨自荒蕪冷落的景象，纔知道儒家已失其在學術思想上的權威。唐代詩壇上四個偉大的代表作家，杜甫韓愈雖受儒家的薰染極深，李白却帶有極濃厚的道家色彩。從自號「腐儒」的杜甫看來，李白簡直是一個飛揚跋扈的異端的作者。白居易雖還不至於像王維那麼誦經奉佛，顯然露出異端的面目；他的諷諭詩裏那種淑世主義的精神儘管是十足的儒家的思想，可是他的閒適詩裏那種達觀主義的思想却不能不說是出於佛家，從他晚年的生活看來就是一宗鐵證。在這樣一個思想信仰比較自由的時代，除了幾個高僧大德以外，可惜沒有產生甚麼偉大的哲學家，幸而有了幾個偉大的文學家，總算彌補了這個缺憾。或許有人以爲韓愈是一個肩道統的人物，不能不承認他是儒家一派的一個大哲學家；實則他談道、論性、講學、說師，都平常得很；不如把他納在文學史裏作爲一個大詩人，大古文家，還有他的不朽的位置。尤其是他所倡導的古文運動，於後來的文學上有最大的影響，這是誰也不能否認的了。

六　古文運動

提起唐代古文運動，就令人回溯到北周蘇綽，隋代李諤那流人物。他們想借帝王的提倡，利用政治的勢力，來做文學上的復古運動，結果，公牘文字上各有過一個時期摹倣古文，排斥華豔，算是給了當時徐庾體的駢儷文一種打擊。同時姚察撰著「梁書」，其子思廉繼續完成，也用古文體，思廉死於貞觀十一年，（五五七—六三七）對於那時的文學上似乎沒有甚麼影響。可是史家還是要說「古文自姚察始」。趙翼「廿二史劄記」云：「梁書雖全據國史，而行文則自出爐鏈，直欲遠追班馬。蓋六朝爭尙駢儷，即序事之文亦多四字爲句，罕有用散文單行者。……此獨卓然傑出於駢四儷六之上，則姚察父子爲不可及也。」初唐四傑之文不脫六朝之習。只有王勃算是一個奇才，給駢儷文開了一點玩笑。如「感興奉送王少府」一文：八十有遇，共太公晚宦未遲，七歲神童，與顏回早死何益。僕一代丈夫，四海男子。衫襟緩帶，擬貯鳴琴。衣袖闊裁，用安書卷。貧窮無有種，富貴不選人。高樹易來風，幽松難見日。羽翼未備，獨居草澤之間。翅翮若齊，即在雲霄之上。鳥衆多而不辨鳳，馬雜羣而不分龍。荊山看刖足之夫，湘水聞「離騷」之客。人貧材富，罔窺卿相之門。貌弱骨剛，豈入王侯之宅。王少府北辭伊闕，南登沔山，過我貧居，飲我清酒。一談經史，亞次孔先生。再讀詞章，何如曹子建。山岳藏其跡，川澤隱其形。一旦覩風雲，千年想光景。孔夫子何須頻刪其「詩」「書」，焉知來者不如今。鄭康成何須浪註其經史，豈覺今之不如古。王少府乃可畏後生，學問人也。各爲四韻，共寫別懷。

他雖不廢駢儷，但拿徐庾體來比，總會有人覺得造句選辭都很鄙俗可笑。就是他的傑作「秋日登洪府滕王閣餞別序」，雖有奇警處，也有平凡處，古文家韓愈還是歎服。總之，雕飾的纖巧的駢儷文到了這個時代已經不能束縛傑出的天才了，王勃就是首先不甘束縛的一個人。所以楊炯「王勃集序」說：

嘗以龍朔初載，文場變體，爭構纖微，競爲雕刻。糅之金玉龍鳳，亂之朱紫青黃。影帶以徇其功，假對以稱其美。骨氣都盡，剛健不聞。思革其弊，用光志業。

不過王勃諸人雖有志改革，想做到內容（骨氣）充實而有力量（剛健），還是想在駢儷文範圍以內改革，四傑之文可貴在此。同時他們比徐庾更加講究聲律，嚴格的律體的四六文出來了。

到了陳子昂，他纔很顯明的打出「復古」的旗幟。他的「與東方左史虬修竹篇書」云：「文章道弊五百年矣。漢魏風骨，晉宋莫傳，然而文獻有可徵者。僕嘗暇時觀齊梁詩，彩麗競繁，而興寄都絕，每以永歎。竊思古人，常恐逶迤頹靡，風雅不作，以耿耿也。」這可視爲他在文學上主張復古的宣言。論到古文運動，就不能不算他做了先驅者。所以盧用藏的「陳子昂文集序」，也以爲由晉、宋至於徐、庾，斯文將衰；上官儀繼踵而生，風雅之道掃地而盡；竟以爲道喪五百歲而得陳子昂：「卓立千古，橫制頹波，天下翕然，質文一變。」至於所謂燕、許大手筆，那是當時典型的駢散兼行的應用文體。李白在詩上雖然主張復古，但所作散文還是駢句多於單句。杜甫偶作散文，生澀不可讀，也好像有意避免駢儷。只有元結（七二三——七七二）於詩於文都主復古。他撰「篋中集」，恭維沈運千諸人那種古淡的作風，可見其對於詩的見解。他不作駢儷綺靡之文，可見他是自覺的要做古樸的散文。他自號猗玕子，復四易其號爲浪士、漫郎 漫叟、贅叟，很可怪。今存「元次山文集」十卷。同時還有李華、蕭穎士、賈至、獨孤及，以及蘇源明、李翰之流，也都算是古文運動初期的人物，而以李、蕭、獨孤及爲最重要。獨孤及門人梁肅（七五三——七九三）的「李翰前集序」說：

唐有天下幾二百載，而文章三變。初則廣漢陳子昂以風雅革浮侈 次則燕國公張公說以宏茂廣波瀾。天寶以還，則李員外、蕭功曹、賈常侍、獨孤常州，比肩而作，故其道益熾。若乃辭源辯博，馳騖古今之際，高步天地之間，則有左補闕李君。

梁肅說的「其道益熾」，換句話說，他們的古文運動因參加的人多，聲勢更大了。其實就這幾個人現存的作品而論，或者沒有脫盡駢文的舊習，或者還是半生熟的散文，正所謂風氣初開，明而未融也。李華，趙州贊皇人，開元末進士擢第，天寶中官右補闕。安祿山反，華爲賊所得，僞署鳳閣舍人；賊平，貶杭州司戶參軍。後爲吏部員外郎，以風痺去官卒。今存「李遐叔文集」四卷，「弔古戰場文」一篇最有名。蕭穎士　潁州人，與李華同年登進士第。天寶初官祕書正字，以忤李林甫外調廣陵及河南府參軍。安祿山反，穎士走山南，源洧辟掌書記，後爲揚州功曹參軍，客死汝南。今存「蕭茂挺文集」一卷。其「伐櫻桃賦」爲刺李林甫而作，有「俛俯臨於蕭牆，姦回得而窺伺」之句，眞可謂知幾先見。獨孤及，（七四四——七九八）

字至之，洛陽人，官至司封郎中，常州刺史卒，諡曰憲。「毘陵集」二十卷，附錄一卷，補遺一卷，有「四部叢刊」本。貞觀而後，文章還是不脫六朝之習。到了開元天寶，詩格大變，文格還守舊規。元結、獨孤及、李華、蕭穎士諸人始起而倡變文格。只因這幾個人自命不凡的努力於「文章中興」，有意的要作文章改革事業，（獨孤及「李華中集序」）就造成了一時代的古文運動。韓、柳繼起，古文運動就告成功了。至於陸贄（七五四——八〇五）權德輿（七五九——八一八）雖和韓、柳同時而年輩較長，却都是作的不甚嚴格的駢文。權爲天水人，字載之，三歲能辨四聲，四歲能賦詩。後官至中書門下平章事。他長於碑銘書序，是應酬當世之作。今存「權文公集」十卷。陸爲嘉興人，字敬輿，他於德宗時爲翰林學士，從幸奉天，應付李希烈、朱泚諸鎮之亂，所作詔書斟酌時勢，入情入理，據說當時武夫悍卒讀了也很感動。所作奏議，指陳時政得失利病，深切著明。有「翰苑集」二十二卷。從四傑、燕、許以來在駢儷文範圍以內的改革，可算得了成功，因爲陸宣公的奏議證明。駢儷文在當時應用上還有存在的價值。可是韓柳出來了，古文運動畢竟成功了。據「舊唐書、韓愈傳」說：「大歷貞元間，文學多尚古學，效揚雄、董仲舒之述作，獨孤及、梁肅最稱淵奥。愈從其徒游，銳意鑽仰，欲自振於一代。舉進士，投文公卿間，故相鄭餘慶爲之延譽，由是知名。」可證韓愈之倡爲古文，所受獨孤及、梁肅二人的影響最大。我們都知道韓愈是第一個把自己的散文稱爲「古文」的；他又是第一個有鮮明的主張，有堅決的態度，用全幅的精神來作古文的。他的「與馮宿論文書」說：

僕爲文久，毎自測，意中以爲好，則人必以爲惡矣。小稱意，人亦小怪之；大稱意，即人必大怪之也。時時應事作俗下文字，下筆令人慚，及示人，則人亦以爲好矣。小慚者亦蒙謂之小好，大慚者即必以爲大好矣。不知古文直何用於今世也，然以竢知者知耳。

可見他作古文，在當時很招人家非笑駭怪。又「答李翊書」說：

愈之所爲，不自知其至猶未也？雖然，學之二十餘年矣。始者非三代兩漢之書不敢觀，非聖人之志不敢存。處若忘，行若遺，儼乎其若思，茫乎其若迷。當其取於心而注於手也，惟陳言之務去，戛戛乎其難哉！其觀於人，不知其非笑之爲非笑也。如是者亦有年，猶不改，然後識古書之正僞，與雖正而不至焉者，昭昭然白黑分矣。而務去之，乃徐有得也。當其取於心而注於手也，汨汨然來矣。其觀於人也，笑之則以爲喜，譽之則以爲憂。以其猶有人之說者存也。如是者亦有年，然後浩乎其沛然矣。吾又懼其雜也，迎而距之，平心而察之，其皆醇也，然後肆焉。雖然，不可以不養也，行之乎仁義之途，游之乎詩書之源，無迷其途，無絕其源，終吾身而已矣。

讀此，可見韓愈對於古文所具的見解，及其在古文上所用的工夫和心得。同時我們要知道他是一個正統派的儒者，他是聖人之徒，所以一面提倡古文，一面提倡聖人之道，而以詩書爲古文的思理源泉，仁義爲古文的實踐路徑。好像以爲文與道不可分開，文不能離道而存在。柳宗元所謂「文者以明道」，李漢所謂「文者貫道之器」，也正是他這個意思。韓愈雖自謂世無仲尼，不當在弟子之列，可是他自己却好爲人師。李翺、張籍、皇甫湜、李漢之流，都是韓門弟子。李翺，字習之，隴西成紀人。貞元中進士，官至山南東道節度使，檢校戶部尙書。「李文公集」十八卷，有「四部叢刊」本。他於「答皇甫湜書」中自稱「高愍女碑」「楊烈婦傳」不在班固、蔡邕下。又「寄從弟正辭書」略謂「人號文章爲一藝者，乃時世所好之文；其能到古人者，則仁義之詞，惡得以一藝名之。」可知其爲文也是重道而不重藝。蘇舜卿謂其詞不逮韓，而理過於柳。皇甫湜，字持正，睦州人。元和初進士，仕至工部郞中。「皇甫持正文集」六卷，有「四部叢刊」本。翺、湜之文同出韓愈，翺得愈之醇正，湜得愈之奇崛。張籍集中無文，翺、湜集中無詩。故「石林詩話」云：「人之材力有限，李翺、皇甫湜皆韓退之高弟，而二人獨不傳其詩，不應散亡無一篇者，計或非其所長，故不作耳。一人以非所長而不作，賢於世之不能而強爲之者也。」

還有歐陽詹、李觀，與韓愈同年舉進士，同爲「龍虎榜」中人物，同出陸贄門下。歐陽詹，字行周，泉州晉江人。官至四門助教。閩人第進士自詹始，閩派詩人亦當自詹數起。「歐陽行周文集」十卷，有「四部叢刊」本。其文有古格，在當時纂組排偶者上。李觀，字元賓，李華之從子，官至太子校書郎，年二十九卒。有「李元賓文編」三卷，外編二卷。其文雕琢艱深，或格格不能自達其意。顧當雕章繪句之時，而李觀、歐陽詹肯從事古文，與韓愈相左右，皆不失爲豪傑之士。其他如白居易、劉禹錫也都能作古文，不過爲詩名所掩。梁肅、呂溫（有「呂衡州集」十卷）之文，僅可以比得上李翺、皇甫湜。只有柳宗元卓然大家，與韓愈齊名。他比韓似乎更能「識古書之正僞」，如「辯列子」「辯文子」一類之文，可見其很能辨僞。他好爲寓言，如「種樹郭橐駝傳」「梓人傳」「三戒」「捕蛇者說」諸文都是。他的最好的文章當然是他在永州、柳州所作的山水遊記，描寫精微，意味深永，這是在「水經注」以後很難見到的美文。他的「答韋中立書」說：

始吾幼且少，為文章，以辭為工。及長，乃知文者以明道，是固不苟為炳炳烺烺，務彩色，夸聲音，而以為能也。凡吾所陳，皆自謂近道，而不知道之果近乎遠乎？吾子好道而可吾文，或者其於道不遠矣。故吾每為文章，未嘗敢以輕心掉之，懼其剽而不留也；未嘗敢以怠心易之，懼其弛而不嚴也；未嘗敢以昏氣出之，懼其昧沒而雜也；未嘗敢以矜氣作之，懼其偃蹇而驕也。抑之欲其奧，揚之欲其明，疎之欲其通，廉之欲其節，激而發之欲其清，固而存之欲其重，此吾所以羽翼夫道也。本之「書」以求其質，本之「詩」以求其恆，本之「禮」以求其宜，本之「春秋」以求其斷，本之「易」以求其動，此吾所以取道之原也。參之穀梁氏以厲其氣，參之孟、荀以暢其支，參之莊、老以肆其端，參之「國語」以博其趣，參之「離騷」以致其幽，參之太史以著其潔，此吾所以旁推交通而以為之文也。

柳宗元雖好佛至三十年，可是論到古文卻和韓愈的見解差不多。所謂「文者以明道」，原來這個道就是「五經」之道，聖人之道。總之，古之文，古之道，古之人，這是古文家常說的三古。

韓愈眞是一個文壇怪傑！因他的詩文好奇，想要以奇矯俗，一時成爲風氣。韓派詩人的「怪詩」前已說過，末流至於皮、陸，專走雜體詩一路，結果，此路不通，唐詩完了。韓派古文也因好奇之故，至於不可句讀，叫做「難文」。韓愈作「樊宗師墓志」，以「文從字順」稱樊文，實則樊文最奇澀難讀。今存「樊紹述集」，僅有「絳守居園池記」「越王樓詩序」兩文。前一篇止七百七十字，注家有六人，唐王晟、劉忱所注已佚，尙有元趙仁舉、吳師道、許謙，淸孫之騄四家註，各說不同，終無定論，可知其難到甚麼程度了。皇甫湜也以「異常出衆」爲奇怪，一傳爲文眞訣於來無擇，再傳而爲孫樵，更以「趨怪走奇」自命。孫樵，字可之，又字隱之，關東人，大中間進士，官至職方郎中，今存「孫可之集」十卷。韓愈包孕羣言，自然高古。皇甫湜稍有意爲奇，孫樵則較湜益有努力爲奇之態。難怪蘇軾要說

「學韓愈而不至者爲皇甫湜，學湜而不至者爲孫樵」了。只有李德裕（有「會昌一品集」共三十四卷）杜牧幾個人還沒有走到奇怪的難文一條路。杜文尤縱橫奧衍，多切經世之務，「罪言」「阿房宮賦」都是名作。他如皮日休、沈亞之（有「沈下賢集」十二卷）都務爲險崛，與孫樵相上下。劉蛻則更險於孫樵，較易於樊宗師。劉蛻，字復愚，長沙人，大中間進士，咸通中官至左拾遺，外謫華陰令。有「文泉子」一卷。自謂「覃以九流之旨曰文，配以不竭之義曰泉。崖谷結珠璣，昧則將救之；雨雷亢粢盛，乾則將救之；豈託之空言哉。」可以想見其自負。「劉蛻集」六卷。「有四部叢刊」本。其「文塚銘」最爲世所傳，實則故爲奇奥，已算所謂難文了。韓派末流走入難文一路，結果，又是此路不通，唐代古文也完了。所以李商隱、段成式初爲古文，原屬難文一派，後來就和溫庭筠一道回到駢儷文，號爲「三十六體」。這不能不說是古文運動末流難文一派所引起的一種反動了。

以上各章詳述唐代詩文已完，唐代文學之盛況可以想見。唐代文學何以如此之盛，第一章裏已說了，這里再指出一種參考資料。明胡震亨「唐詩叢談」卷三論唐代文學之盛，綜其原因有五：一、君主皆好文學。上好下甚，風偃化移。加以提倡誘習寖廣。才人藝士行卷歌篇多得傳徹禁掖。詩人集子多出人主下詔編進。二、唐試士初重策，兼重經，後乃觭重詩賦。三、唐時風習豪奢。民間愛重節序，好修故事；文人紀賞年華，槩人歌詠。百官游讌，酬倡流傳。四、節鎮幕府多辟詞人。五、朝士文會之盛。所舉事實太多，這里不能錄了，學者可自去參考。關於唐代詩文總集，舉其最重要的有「文苑英華」一千卷，宋李昉、徐鉉等奉敕編。此書起於梁末，蓋欲以上續「文選」。「唐文粹」一百卷、宋姚鉉編、詩不錄近體，文不錄四六。「全唐詩」九百卷，清聖祖御定，凡得詩四萬八千九百餘首，作者二千二百餘人。以最後二書有通行本為最易得。又宋計有功編「唐詩紀事」八十一卷，所錄凡一千一百五十家，有通行本，亦易得。他如沈德潛「唐詩別裁」，王士禎「唐人萬首絕句選」，王闓運「唐詩選」，也都是有名而且易得的選本。至近人魯迅編「唐宋傳奇集」，汪辟疆編「唐人小說」，唐代小說的總集，也粗具規模了。

七　唐人小說

詩歌散文的進展到了百花怒發、絢爛已極的時候，從來不甚爲人注意、因而沒有什麼可以惹人注意的小說，也就漸漸有人注意，而且有了惹人注意的成就了。唐人小說便在這樣的情況之下發達起來。劉攽說：「小說至唐，鳥花猿子，紛紛蕩漾。」洪邁也說：「唐人小說，不可不熟，小小事情，悽惋欲絕，洵有神遇而不自知者，與詩律可稱一代之奇。」又趙彥衛「雲麓漫鈔」說：「唐世舉人先藉當世顯人以姓名達諸主司，然後投獻所業，踰數日又投，謂之温卷。如幽怪錄傳奇等皆是。蓋此等文備衆體，可見史才詩筆議論。至進士則多以詩爲贄，今有唐詩數百種行於世者是已。」還有胡應麟「筆叢」說：「變異之談盛於六朝，然多是傳錄舛訛　未必盡設幻語。至唐人乃作意好奇，假小說以寄筆端。」唐人小說的成就，及其所以發達的原因，宋明人說的大致不錯。我以爲當時詩歌散文的發達也足以促進小說的發達。先就詩歌而說，從前的樂府裏面有好些故事詩。唐代詩人元白好爲新樂府，也有些是故事詩。白詩如「長恨歌」，元詩如「會眞詩」，不是頂有小說味的故事詩嗎？當時陳鴻看見了「長恨歌」就作「長恨歌傳」。元稹似乎因爲作了「會眞詩」而意有未盡，又作「鶯鶯傳」。同時楊巨源有「崔娘詩」，李紳有「鶯鶯歌」。沈亞之作了「馮燕傳」，司空圖又作「馮燕歌」。這樣說來，當時詩歌與小說二者在發展的進程中彼此確乎有些聯繫。次就散文而說，唐代散文最盛的時期在所謂中唐晚唐之間，唐代小說家十之八九生於此時，可見新的小說之繁興正在新的散文成熟的時候。可惜這些小說家的生卒年代十之八九無從確考，只能略爲假定。現在從這些小說家中揀出幾個最有名的，或有影響於後來戲曲和小說的，略依他們年代的先後及其重要作品製爲簡表如下：

唐代小說家及其作品簡表

作者姓名	生卒年代	作品	備考
王度	五八五?—六二五?	「古鏡記」	王爲隋唐間人，此爲唐代小說第一篇。至梅鼎祚「隋文紀」所收「開河紀」、「迷樓記」、「海山記」、「大業拾遺記」等篇，疑出後人依託，未必隋唐間人作也。
張鷟	六六〇?—七四〇?	「游仙窟」	以儷語爲傳奇，中夾俗諺，在古小說中最爲別致。當時流入日本，近來國內始有傳本。
陳玄祐	七四〇?—七九〇?	「離魂記」	鄭德輝：「倩女離魂」
沈既濟	七五〇?—八〇〇?	「枕中記」	馬致遠：「黃粱夢」 湯顯祖：「邯鄲記」 吳元泰：「東遊記」 無名氏：「呂祖全書」

白行簡	七七五?—八二六?	「李娃傳」	石君寶：「李亞仙花酒曲江池」 高文秀：「打瓦罐」 朱有燉：「曲江池」 薛近兗：「繡襦記」
		「三夢記」	蒲松齡：「鳳陽士人」
元稹	七七九—八三一	「鶯鶯傳」	趙德麟：「商調蝶戀花十闋」 王解元：「弦索西廂」 董實甫：「西廂記」 關漢卿：「續西廂記」 李日華：「南西廂記」 陸天池：「南西廂記」 周公魯：「翻西廂記」 查繼佐：「續西廂」 程端：「西廂印」
陳鴻	七七〇?—八三〇?	「長恨歌傳」	樂史：「楊太眞外傳」 白樸：「梧桐雨」 王伯成：「天寶遺事」 屠長卿：「綵毫記」 洪昇：「長生殿」

			蝸寄居士：「長生殿補闕」
蔣防	七八〇？—八三〇？	「霍小玉傳」	湯顯祖：「紫釵記」「紫簫記」
李公佐	七六〇？—八四〇？	「南柯太守傳」 「謝小娥傳」	湯顯祖：「南柯記」 新唐書：「列女傳」 凌濛初：「拍案驚奇」（十九） 王夫之：「龍舟會」
沈亞之	七八〇？—八四〇？	「湘中怨解」「秦夢記」「異夢錄」「馮燕傳」	曾布：「水調七遍」
許堯佐	貞元間人	「柳氏傳」	梅鼎祚：「玉合記」 吳長儒：「練囊記」

李朝威	貞元間人	「柳毅傳」	尙仲賢：「柳毅傳書」、又「張生煮海」 李好古：「張生煮海」 許自昌：「橘浦記」 黃說仲：「[illegible]簫記」 李漁：「蜃中樓」
牛肅	貞元元和間人	「紀聞」：「吳保安」	新唐書：「忠義傳」 沈璟：「埋劍記」 「古今小說」
牛僧孺	七八〇—八四八	「玄怪錄」	當時李復言有「續玄怪錄」，牛之外孫張讀有「宣室志」十卷，亦紀仙鬼靈怪
薛用弱	長慶太和間人	「集異記」—王維	王衡：「鬱輪袍」 黃兆森：「鬱輪袍」
		「集異記」—王之渙	鄭之奇：「旗亭記」 張龍文：「旗亭讌」 盧見曾：「旗亭記」 裘璉：「旗亭館」

薛調	咸通間人	「無雙傳」	陸采：「明珠記」
裴鉶	咸通乾符間人	「崑崙奴」 「傳奇」：「聶隱娘」 「裴航」 （此書盛行於宋，宋人因概稱唐人小說爲傳奇。）	梁辰魚：「紅綃」 梅禹金：「崑崙奴」 尤侗：「黑白衛」 龍膺：「藍橋記」 楊之炯：「玉杵記」 黃兆森：「裴航遇仙」
皇甫枚	咸通天祐間人	「三水小牘」 「飛煙傳」	飛煙傳一作「非煙傳」
杜光庭	唐末前蜀人	「虬髯客傳」	凌初成：「虬髯翁」 張鳳翼：「紅拂記」 馮夢龍：「女丈夫記」

梁辰魚：「紅拂記」。
無名氏：「雙紅記」。

附註：一、此表根據拙著「中國文學史講話」上册一九三三版，更改。
二、趙景深著「中國文學史新編」，一九三六版，一一二頁，可參看。

我們讀了上表，可知唐人小說給後人戲劇上以不少的題材。還有孟棨「本事詩」中許多本事也為後來戲劇作者所採用。如白樸的「韓翠蘋御水流紅葉」，用顧況紅葉題詩本事。白樸和尚仲賢的「崔護謁漿」，孟稱舜的「桃花人面」，金懷玉的「桃花記」，舒位的「人面桃花」，曹錫黼的「桃花吟」，皆用崔護本事。明人「金鏡記」，用樂昌分鏡本事。尤侗、張韜的「清平調」，用李白本事。桂馥的「放楊枝」，用白居易本事。又上面表內從沈既濟到薛用弱這一羣小說作者的生年大概和韓、柳相上下，可知小說發展最盛的時期正和古文運動最盛的時期相當。我想：要是文體不解放，那麼，自由活潑，描寫有生氣的小說，未必會這樣發達起來。韓、柳一流的古文家用古文宣傳聖人之道，這些小說家却用古文來寫聖人所不說的怪力亂神之類的東西，煞是相映成趣。韓柳集子裏也有好些類似小說的傳記雜文，不過他們多少帶些說教的意味。如韓愈的「圬者王承福傳」、「毛穎傳」、柳宗元的「區寄傳」、「河間婦傳」、「種樹郭橐駝傳」、「梓人傳」，以及「三戒」等都是。我想當時小說家古文家在無形之中是互有影響的。彼此也或互爲師友。比如元稹、白行簡是朋友，韓愈、元稹也是朋友，據說沈亞之還出韓氏門下。懂得此中消息，就更容易領會短篇散文的小說何以會勃興於這一時期。還有要知道的，四十年前，從敦煌石室發現唐五代北宋人寫本書庫，其中有好些類似小說的俗文，雖大都殘缺不完，可知那時民間已經有通俗的小說流行了。白話小說胚胎於唐，詞也胚胎於唐，下面要說到晚唐五代的詞了。

八　晚唐五代詞人

詞是怎樣起源的？由詩到詞發展的進程如何？詩和詞的關係怎樣？這是我們論到晚唐五代詞人時必得觸及的問題。

由「三百篇」而「楚辭」，而漢魏六朝樂府，而唐人律絕，大都是入樂或可以入樂的詩，其間由「楚辭」而演化的漢賦雖不可歌，却仍可以誦，所以說，「不歌而誦爲之賦」。其實，誦也還是有聲調節奏的。由樂府而演化的五言詩，如漢魏之際，七子三祖所作，則大都可歌，爲魏晉樂所奏，正所謂「文或不工，而韻入歌唱。」到了齊梁之際，文人言志之作較晉宋時候更多，而且受了佛教誦經歌讚的影響，更加講究聲韻。不過當時關於詩的聲律運動雖已勃興，而音樂還在清商時期，沒有若何顯著的變化和這種運用新的聲律的詩相適應，詩多不可歌。所以鍾嶸「詩品」中說：「今既不備管絃，亦何取於聲韻？」直到李唐建立了一個一統的大帝國，音樂方面承受北朝吸收胡樂的影響，又採取民間的俗樂，擴大了隋之九部樂而爲十部樂，即燕樂伎、清樂伎、西涼伎、天竺伎、高麗伎、龜茲伎、安國伎、疏勒伎、高昌伎、康國伎。凡大宴會則設十部樂以誇示華夷，正反映着這個大帝國胡越一家的權威的意識。不過這個時候新聲繁興，古曲淪缺，太常徒設虛官，音樂上的實權都握在教坊伶人手裏。所以「舊唐書、音樂志」說：「自長安（七〇〇——）以後，朝廷不重古曲，工伎轉缺。能合於筦絃者，唯明君、楊伴、驍壺、春歌、秋歌、白雪、堂堂、春江花月夜等八曲。」又說：「自開元（七一三——）以來，歌者雜用胡夷里巷之曲。」開元時人崔令欽「教坊記」載三百二十多曲，可以考見當時所用胡樂俗樂的曲目。郭茂倩「樂府詩集」卷七十九到八十二所錄「近代曲辭」則可以考見唐人曲辭的一斑。其中樂曲長的分爲許多部份，如「入破」「排遍」「

徵」之類，各以絕句組成，「水調歌」、「涼州歌」、「伊州歌」等曲便是；樂曲短的大都是律絕一首，自中唐起纔漸漸有長短句，稍後就漸漸有依曲作辭的了。

倘若從唐代詩人所作入樂的詩辭來考察詞的發展，那麽，最初開國時所用的燕樂，如「英雄樂」「景雲河淸歌」等，顯然有誇耀權威意味的曲辭，已經無從考見了。李百藥的「火鳳詞」是五律二首，「破陣樂」是七絕六律各一首，想是當初僅存的樂章罷。武后的「商調曲」、「如意娘」是七絕，章懷太子賢的「黃臺瓜辭」是五古。武后表姪嘉興令楊廷玉的「迴波詞」；中宗時諫議大夫李景伯和流放嶺表的沈佺期所作「迴波樂」，都是六言四句，或稱六言絕句，這算是最早的唐人依曲塡詞罷。李嶠的「桃花行」、「汾陰行」，在中宗玄宗宮中謳唱過的，還是整齊的七言。只有明皇自己作的「好時光」：

寶髻偏宜宮樣，蓮臉嫩體紅香。眉黛不須張敞畫，天教入鬢長。莫倚傾國貌，嫁取箇有情郎。彼此當年少，莫負好時光。

這已經像長短句的詞了，但不知確爲他作否。按當時張說所作「破陣樂」，（六言八句二首）「舞馬詞」，（六言四句六首）「舞馬千秋萬歲樂府詞」，（七律三首）「蘇摩遮」，（「潑胡寒戲」所歌，七絕五首）崔液所作「踏歌詞」，（五言六句二首）都不出律絕的形式。還有楊貴妃的「阿那曲」，李白奉詔而作的「清平調」三首，也都是七絕。「全唐詩」收李白詞十四首，「清平調」外，不僅「桂殿秋」二首，「連理枝」二首，「清平樂」五首，都不可靠，便是「菩薩蠻」一首：

平林漠漠煙如織，寒山一帶傷心碧，暝色入高樓，有人樓上愁。　玉階空佇立，宿鳥歸飛急。何處是歸程，長亭更短亭。

和「憶秦娥」一首：

簫聲咽，秦娥夢斷秦樓月。年年柳色，灞陵傷別。　樂遊原上淸秋節，咸陽古道音塵絕。西風殘照，漢家陵闕。

這是前人認爲可靠的，也都有疑問。不過定要稱李白爲「百代詞曲之祖」，我們也並不反對，因爲他有「淸平調」三章，也足以使他在詞曲上不朽了。和他同時詩人王維的「送元二使安西」一詩，入樂而稱爲「渭城曲」或「陽關曲」的也還是七絕。劉禹錫的「與歌者詩」云：「舊人唯有何戡在，更與殷勤唱渭城。」又白居易的「對酒」詩云：「相逢且莫推辭醉，聽唱陽關第四聲。」可見此曲的流行一時。又據薛用弱「集異記」載有高適、王昌齡、王之渙三人旗亭飲酒，竊聽伶官妓女唱詩的故事，這些詩大都是七言絕句。

根據以上所說，可證自初唐以至盛唐玄宗時候，繼樂府古曲而起可歌的詩，大都是整齊的五言、六言、七言，尤以七言絕句爲最多，長短句絕少，就是有，也在盛唐時候，還似乎不甚可靠。倘若有人定要認爲偉大的音樂天才唐玄宗和偉大的詩歌天才李白是詞曲之初祖，那麽，説是詞的萌芽在盛唐時候，也沒有什麽不可的了。

稍後一點，元結倣湘江船歌作「欸乃歌」，同時顧況倣巴人竹枝歌有「竹枝詞」，也都是七絕。只有張志和、張松齡倡和的「漁父詞」：

西塞山前白鷺飛，桃花流水鱖魚肥。青箬笠，綠簑衣，斜風細雨不須歸。

——張志和

樂是風波釣是閑，草堂松檜已勝攀。太湖水，洞庭山，狂風浪起且須還。

——張松齡

韓翃和他愛姬柳氏倡和的「章臺柳」：

章臺柳，章臺柳！昔日青青今在否？縱使長條似舊垂，亦應攀折他人手。

——韓翃

楊柳枝，芳菲節，所恨年年增離別。一葉隨風忽報秋，縱使君來豈堪折！

——柳氏

他們一倡一和，這都好像是依調而填的詞。這個時候，長短句的詞已漸漸出來了。

如「三臺」「調嘯」就始見於「韋蘇州集」。「三臺」還是六言絕句，和張說的「舞馬詞」相同。另有「上皇三臺」，「突厥三臺」，一爲五絕，一爲七絕，都還不算創體。只有「調嘯」，一名「調笑令」，或名「宮中調笑」，又名「轉應曲」或「三臺令」，就是長短句的詞：

胡馬，胡馬！遠放燕支山下。跑沙跑雪獨嘶，東望西望路迷。迷路，迷路！邊草無窮，日暮。（二首之一）

同時王建、戴叔倫作的「調笑令」，調子正和性曉音律的韋應物所作相同。而且這個時候，作者自己明白說是依調而塡的詞也有了。例如劉禹錫的「春去也」詞：

春去也，共惜豔陽年。猶有桃花流水上，無辭竹葉醉尊前；惟待見靑天。（二首之一）

他自己的標題是「和樂天春詞，依憶江南曲拍爲句。」原來白居易曾有「憶江南」一詞：

江南好，風景舊曾諳。日出江花紅勝火，春來江水綠如藍；能不憶江南！（二首之一）

劉白集中都有許多首「竹枝」、「楊柳枝」、「浪淘沙」等詞，大約是彼此倡和之作，不過都是絕句，並非創體。最使我們注意的是他們宦遊南方，摹倣長江流域的民間歌曲作詞，民間又取他們的新詞來歌唱。（如劉禹錫「踏歌詞」）不僅劉禹錫在建平摹倣巴渝俗歌「作竹枝九篇，俾善歌者颺之，」元稹的詩也曾被民間歌入「竹枝」：

江畔離人唱「竹枝」，前聲斷咽後聲遲。怪來調苦緣詞苦，多是通州司馬詩。

劉白所作「楊柳枝」雖說是由舊曲「折楊枝」翻新的曲子，好像也是爲着民間歌唱而作的。同時他們自已也能歌唱自己所作的新詞。如白居易的「憶夢得」詩說：「幾時紅燭下，聞唱竹枝歌」。自註：「夢得能唱竹枝，聽者愁絕。」相傳爲白居易所作的詞，還有「如夢令」「長相思」，都不見於他的「長慶集」；恐爲僞託。他自己說：「若集內無，而假名流傳者，皆謬爲耳。」「如夢令」二首，據宋楊偍「古今詞話」說，是後唐莊宗作。「長相思」二首：

汴水流，泗水流，流到瓜州古渡頭，吳山點點愁。
思悠悠，恨悠悠，恨到歸時方始休，月明人倚樓。

深畫眉，淺畫眉，蟬鬢鬅鬙雲滿衣，陽臺行雨回。
巫山高，巫山低，暮雨瀟瀟郎不歸，空房獨守時。

此詞疑爲當時名妓吳二娘作。白居易「寄殷協律」詩說：「吳娘暮雨瀟瀟曲，自別江南更不聞。」自注：「江南吳二娘曲詞云，暮雨瀟瀟郎不歸。」這就是個鐵證。至於劉禹錫的「清湘詞」，一名「瀟湘神」，也有人疑爲僞託，我看這兩首詞：

湘水流，湘水流，九疑雲物至今愁。若問一妃何處所，零陵芳草露中秋。

斑竹枝，斑竹枝，淚痕點點寄相思。楚客敬聽瑤瑟怨，瀟湘深夜月明時。

這當是劉禹錫摹倣瀟湘一帶民間迎神的曲子而作。他的「浪淘沙」云：「令人忽憶瀟湘渚，廻唱迎神三兩聲。」白居易的「夜招晦叔」詩說：「爲君更奏神湘曲，夜就儂來能不能。」又有「夜聞箏中彈瀟湘送神曲感舊」詩。可見劉白對於瀟湘神曲的欣賞。劉禹錫當有作「瀟湘神」那兩首詞的可能。而且「瀟湘神」的體式正和「章臺柳」相似，不過用仄韻。劉禹錫的詩以詞命題的很多，都是整齊的五七言。便是後人認做詞的「抛毬樂」、「紇那曲」，也都是整齊的五言律絕，大約他的詩也和元白的詩一樣，多爲知音協律者所歌。元稹「贈白樂天」的詩說：「休遣玲瓏歌我詩，我詩多是別君辭。」自註：「樂人高玲瓏能歌，歌予數十詩。」又「見人詠韓舍人新律詩戲贈」云：「輕新便妓唱，凝妙入僧禪。」宣宗弔白居易詩說：「童子解吟長恨曲，胡兒能唱琵琶篇」。白居易「戲贈諸妓詩」云：「席上爭飛使君酒，歌中能唱舍人詩」。又「聞歌妓唱前郡守嚴郎中詩」云：「已留舊政布中和，又付新詩與豔歌。」因爲他們這班風流自賞的詩人，當貶謫失意的時候，不免有些感傷頹廢的氣分，愛和妓女樂人接觸，又能欣賞當地的民間歌曲，所以多有作詩郎唱，依曲作詞的機會。總之，長短句的詞到了這個時候已經漸漸起來了，尤其是韋應物、劉禹錫、白居易三個人做了這種新型文學的創始者。

以上所說，可證詞起於中唐時候。倘若一定要說詞已萌芽於盛唐，那末，詞的生長，就在中唐了。

自從韋應物和劉白在詩歌上開了詞的一條新路，詞人就漸漸多起來了。鄭符、段成式、張希復三人所作閑中好：

閑中好，盡日松爲侶。此趣人不知，輕風度僧語。——鄭

閑中好，塵務不縈心。坐對當窗木，影看三面移。——段

閑中好，幽磬度聲遲。卷上論題肇，畫中僧姓支。——張

這還像是偶然倡和之作。只有皇甫松（父湜）作詞稍多。王國維從「花間」「尊前」二集及「全唐詩」緝得其詞二十二首，收入「唐五代二十一家詞輯」。因松自稱檀欒子，就稱爲「檀欒子詞」。最可注意的是「竹枝」「採蓮子」二詞：

木棉花盡竹枝荔枝垂，女兒千花萬花竹枝待郎歸。女兒

斜江風起竹枝動橫波，女兒劈開蓮子竹枝苦心多。女兒

（「竹枝」六首錄二）

菡萏香連十頃陂 舉棹 小姑貪戲采蓮遲。年少

晚來弄水船頭溼 舉棹 更脫紅裙裹鴨兒。年少

（「採蓮子」二首錄一）

於整齊的七言句中或句尾附有二字旁注，大概就是所謂「和聲」罷，但不知怎樣歌唱法。其「憶江南」二首：

蘭燼落，屏上暗紅蕉。閒夢江南梅熟日，夜船吹笛雨瀟瀟，人語驛邊橋。

樓上寢，殘月下簾旌。夢見秣陵惆悵事，桃花柳絮滿江城，雙鬢坐吹笙。

厲鶚「論詞絕句」云，「頗愛花間腸斷句，夜船吹笛雨瀟瀟。」王國維也以爲「情味深長在樂天夢得上。」可是從來論者稱爲劉白以後第一個大詞人的還是那位「能逐絃吹之音爲側豔之詞」的溫庭筠。「花間集」錄他的詞六十六首，王國維補輯爲「金荃詞」，共七十首。「詞苑叢談」說：「唐宣宗愛唱菩薩蠻，令狐丞相（綯）託溫飛卿撰進，宣宗使宮嬪歌之。」今存「菩薩蠻」十六首，不知是否撰進之作。這里錄三首：

玉樓明月長相憶，柳絲嫋娜春無力。門外草萋萋，送君聞馬嘶。　畫羅金翡翠，香燭銷成淚。花落子規啼，綠窗綺夢迷。

南園滿地堆輕絮，愁聞一霎淸明雨。雨後卻斜陽，店花零落香。　無言勻睡臉，枕上屏山掩，時節欲黃昏，無憀獨倚門。

夜來皓月殘當午，重簾悄悄無人語。深處麝煤長，臥時留薄妝。　當年還自

惜　往事那堪憶。花露月明殘，錦衾知曉寒。

這三首詞通體無生硬字句，而濟綺有味。「栩莊漫記」稱爲「全璧」。我最歡喜他的「更漏子」一首：

玉爐香，紅蠟淚，偏照畫堂秋思。眉翠薄，鬢雲殘，夜長衾枕寒。　梧桐樹，三更雨，不道離情正苦。一葉葉，一聲聲，空階滴到明。

「尊前集」以此詞爲馮延已作，不知何據。詞寫秋思離情，淒豔欲絕。梧桐樹數句眞是語彌淡，情彌苦。「栩莊漫記」說：「飛卿此詞自是集（「花間」）中之冠」，還有「夢江南」二首也極佳。

千萬恨，恨極在天涯。山月不知心裏事，水風空落眼前花。搖曳碧雲斜。

梳洗能，獨倚望江樓。過盡千帆皆不是，斜暉脈脈水悠悠。腸斷白蘋洲。

此詞幽情遠韻，低回不已，使人讀之，徒喚奈何。論詞者往往以溫比屈，似覺過當。但此詞幽絕韻絕，正復不讓「九歌」「望夫君兮未來，吹參差兮誰思」、「嫋嫋兮秋風，洞庭波兮葉下」諸語。温庭筠的詞比詩更多富貴氣，詞的內容是富貴生活，詞的形式多富貴辭藻。因此金玉錦繡，絡繹筆端。如寫容貌及其他化裝品物者，則有香腮、金靨、雲髮、寶鬢、蛾眉、玉腕，以及寶函、鈿筐、鸞鏡、玉釵、翠鳳、翠鈿、鈿雀、紅粉之類。如寫衣服被帳者，則有繡衫、羅袖、畫羅、繡衣、霞帔、金帶、繡羅襦、繡芙蓉、金鷓鴣、金鳳凰、金鸂鶒、金鸚鵡、金翡翠、金雁、鴛鴦錦、以及錦衾、鴛被、錦帳、鳳帳、繡幃、羅幕之類。如寫建築工藝及其室內裝飾器物者，則有金堂、玉樓、朱門、珠閣、雕梁、繡檻、翠箔、珠簾、銀屏、琪樹，以及金鴨、玉爐、麝煤、香霧、蘭釭，銀燭之類。如寫舟車及其他器物者，則有蘭棹、蘭橈、香車、金韉之類。總之，在他的六十首詞中，這類富麗香豔的詞藻，重見迭出，不勝枚舉。他有纏綿悱惻的情思，帶着綺羅脂粉的色澤，自我開創，還不傷雅，他人倣效，便覺俗惡。「栩莊漫記」所謂「正如小家碧玉初入綺羅叢中，只能識此數事，便矜羨不已。」這話不錯的。花間派以後的詞人模倣「花間」，雖見出色，其故在此。「御選歷代詩錄」說是唐自大中（宣宗年號，八四七——八五九）後，詩衰而倚聲作，至庭筠始有專集，名「握蘭」，「金荃」。王國維以爲宋時飛卿詞止有一卷，「握蘭」「金荃」當是詩文集。其實，晚唐時候，詩詞的界限還是未分。比如「草堂詩餘」所錄溫詞「木蘭花」原是「春曉曲」一詩。同時司空圖僅有之「酒泉子」一詞也在詩集裏。韓偓的詞，「尊前集」僅錄「浣溪沙」二首，但「香奩集」中還有不少可認爲長短句的詞，故王國維輯爲「香奩詞」，共得十三首，而且他也承認唐人詩詞尙未分界。

以上所說，可證長短句的詞實成立於晚唐時候。

關於詞的發展，我們雖不必機械地堅持由四言而五言七言而長短句的形式論，却也不願苟同於詩詞絕緣論，以爲詩和詞決不相蒙。因爲自初唐樂府古曲淪缺而後，繼之而起的可歌之詩，是先有整齊的五七言律絕，後來纔有長短句的詞，這是誰也不能否認的事實。要考察由詩到詞的發展，是不能不考察詩歌與音樂之關係的。因此，我很重視隔唐代不遠的宋人所見的詞的起源之說。北宋沈括「夢溪筆談」說：

詩之外又有和聲，則所謂曲也。古樂府皆有聲有詞，連屬書之，如曰「賀賀賀」「何何何」之類，皆和聲也。今筦絃之中，纏聲亦其遺法也。唐人乃以詞塡入曲中，不復用和聲。

這可稱爲「詞起於塡實和聲說」。「全唐詩」編者於詞的部份加以小註道：

唐人樂府元用律絕等詩，雜和聲歌之。其並和聲作實字，長短其句以就曲拍者爲塡詞。開元天寶肇其端，元和太和衍其流，大中咸通以後，迄於南唐二蜀，尤家工戶習，以盡其變。凡有五音二十八調，各有分屬，今皆失傳。

這像是就沈括所說而加以補充的，這是關於詞的起源最有勢力的一說。「朱子語類」論詩云：

古樂府只是詩，中間却添許多泛聲。後來的人怕失了那泛聲，逐一聲添個實字，遂成長短句，今曲子便是。

這可稱為「詞起於填實泛聲說」。何謂泛聲？我想就是宋末沈義父在「樂府指迷」中說的教師唱家有襯字。他還說：

古曲譜多有異同，至一腔有兩三字多少者，或句法長短不等。蓋被教師改換，亦有嘌唱一家多添了字。

這似可用為詞有泛聲的一種解釋。還有比朱子稍前一點，胡仔的「苕溪漁隱叢話」中也說：

唐初歌舞多是五七言詩，後漸為長短句，今止存「瑞鷓鴣」「小秦王」二闋。「瑞鷓鴣」是七言八句詩，猶依字易歌。「小秦王」是七言絕句，必須雜以虛聲乃可歌耳。

我看所謂虛聲和泛聲雖字面不同，而意義則一，都是說為著順應樂句的音數拍子，歌者自己添上些無甚意義的字，以補歌辭的不足。至於所謂和聲，它的正確的意義倘若眞是歌時羣相隨和之聲，那就與泛聲顯然不同。除了上文所舉皇甫松的「竹枝」「採蓮子」兩首可以作爲歌辭附有和聲的例以外，把和聲塡著實字而變爲本辭的例，在其他唐人作品中不可得見。只有五代張泌的「柳枝」一首：

膩粉瓊粧透碧紗，雪休誇。金鳳搔頭墮鬢斜，髮交加。倚著雲屏新睡覺，思夢笑。紅腮隱出枕函花，有些些。

同時顧夐也有這樣的一首「柳枝」。這就像是由七絕而塡實和聲的歌詞。但如「全唐詩」編者的所謂和聲，意思含混，大概是包括了泛聲而說的。我想將泛聲或和聲塡著實字加入本辭，於是就由整齊的五言六言七言的詩而形成了長短句的詞，並非完全出於沈括、胡仔、朱子、沈義父諸人無根據的臆說。因爲不僅他們生在宋代，去唐未遠，傳聞比較可靠；而且詞在當時正是一種盛行的活文學，他們當然經驗或考察過詞的歌唱的實際。我們須知唐代可歌的詩雖是整齊的五言六言七言律絕，樂曲却是可以因旋律的進行而伸縮變化的。我們雖不確信「北詞廣正譜」所載王維「渭城曲」，於本辭外添加了那麼多的字，那就是唐人絕句原來的一種歌法；却不難推想當初樂人譜詩入樂而塡實和聲或泛聲是可有的事，而且是很不方便的事。所以後來一般懂得音樂的詩人如韋應物、王建、劉禹錫、白居易之流，爲了順應樂曲的伸縮變化，就開始試作長短句的詞。溫庭筠比較韋、白、劉、王爲後進，承受了先進者寶貴的經驗，適應社會環境的需要，加以個人的天才、興趣、和努力，依曲而作的詞更多，所以他就成了詞的初期一個大作家，而且給了繼起的作家以莫大的影響，花間派的詞人出來了。

所謂花間派，是指「花間集」中一羣詞人而說的。「花間集」爲五代蜀趙崇祚所編，共有「詩客曲子詞」五百首，分爲十卷。除了晚唐溫助教庭筠，皇甫先輩松，（以上二人上文已經論過 中原和學士凝，荆南孫少監光憲，南唐（？）張舍人泌以外，餘如韋相莊，薛侍郎昭蘊，牛給事嶠，毛司徒文錫，牛學士希濟，歐陽舍人烱，顧太尉敻，魏太尉承班，鹿太保虔扆，閻處士選，尹參卿鶚，毛祕書熙震，李秀才珣，這十三人當時都在蜀。未知蜀中詞人獨多呢，還是趙崇祚的見聞限於蜀中一隅。當時蜀中自爲風氣，和騷亂的中原隔絕。加以前蜀主王建、王衍，後蜀主孟昶，都算愛士能文，這也是蜀中詞人獨多的原因之一罷。

論到蜀中詞人，當以韋莊爲其代表作者。

韋莊（八五五？——九二〇？）字端己，杜陵人。乾寧九年登進士第，授校書郎。光化三年（九〇〇）赴蜀，爲王建掌書記。王建開國，累官至吏部尚書，同平章事卒，諡文靖。「浣花集」十卷，補遺一卷，有「四部叢刊本」。「唐詩紀事」說：「莊應舉時，遇黃巢犯闕，著秦婦吟，云內庫燒爲錦繡灰，天街踏盡公卿骨。在位多垂訝，莊乃諱之，時號秦婦吟秀才。」後來韋莊撰家誡，不許垂「秦婦吟」幛子，故「浣花集」亦不載此詩。四十年前，敦煌石室遺書發見，中有自署「天復五年乙丑歲十二月十五日敦煌郡金光明寺學仕張龜寫」的「秦婦吟」一本，纔又流傳於世。多謝黃巢之亂，成就了他這一詩人。韋莊在晚唐有詩名，入蜀以後又以詞名著，他一個人恰恰代表了詩詞代謝之際的兩方面的作者。五代有許多重要的詞人，重要的詩人却沒有幾個。只有詩僧貫休、齊己可以比肩和韋應物爲友的皎然。還有女詩人後蜀主孟昶的花蕊夫人徐氏（一作費氏）和號爲女校書的薛濤也可以比得上稍前一點的魚玄機。所以我們論詩到五代，不能不推韋莊爲一個大詩人，「秦婦吟」就是他的不朽的作品。此詩藉一個從長安逃出來的闊人家姨太太，說出她身經亂離的見聞感憤，訕笑官軍甚於痛詆草賊，是極沈痛深刻之作，共長一千六百六十六字，是七言詩裏第一長篇，它爲唐詩放了最後的光輝。今引一段於此：

蓬頭垢面眉猶赤，幾轉橫波看不得。衣裳顛倒言語異，面上誇功雕作字。柏臺多士盡狐精，蘭省諸郎皆鼠魅。還將短髮戴華簪，不脫朝衣纏繡被。翻持象笏作三公，倒佩金魚爲兩史。朝聞奏對入朝堂，暮見喧呼來酒市。

可以想見在黃巢領導之下的農民羣衆，他們一旦建立了政權，只知道摹倣舊統治者的一些老花樣，這是那時沒有覺悟又沒有政治目標的農民革命應有的現象。再引一段於此：

明朝又過新安東，路上乞漿逢一翁。蒼蒼面帶苔蘚色，隱隱身藏蓬荻中。問翁本是何鄉曲？底事寒天霜露宿？老翁暫起欲陳詞，却坐支頤仰天哭。鄉園本貫東畿縣，歲歲耕桑臨近甸。歲種良田二百廛，年輸戶稅三千萬。小姑慣織褐絁袍，中婦能炊紅黍飯。千間倉兮萬斯箱，黃巢過後猶殘半。自從洛下屯師旅，日夜巡兵入村塢。匣中秋水拔青蛇，旗上高風吹白虎。入門下馬若旋風，罄室傾囊如卷土。家財既盡骨肉離，今H垂垂一身苦。一身苦兮何足嗟，山中更有千萬家。朝飢山上尋蓬子，夜宿霜中臥荻花。

詩中這位老翁原來是一個大地主，也叫他嘗嘗乞丐生活的味道，不能不感謝那些官軍。陳寅恪作「秦婦吟校箋」，推尋韋莊晚年所以諱言此詩之故，以爲是時「從長安東出奔於洛陽者，如秦婦吟之秦婦，其路綫須經近楊（復光）軍防地。從長安西北奔於成都者，如金溪閑談之李氏女，其路線亦須經近楊軍防地。而楊軍入都大將之中，前蜀創業垂統之君，端己北面親事之主（王建），即是其一。其餘若晉暉、李師泰之徒，皆前日楊軍八都之舊將，後來王蜀開國之元勳也。當時復光屯軍武功，或會兵華渭之日，疑不能不有如秦婦避難之人，及李女委身之事。端己一詩，流行一世，本寫故國亂離之慘狀，適觸新朝宮闈之隱情，所以諱莫如深，志希免禍。以生平之傑構，古今之至文，而竟垂戒子孫，禁其傳布者，其故儻在斯歟？」考證至爲精審。韋莊的詞散見於「花間」「尊前」諸集，王國維輯爲「浣花詞」一卷，共得五十四首。我最愛讀他的這幾首詞：

菩薩蠻

人人盡說江南好，遊人只合江南老。春水碧於天，畫船聽雨眠。　鑪邊人似月，皓腕凝霜雪。未老莫還鄉，還鄉須斷腸！

勸君今夜須沈醉，樽前莫話明朝事。珍重主人心，酒深情亦深。　須愁春漏短，莫訴金盃滿。遇酒且呵呵，人生能幾何！

女冠子

四月十七，正是去年今日。別君時，忍淚佯低面，含羞半斂眉，不知魂已斷，空有夢相隨。除却天邊月，沒人知。

思帝鄉

春日遊，杏花吹滿頭。陌上誰家年少，足風流。妾擬將身嫁與，一生休。縱被無情棄，不能羞。

我以爲韋詞出語似淺，而含情至深；不似温詞故爲富麗，而時有俗氣。張炎「詞源」說：「詞之難于令曲，如詩之難于絕句，不過十數句，一句一字閒不得，末句最當留意，有有餘不盡之意始佳。當以花間集中韋莊、温庭筠爲極則。」王國維說：「端己詞深語秀，雖規模不及後主正中，要在飛卿之上。」（「觀堂集林」）從來論詞的人常以温、韋並稱，但論到二人的優劣，就人各一見了。

總之：「花間集」作者十八人，以温、韋爲兩大家。詞格近温者，有牛嶠，顧龜、閻選、魏承班、毛熙震，而以毛文錫所作質直淺露，爲「花間」最下品。詞格近韋者，有皇甫松、孫元憲、薛昭蘊、牛希濟、鹿虔扆。介乎温韋之間者，有曲子相公和凝，以及張泌、尹鶚。此外有可獨張一幟者爲李珣，歐陽炯亦屬之。「栩莊漫記」說：「花間詞約可分爲三派：鏤精錯彩，嫣麗擅長，而意在閨幃，語無寄託者，飛卿一派也。清綺明秀，婉約爲高，而言情之外，兼書感興者，端己一派也。抱樸守質，自然近俗，而詞亦疏朗，雜記風土者，德潤一派是也。」這話是很確當的。

李珣，字德潤，梓州人，蜀秀才。其妹舜絃，王衍納爲昭儀。以先世爲波斯國人，被呼爲李波斯。尹鶚有詩嘲笑他道：「異域從來不亂常，李波斯強學文章。假饒折得東堂桂，胡臭薰來也不香。」其實李珣於國亡後不仕，詞多感慨之音，人格還算是香的。他的「南鄉子」爲寫粵中風俗景物之作。

乘綵舫，過蓮塘，棹歌驚起睡鴛鴦。游女帶花偎伴笑，爭窈窕，競折團荷遮晚照。

傾綠蟻，泛紅螺，閒邀女伴簇笙歌。避暑信船輕浪裏，閒游戲，夾岸荔枝紅照水。

漁市散，渡船稀，越南雲物望中微。行客待潮天欲暮，送春浦，愁聽猩猩啼瘴雨。

相見處，晚晴天，刺桐花下越臺前。暗裏迴眸深屬意，遺雙翠，騎象背人先過水。

「栩莊漫記」說：李珣南鄉子均寫廣南風土，歐陽炯作此調亦然。珣，波斯人。或曾至粵中，豈炯亦曾至粵？不然，則南鄉子一調或專為詠南粵風土而製，故作者一本調意為之也。珣詞如騎象背人先過水，競折團荷遮晚照，愁聽猩猩啼瘴雨，夾岸荔枝紅照水諸句，均以淺語寫景而極生動可愛，不下劉禹錫巴渝竹枝，亦花間集之新境也。」不錯，李珣寫此調十首，都用明潔之筆，繪影繪聲，引人入勝。歐陽烱的「南鄉子」八首也有此勝處，今錄四首：

嫩草如煙，石榴花發海南天。日暮江亭春影綠，鴛鴦浴，水遠山長看不足。

畫舸停橈，槿花籬外竹橫橋。水上游人沙上女，迴顧，笑指芭蕉林裏住。

岸遠沙平，日斜歸路晚霞明。孔雀自憐金翠尾，臨水，認得行人驚不起。

路入南中，桄榔葉暗蓼花紅。兩岸人家微雨後，收紅豆，樹底纖纖擡素手。

歐陽烱（八九六——九七一）益州華陽人，仕前後蜀，累官至門下侍郎，兼戶部尙書，平章事，兼修國史。入宋，授左散騎常侍。王國維收輯他的詞爲「歐陽平章詞」，凡三十一首。他說：「愁苦之音易好，歡愉之語難工。」他很會寫公子佳人的舊愁新歡，離情別緒。他爲「花間集」作序，可見他在當時是一個很有名的詞人了。

「花間集」不錄君主之作。後唐莊宗李存勗，前蜀主王衍，後蜀主孟昶，南唐中主李璟，後主李煜，都能作詞，尤以南唐二主爲最有名。並且南唐偏安江左，堪稱樂國。史稱士之避亂失職者羣以南唐爲歸。南唐君主自以爲出自大唐苗裔，中原文物之所寄，都能提倡文學，培植士類。當時著名詞人，張泌而外，有馮延己。延己一名延嗣，字正中，廣陵人，一說新安人。他在南唐由翰林學士做到宰相。他的詞有「陽春集」。陳世修「陽春集序」說：「金陵盛時，內外無事，朋僚親舊，或當燕集，多運藻思，爲樂府新詞，俾歌者倚絲竹而歌之。」相傳馮延己嘗作「謁金門」：

風乍起，吹皺一池春水。閒引鴛鴦芳徑裏，手挼紅杏蕊。　鬥鴨，闌干獨倚，碧玉搔頭斜墜。終日望君君不至，舉頭聞鵲喜。

元宗李璟戲問延己道：「吹皺一池春水，干卿底事？」延巳對道：「安得如陛下細雨夢回雞塞遠，小樓吹徹玉笙寒，特高妙也！」可以想見南唐君臣沈湎聲色的生活正和蜀中一樣。懂得這個，纔可以來論南唐後主李煜的詞。

李煜（九三七——九七八）字重光，璟第六子。二十五歲時嗣位，在位十五年。宋將曹彬攻金陵，煜降，（九七五）被封爲違命侯。相傳煜在宋，有札致金陵舊宮人道：「此中日夕，只以眼淚洗面。」又作「虞美人」一詞：

春花秋月何時了，往事知多少。小樓昨夜又東風，故國不堪回首月明中。雕闌玉砌應猶在，只是朱顏改。問君能有幾多愁？恰似一江春水向東流！

宋太宗知道了，賜他一種毒藥（牽機藥），他死了。「南唐二主詞」有王國維輯本，劉繼曾箋注本。中宗詞不過幾首，後主詞存四十多首。後主第一期的詞是在「量珠聘妓，紉綵維艘」的生活裏所作：

菩薩蠻

花明月暗籠輕霧，今宵好向郎邊去。剗襪步香階，手提金縷鞋。　畫堂南畔，一向偎人顫。奴爲出來難，教郎恣意憐。

浣溪沙

紅日已高三丈透。金爐次第添香獸。紅錦地衣隨步皺。　佳人舞點金釵溜。

酒惡時拈花蕊嗅。別殿遙聞簫鼓奏。

玉樓春

晚妝初了明肌雪，春殿嬪娥魚貫列。笙簫吹斷水雲間，重按霓裳歌徧徹。　臨春誰更飄香屑，醉拍闌干情味切。歸時休放燭光紅，待踏馬蹄清夜月。

我們從這種詞，可以想見江南小朝廷那位皇帝是怎樣的風流豪侈。在他自己回顧當日的生活，也說：「豈知雀輦乎性，忘長夜之靡靡；宴安其毒，累大德於滔滔。」（「却登高文」）可是悔之已晚，不久就亡國了。他第二期的詞是從「無一驩之可作，有萬緒以纏悲」，直到「以眼淚洗面」的生活裏所作：

烏夜啼

林花謝了春紅，太匆匆，無奈朝來寒雨夜來風。　胭脂淚，相留醉；幾時重，自是人生長恨水長東！

破陣子

五十年來家國，三千里地河山。鳳閣龍樓連霄漢，玉樹瓊枝作煙蘿，幾曾識干戈。 一旦歸爲臣虜，沈腰潘鬢消磨。最是蒼黃辭廟日，教坊猶奏別離歌，垂淚對宮娥。

望江南

多少恨，昨夜夢魂中。還似舊時遊上苑，車如流水馬如龍，花月正春風。

多少淚，斷臉復橫頤。心事莫將和淚說，鳳笙休向淚時吹，腸斷更無疑。

浪淘沙令

簾外雨潺潺，春意闌珊，羅衾不耐五更寒。夢裏不知身是客，一晌貪歡。

獨自莫憑欄，無限關山，別時容易見時難。流水落花春去也，天上人間。

他這種詞已經不是享受的歌唱，而是悲苦的聲訴。詞本是統治階級君主官僚尋開心的曲子，到了亡國以後的李後主，詞就成了他的發憤告哀的一種新體詩。從此以後，詞雖還可以歌唱，却不必專爲歌唱而作。由歌者的詞變爲詩人的詞，應該從他數起。他是五代最後死的一個大詞人，他開拓了詞的一個新境界。

以上敍述五代詞人完了。假如有人要問「詞在這一時代何以特別流行呢？」

我以爲就文學形式的發展而說，詩到晚唐，眞是如皮陸一流詩人所說，由古體而律體，由律體而雜體，詩的道路已經被人走到了盡頭，長短句的詞應運而興，自是一種自然的趨勢。而且詞的起來是和音樂有密切關係的；這在上文已經說過了。再就社會背景而說，詞在這一時代特別流行，並不是偶然的，但看歐陽炯的「花間集敍」就可知道。細玩敍文之意，詞和南朝樂府宮體是同性質的東西，各適應着當時統治階級貴族官僚以及智識份子的要求。他們在社會上憑藉了自己優越的地位，特殊的權利，世間上一切可能的幸福都得享受。醇酒，婦人，歌唱，三者諧和酣美的享樂，正是他們所追求的。詞，這東西恰出於他們那一階級之手，有「花間集」的作者可證；恰以他們的姿態出現，恰以他們的生活爲內容，而歌奏於宮庭北里，穠幌綺筵，滿足他們的生ク享樂的要求，有「花間集」的作品可證。他們這樣貪圖瞬間的享樂，帶着極濃厚的感傷或頹廢的氣分，這是他們生在晚唐五代那樣興亡倏忽，禍變無常的狀態裏而無可如何的。陸游「花間集跋」云：「斯時天下岌岌，士大夫乃流宕如此，或者出於無聊。」他說出於無聊，這是不錯的。唐初興盛時有所謂「英雄樂」，晚唐五代叔季之世有這種兒女詞，不能說文學與世變無關了罷。

（唐代文學史　完）

宋代

目錄

一 說到宋代文學

宋代武功不及唐代之盛，文化却是可以上繼唐代的。「宋史、藝文志」說：「宋有天下先後三百餘年，攷其治化之隆污，風氣之離合，雖不足以擬倫三代，然其時君汲汲於道藝，輔治之臣莫不以經術爲先務，學士搢紳先生談道德性命之學不絕於口，豈不彬彬乎進於周之文哉？宋之不競，或以爲文勝之弊，遂歸咎焉。此以功利爲言，未必知道者之論也。」這種議論雖出自表章道學的史家，也還有幾分近似。因爲單就道學而言，正不妨如「宋史、道學傳序」所說：「凡詩書六藝之文，與夫孔孟之遺言，顚錯於秦火，支離於漢儒，幽沈於魏晉六朝者，至宋皆煥然而大明，秩然而各得其所，此宋儒之所以度越諸子而上接孟氏。」這就是說，宋儒之學直接孔孟之傳，漢唐的經生儒者都不足齒數了。單就這一點說，宋代還有超過唐代的地方。再就文學說，因爲宋儒好講道學，文學也染有極濃厚的道學色彩，甚至把文學視爲道學的附庸，作爲傳道的工具，而有所謂文以載道之說。韓柳一派所倡的古文，本來到了五代而中絕，但到了北宋而復興，而且史家論到宋代文學也往往只特提古文了。如「宋史、文苑傳序」所說：「自古創業垂統之君，即其一時之好尚，而一代之規橅可以豫知矣。藝祖革命，首用文吏，而奪武臣之權，宋之尚文端在乎此。太宗、眞宗，其在藩邸，已有好學之名。及其即位，彌文日增。自時厥後，子孫相承。上之爲人君者無不典學；下之爲人臣者自宰相以至令錄無不擢科。海內文士彬彬輩出焉。國初楊億劉筠猶襲唐人聲律之體。柳開穆修志欲變古，而力弗逮。逮廬陵歐陽修出，以古文倡，臨川王安石，眉山蘇軾，南豐曾鞏，起而和之，宋文日趨於古矣。南渡文氣不及東都，豈不足以觀世變歟！」不錯，北宋的古文家歐王蘇曾誠然可以上繼唐代的韓柳。至於說到宋代文學的所以很盛，以爲是由於創業垂統之君在政略上抑武尚文的結果，也並不悖於史實。不過我們要注意的：就一代文學的總成績而說，宋代文學還是不及唐代之盛，不但宋代詩文跳不過唐代詩文的範圍，而別有新的特殊的成就；便是宋詞較之晚唐五代本來可說是變本加厲，繼長增高了，究竟還是不能作爲一代文學的主體，代表一個時代的精神。這也難怪，唐代是中國民族在漢朝以後的第一個全盛時代，宋代是中國民族在六朝以後又一個三百年不斷被邊裔部族侵略而且終至滅亡的時代。因此，爲民族精神所寄的文學，隨着時代環境而有許多差異之處，自是當然的了。

隋文帝的遺詔說：「自昔晉室播遷，天下喪亂，四海不一，以至周齊，戰亂相尋，年將三百。」原來中國民族經過三百年和邊裔部族戰鬥的結果，到了隋文帝以至唐太宗，得到完全勝利了，中國也統一了。邊裔部族能和我同化的已同化了，不能同化的已趕開去了。所以「唐書、地理志」說，「舉唐之盛時，開元天寶之際，東至安東，西至安西，南至日南，北至單于府，蓋南北如漢之盛，東不及，而西過之。」這是中國民族自漢以後的又一個全盛時代。但經過安史之亂，唐室日益衰微，到了晚唐五代，北狄西夷猖獗起來了。不但北狄契丹詩為邊患，後唐後晉後漢後周的君主也是所謂戎夷或蕃人異種。直到宋太祖開國，平定了荊南後蜀南漢南唐諸小邦；太宗繼起，降服了吳越，討滅了北漢，中國才又漸歸統一，中國民族才又稍稍抬頭。所以「宋史、地理志」說：「至是天下既一，疆理幾復漢唐之舊，其末入職方者，唯燕雲十六州而已。」太宗原想討伐契丹，收回故土，可是不能做到，高梁河之敗，倒發斬首萬餘級。契丹改國號為遼，遼衰而金又勃興，同時西夏也很跳梁。金既滅遼，轉而侵宋，徽宗欽宗先後被擄，北宋就完了。康王構繼位，建都臨安，是為南宋。南宋時代，金夏之外，後又添了蒙古一大敵人。蒙古滅金，滅夏，改國號為元，旋又滅宋，南宋也完了。總之，趙宋一代，三百年間，（九六〇——一二七八）不斷的受着邊裔部族的威脅和侵略，自始卽無力反攻，而且至於無力自衞，只有屈辱乞和。乞和的結果，只有納幣，割地，稱臣稱姪；最後乞和也無效，就只有削號投降，或投海殉國了。明季蒙正發「三湘從事錄」有章曠的一詩道：「旺膀堅移谷，頭顱贈枕戈；讀書羞宋史，到底不言和。」唉！宋人對邊裔部族忍辱乞和，恃和忘戰的結果，眞可爲我民族子孫萬世難忘的教訓！總之，宋代是中國民族受邊裔部族侵陵，由不斷的屈辱而終至亡國的一個時代。宋太祖開國，鑒於唐代藩鎭之禍，矯枉過正，輕武重文，養成中國民族文弱之習，固然是一錯誤；同時我們要知道以農業國家的文化，愛好和平的文化，去和游牧民族的武力，愛以刼掠爲事的武力相周旋，如果自己不能特別奮發自強，總是容易失敗的。南宋名將吳璘說：「金人弓矢不若中國之勁利，中國士卒不若金人之堅耐。」這是說中國民族的體力不如金人。金主守緒說：「北兵所以常取勝者，恃北方之馬力，就中國之技巧耳，我實難與之敵。至於宋人，何足道哉？朕得甲士三千，縱橫江淮間有餘力矣。」這是說金人的馬力不如蒙古。「西北之馬不可得，而東南之馬不可用。」（「宋史」中語）宋人的馬力又不及遼金，更不及蒙古。宋人的體力和馬力均不如敵人，雖然武器勁利，戰術巧妙，還患不能戰鬥。何況「國家溺於宴安，蕩然無備。」（張浚語）「攻討防和戰守之策，國之大計，皆未嘗留意。」（李綱語）「但聞奸邪之臣，朝進一言以告和，暮入一說以乞盟。」（宗澤語）人謀之不臧一至於此！終於屈辱乞和而至於亡國了。宋代的武力不及漢唐之盛，夷狄交侵，而不能除凶雪恥，這是當時民族心靈上的一種大創傷。兩宋的學者夢想繼承周公孔孟的道統，往往鄙薄漢唐經生儒者的學問，似可視爲一種心靈上的自衞作用，民族心理的精神自衞作用。我以爲那時中國民族的許多優秀分子，爲異民族所壓，而又不甘屈服；既不能面對現實，動而爲英雄爲豪傑，乃避開現實，靜而希聖希賢，道學就是在這樣的情勢之下發展起來的。多謝凶暴粗獷的敵人！同時這一時代的文學大都蒙受了道學的影響，這在我們講到宋代文學的時候應該不至忘記的了。

二　古文運動之復興

這一時代的文學與道學的關係最密切的算是古文，因爲古文運動是和道學運動同時並起的，甚至可以說，道學是這一時代學術思想的主潮，古文只算是它的支流而已。我在「宋元學術史、宋學之先驅」一章裏，指出宋學先驅者之祈嚮凡六：一、尊孟韓以立道統；二、闢佛老以明正學；三、抑詩賦以救文敝；四、重事功以備世急；五、倡師道以崇教化；六、務篤行以重實踐。其中抑詩賦以救文敝一項，就是說的道學先驅者的古文運動。今錄於此：

當時學者以詞賦爲吾道之大患，視同佛老而非之，不遺餘力。孫復曰：「國家踵隋唐之制，專以詞賦取人，故天下之士皆致力於聲病對偶之間，探索聖賢之閫奧者百無一二。而非挺然特出不徇世俗之士，孰克舍彼而取此？」（「與范天章書」）殆以士習詞賦，止於干祿，其所求者，聲之宮商，語之駢儷、而無益於道，明之不如已也。孫氏又曰：「文者道之生也，道者教之本也。詩書禮樂大易春秋皆文也，總而謂之經者也。以其修於孔子之手，尊而異之爾。斯聖人之文也，後人力薄不克以嗣，但當左右名教，夾輔聖人而已。必皆臨事摭實，有感而作，爲論爲議，爲書疏歌詩贊頌銘箴解說之類，雖其道甚多，同歸於道，皆謂之文也。（「答張洞書」）此闡明文與道之關係。陳襄曰：「常患近世之士溺於章句之學，而不知先王禮義之大。上自王公，下逮士人，其取人也莫不以善詞章者爲能，守經行者爲迂闊。天下之士習固已塗瞶其耳目而莫之能正矣。」（「與顧臨」）因溺詞章而昧禮義，輕經行，正石介之所謂悖理害教者也。石介嘗與人書曰：「頻見僕所爲文，僕文字實不足動人，然僕之心能專正道，不敢跬步叛去聖人，其文則無悖理害教者，斯亦鄙夫硜硜然有一節之長也。」書中又言：「僕書字怪且異，古亦無，今亦無，爲天下非之。此誠僕之病也。此爲之不能也。然永叔謂我特異於人，似不知我也。僕誠亦有自異於衆者，則非永叔之所謂也。今天下爲佛老，其徒囂囂乎聲，附合響應，僕獨挺然自持吾聖人之道。天下爲楊億，其衆嘵嘵乎口，一唱百和，僕獨確然自守吾聖人之經。兹是僕有異乎衆者，然非特爲取高於人，道適當然也。」（「答歐陽永叔書」）彼以楊億淫巧浮僞之言，視同佛老妖妄怪誕之教。或謂楊億不過文詞浮靡，其害本不至與佛老等，而亦闢之峻如此。蓋宋興八十年，浮靡之習方開，爲所怪也。其實，石介正以楊億劉筠一派浮靡之文，其悖理害教與佛老同。故其言又曰：「周公孔子孟軻楊雄文中子吏部之道，堯舜禹湯文武之道也，三才九疇五常之道也。反厥常則爲怪矣。夫書則有堯舜典、皋陶、益稷謨、禹貢、箕子之洪範；詩則有大小雅、周頌、商頌；春秋則有聖人之經；易則有文王之繇，周公之爻，夫子之十翼。今楊億窮妍極態，綴風月，弄花草，淫巧侈麗，浮華纂組，刻鎪聖人之經，破碎聖人之言，離析聖人之意，蠹傷聖人之道；使天下不爲書之典、謨、禹貢、洪範，詩之雅、頌，春秋之經，易之繇、爻、十翼；而爲楊億之窮姸極態，綴風月，弄花草，淫巧侈麗，浮華纂組，其爲怪大矣。」（「怪說下」）其時眞宗嘗下禁文體浮豔之詔。「呂氏家塾記」曰：「天聖以來，穆伯長尹師魯蘇子美歐陽永叔始創爲古文，以變西崑體，學者翕然從之。有爲楊劉體者，守道尤嫉之，以爲孔門之大害，作「怪說」三篇，以排佛老及楊億。於是新近後學不敢爲楊劉體，亦不敢談佛老。」吾人於以知當時之衞道運動與古文運動實有分塗並進之關係。石介門人何羣嘗上書言三代取士皆舉於鄉里，而先行義，後世專以文辭，就文辭中害道莫甚於賦，請罷去。石介贊美其說。會諫官御史亦言以賦取士無益治道，下兩制議。皆以爲進士科始隋歷唐，數百年將相多出於此，不爲不得人。且祖宗行之已久，不可廢也。何羣聞其說不行，乃慟哭取平生所爲賦八百餘篇焚之。講官視其賦既多且工，以爲不情，絀出太學。何羣徑歸，遂不復舉進士。何羣可謂不愧於其師，而能殉其道者。其實文不必賴道以存，道則恆賴文而顯。顧推當時諸儒之意，以爲文與道有依存莫分之關係，卽道喪而文益敝，文敝而道益喪。衞道運動適與古文運動並起，從事衞道運動之人同時亦爲從事古文運動之人，此爲至堪耐人尋味者。……周敦頤云：「聖人之道，入乎耳，存乎心，蘊之爲德行，行之爲事業。彼以文字而已者陋矣！」此亦孔子所謂行有餘力則以學文之意。又云：「文所以載道也。輪轅飾而人弗庸，徒飾也，況虛車乎！文辭，藝也；道德，實也；篤其實而藝者書之，美則愛，愛則傳焉。賢者得以學而至之是爲教。故曰言之無文，行之不遠。然不賢者雖父兄臨之，師保勉之，不學也，強之不從也。不知務道德而第以文辭爲能者，藝焉而已。噫，弊也久矣！」（「周子通書」）其言道言文雖分本末先後，同時亦有道文爲一、善美一致之意。而其文以載道之說爲後來古文家所祖述，蓋以其言出自道學家之權威，莊生所謂重言，足以取重於古文家也。

孫復，（九九二——一〇五七 石介，（一〇〇五——一〇四五）陳襄，（一〇一七——一〇八〇）周敦頤，（一〇一七—— 〇七三）都是道學運動的先驅人物，他們的古文運動只是道學運動的一部分。當時的古文運動得道學的先驅人物參加而聲勢愈盛，這是我們不可忘記的。單論文人的古文運動，就算柳開穆修尹洙爲先驅人物了。

柳開，（九四五——一〇〇一）字仲塗，大名人。以五代文格淺弱，慕韓愈柳宗元爲文，因名肖愈，一名肩愈，字紹元；既而更改名字，以「開聖道之塗」自命。嘗作「東郊野夫」「補亡先生」二傳，自述甚詳，「鐵圍山叢談」說他在陝右做刺史，喜歡生吃人肝，爲鄭文寶所劾，幸賴徐鉉救了他。不料這位自許「開聖道之塗」的先驅者竟會吃人！他說：「吾之道，孔子孟軻楊雄韓愈之道；吾之文，孔子孟軻楊雄韓愈之文也。」他把文與道牽在一起，比道學家早。又說：「古文者非在辭澀言苦，令人難誦讀之；在於古其理，高其意，隨言長短，應變作制，同古人之行事，是謂古文也。」（「應責」）其實，他的文章還是不免辭澀言苦的毛病，他還脫不了中唐晚唐之間所謂「難文」的習氣。同時范杲作文也是「深僻難曉」，不過他的集子不傳了。只有王禹偁主張「遠師六經，近師吏部，使句之易道，義之易曉。」（「答張扶書」）他的理論和實踐一致，所作散文，古雅簡淡。范杲高錫梁周錫和柳開齊名，一時有「高梁柳范」之目。柳開既有許多同調朋友，而且他的古文一傳而爲張景高弁，再傳而爲石延年劉潛，可見他開的這條路，他曾親見有許多人在走了。他的「河東集」十五卷，附錄一卷，有「四部叢刊」本。

穆修，（九七九——一〇三二）字伯長，鄆州人，祥符二年進士。初授秦州司理參軍，以伉直爲通判秦應所誣構，貶池州。再逢恩徙穎蔡二州文學掾。明道元年病卒；享年五十四，和柳開同。修受數學於陳摶，先天圖之竄入儒家自修始。邵伯溫「辨惑」稱修家有唐本韓柳集，募工鏤版。今「柳宗元集」尙有修後序。大約穆修學古文，是遠師韓柳而自得之。他說：「唐之文章，初未去周隋兩代之氣，中間稱得李杜，其才始用爲盛，而號專雄歌詩，道未極其渾備。至韓柳氏起，然後能大吐古文之文，其言與仁義相華實而不雜。如韓元和聖德，柳平淮西雅章之類，皆辭嚴義偉，製述如經。能卒然聳唐德於聖漢之表，蔑愧讓者，非二先生之文則誰歟！」（「唐柳先生文集後序」）可以想見他對于韓柳的嚮慕。又說：「今世士子習尙淺近，非章句聲偶之文辭不置耳目。其間獨敢以古文語者，則與語怪者同也。衆又排詬之，罪毀之，不目以爲迂，則指以爲惑，謂之背時遠名，闊於富貴。」（「答喬適書」）可以想見那時從事古文運動要遇到怎樣的困難。楊億劉筠尙聲偶之辭，天下學者靡然從之，穆修獨肯從事古文，他眞是一個豪傑之士！「穆參軍集」三卷，附錄遺事一卷，有「四部叢刊」本。史稱「修性剛介，好論斥時病，詆誚權貴。張知白守亳，亳有豪士作佛廟成，知白使人召修作記，記成不書士名，士以白金五百遺修爲壽，且求載名於記。修投金庭下，趣裝去郡，士謝之，終不受。且曰，吾寧餬口爲旅人，終不以匪人汚吾文也。宰相欲識修，且將用爲學官，修終不往見。母死，自負櫬以葬。日誦孝經喪記，不用浮屠爲佛事。」做古文不難，要像這位古文家有這樣剛正的人格就不容易了。

尹洙，（一〇〇一——一〇四六）字師魯，河南人。天聖二年進士，授絳州主簿。以薦爲館閣校勘，累遷右司諫，兼領涇源路經略公事。以爭水洛城事，移慶州。復爲董士廉所訟，貶崇信軍節度副使，監均州酒稅卒，年四十六。所著「河南先生集」二十八卷 有「四部叢刊」本。其文古峭勁潔，一洗五代浮靡之習。他說：「夫古人行事之著者今而稱之曰功名，古人立言之著者今而稱之曰文章。蓋其用也，行事澤當世而利後世，世傳焉，從而爲功名；其處也，立言矯當時以法後世，世傳焉，從而爲文章。行事立言不與功名文章期，而卒與俱焉。後之人欲功名之著，忘其所以爲功名；欲文章之傳，忘其所以爲文章；故雖得其欲，而戾於道者有焉。如有志於古，當置所謂文章功名，務求古之道可也。古之道奚遠哉？得諸心而已。心無苟焉，可以制事：心無弊焉，可以立言。惟無苟，然後能外成敗而自信其守也；性無弊，然後能窮見至隱而極乎理也。信乎理者本乎純，極於理者發於明。純與明，是乃古人之所志也。志乎古，文章功名從焉，而不有之也。」（「志古堂記」）這和柳開說文「由乎心智而出乎口，」王禹偁說「文，傳道而明心也，」提出一個心字，恰恰相同。本來文章的風格和作者的人格常是一致，所以文人心性的修養，人格的修養，不妨說是比文章的修養更爲重要。邵伯溫「聞見錄」稱「錢惟演守西都，起雙桂樓，建臨園驛，命歐陽修及尹洙作記。修文千餘言，洙止五百字；修服其簡古。」又稱「修早工偶儷之文，及官河南，始得洙，乃出韓退之文學之。」可見歐陽修作古文曾受尹洙的影響不小。但歐陽修自己說：「於文得尹師魯孫明復，而意猶不足。」又所作「尹洙墓誌」，僅稱其「簡而有法」，似於尹洙不無微辭。而他所佩服的是蘇舜欽。（一〇〇八——一〇四八）他爲「蘇學士集」作序，說是「子美齒少於余，而余作古文反在其後。」原來宋代古文運動倡於柳開穆修，尹洙蘇舜欽繼起，到了歐陽修，這一運動就大告成功了。

歐陽修少時家在漢東，從州南大姓李氏得到「昌黎先生文集」六卷，他因熟讀這部殘破了的韓集而有志於古文。舉進士及第後，又與尹洙孫復蘇舜欽諸人交游，更足以堅定他學古文的志願。他說：「道固有行於遠而止於近，有忽於往而貴於今者，非惟世俗好惡之使然，亦其理有當然者。孔孟遑遑於一時，而師法於千萬世；韓愈之文沒而不見者二百年，而後大施於今；此又非特好惡之所上下，蓋其久而愈明，不可磨滅，雖蔽於暫而終耀于無窮者，其道當然也。」（「書舊本韓文後」）他從少年起就這樣嚮慕韓愈，到老不衰，他在古文上的造詣和韓愈有同樣重要的地位，可見不是偶然僥倖得到的成功了。他說：「夫學者未始不爲道，而至者鮮焉，非道之與人遠也，學者有所溺焉爾。蓋文之爲言，難工而可喜，易悅而自足。世之學者往往溺之，一有工焉，則曰吾學足矣。甚者至棄百事不關於心，曰吾文士也，職於文而已，此其所以至之鮮也。昔孔子老而歸魯，六經之作，數年之頃爾。然讀易者如無春秋，讀書者如無詩，何其用功少而能極其至也！聖人之文雖不可及，然大抵道勝者文不難而自至也。故孟子皇皇不暇著書，荀卿蓋亦晚而有作。……後之惑者徒見前世之文傳，以爲學者文而已，故用力愈勤而愈不至。」（「答吳充秀才書」）他以爲道勝者文不難而自至，那末，如他所說，要學文就先要學道了。這可代表他中年以後見道之言。他死了以後，其子發等「先公事跡」云：「嘉祐二年公知貢舉時，學者爲文以新奇相尙。文體大壞。僻澀如狠子豹孫林林逐逐之語；怪誕如周公伻圖，禹操畚插，傅說負版築而來築太平之基之說。公深革其弊，一時以怪誕知名在高等者，黜落幾盡。二蘇出於西川，人無知者，一旦拔在高等，擢出，士人紛然驚怒怨謗，其後稍稍信服。五六年間，文格遂變而復古，公之力也。」他因知貢舉而操天下文柄，卽借政治力量提倡復古，改變當時僻澀怪誕的文體，北宋古文運動到他總算成功，門下士如二蘇曾王都是在他的影響之下而出頭的古文作者。蘇洵也曾受過他的獎借而極推崇他。所以我們不妨稱他爲趙宋一代文學之父了。

蘇洵，（一〇〇九——一〇六六）「上歐陽內翰第二書」說：「自孔子沒百有餘年而孟子生。孟子之後數十年而至荀卿子。荀卿子後乃稍闊遠，二百餘年而楊雄稱於世。楊雄之死不得其繼，千有餘年而後屬之韓愈氏。韓愈氏沒三百年矣，不知天下之將誰與也！」老蘇言外之意不難推想是把孟荀楊韓四子的文統推給歐陽修。還有蘇軾「上梅直講書」說：「今天下有歐陽公者，其為人如古孟軻韓愈之徒。」蘇轍「歐陽文忠公神道碑」也說：「自漢以來，更魏晋，歷南北，文弊極矣，惟韓退之一變復古。自退之以來，五代相承，天下不知所以為文。及公之文行於天下，乃復無愧於古。自孔子至今千數百年，文章廢而復興，惟得二人焉。」可見三蘇都把歐陽修上配韓愈，繼承文統。其實，歐陽修自己論文也常有「不得其人」之歎，隱然以文統自任。李廌「師友談記」說：「東坡常言，文章之任，亦在名世之士相與主盟，則其道不墜。方今太平之盛，文士輩出，要使一時之文有所宗主。昔歐陽文忠常以是任付於某，故不敢不勉。異時文章盟主，責在諸君，亦如文忠之付授也。」可見歐陽修既把文統傳給蘇軾，放此人出一頭地；蘇軾又想把文統傳給蘇門幾個文人。

陸游「老學菴筆記」說：「建炎以來，尙蘇氏文章，學者翕然從之，而蜀士尤盛。有語曰，蘇文熟，吃羊肉；蘇文生，吃菜羹。」因爲三蘇文章長於議論，所以南宋士子大家摹擬，以備程試之用。就是蘇門幾個文人的文章也爲當世所重，有「蘇門六君子文粹」流行一時，相傳這部書是陳亮撰集的。老蘇好縱橫家言，以權譎自喜，子瞻子由也不免這一習氣。子瞻謂「子由之文汪洋淡泊，有一倡三歎之聲，而其秀傑之氣終不可沒。」子由則謂「子瞻之文皆有奇氣。至赤壁賦髣髴屈原宋玉之作，漢唐諸公皆莫及也。」子瞻自謂「吾文如萬斛源泉不擇地皆可出。在平地滔滔汩汩，雖一日千里無難；及其與山石曲折，隨物賦形，而不可知也。所可知者，常行於所當行，止於其不可不止。如是而已矣；其他雖吾亦不能知也。」子由「上韓太尉書」，自謂「轍生好爲文，思之至深，以爲文者氣之所形。然文不可以學而能，氣可以養而至。孟子曰，我善養吾浩然之氣。今觀其文章寬厚宏博，充乎天地之間，稱其氣之小大。太史公行天下，周覽四海名山大川，與燕趙間豪俊交遊，故其文疏蕩頗有奇氣。此二子者豈嘗執筆學爲如此之文哉？其氣充乎其中而溢乎其貌，動乎其言而見乎其文，而不自知也。」他們父子兄弟的文章是偏於陽剛之美的，和歐文偏於陰柔之美的顯然不同了。

歐蘇而外，曾王也是大家。曾鞏（一〇一九——一〇八三）字子固，南豐人，官至中書舍人卒，年六十五。所著「元豐類稿」五十卷，有「四部叢刊」本。史稱其「爲文章，上下馳騁，愈出而愈工。本原六經，斟酌於司馬遷韓愈。少與王安石遊，安石聲譽未振，鞏導之於歐陽修。及安石得志，遂與之異。」他的「上歐陽學士第一書」云：「觀其根極理要，撥正邪僻，掎絜當世，張皇大中，其深純溫厚，與孟子韓吏部之書爲相唱和，無半言片辭踳駁於其間，眞六經之羽翼，道義之師祖也。」他也推歐上繼孟韓文統。他的「與王介甫論古文書」說：「是道也，過千載以來至於吾徒，其智始能及之，欲相與守之。然今天下同志者，不過三數人爾。」可見曾王互相推許，也以繼承文統自任 正不讓於歐蘇。不過王安石是大政治家，論文不離政治，主張適用。他說：「嘗謂文者，禮教治政云爾。」又說：「所謂文者，務爲有補於世而已矣。所謂辭者，猶器之有刻鏤繪畫也。誠使巧且華，不必適用；誠使適用，不必巧且華；要之以適用爲本，以刻鏤繪畫爲之容而已。」（「上人書」）和他同時的司馬光也說：「古之所謂文者，乃所謂禮樂之文，升降進退之容，絃歌雅頌之聲，非今之所謂文也。今之所謂文者，古之辭也。孔子曰，辭達而已矣。明其足以通意斯止矣，無事於華藻弘辯也。」（「答孔文仲司戶書」）王馬在政治上的主張大不相容，論文却是近於一致。當時還有一個政治家李覯（一〇〇九——一〇五九）也說：「賢人之業莫先乎文。文者，豈徒筆札章句而已，誠治物之器焉。」李覯王安石論政主張功利，論文主張適用，而且以爲文不離政，這和歐曾論文側重道，三蘇論文側重文，可謂三說鼎立了。

總之，我們要知道歐陽修是韓愈以後第一個古文大師，他領導了這一時代的古文運動，三蘇曾王都是在他領導之下成功的古文家。至於司馬光（一〇一九——一〇六八）宋庠（九九六——一〇六六）宋祁（九九八——一〇六一）劉敞（一〇一九——一〇六八）劉攽（一〇二二——一〇八八）雖與歐陽修同時，於當時的古文運動多少有些助力，可是他們都是深通史學或經學的學者，不必爭什麼文統道統。二劉博學，文倣公穀禮經，大劉還曾譏笑「歐九不讀書」。二宋最長館閣之作，正像前代燕許大手筆。小宋「撰新唐書」，雕琢剗削，艱深奇險，可算「難史」，但事繁文省，却是長處。這部書和歐陽修的「五代史記」，司馬光的「資治通鑑」，同爲歷史名著，而又具有文學價值。通鑑雖偏於政治一方面，只算帝王宰相歷史教科書，但他貫串十七史，已具通史規模，這是中國史學上一大鉅製。僅就文學而論，也是後來許多文人誦習的書。從此以後，史書而有文學價值顯然投給文壇上以若何影響的就絕少了。

司馬二宋二劉以及范仲淹（九八九——一〇五二）諸家的文章固然不必摹倣孟軻韓愈，競爭文統；李覯就大膽宣言他和那時摹倣孟韓的古文家不同。他說：「今之學者誰不爲文？大抵摹勒孟子，刼掠昌黎，若爲文之道止此而已，則但誦古文數十篇，拆南補北，染舊作新，盡可爲文士矣，何工拙之辨哉？覯之施爲，異於是矣。」（「答黃著作書」）讀古文幾十篇，便成名士，他這話罵得何等刻毒！自柳開以至歐陽修，在這一時期的古文運動中，難免不有這種人物。自然，我們不要忘記李覯是那時一個有眼光有抱負的思想家政治家。

到了南宋，道學運動臻於極盛。古文運動就已衰落了。只有陳亮（一一四三——一一九五）葉適（一一五〇——一二二三）可算是有眼光有抱負的思想家政治家，可以上配北宋的李覯王安石。他們都自負有經濟才，作爲文章，藻思英發，才氣超邁，尤其是陳亮敢談國事，議論風生。他曾有一次被誣不軌下獄，打得體無完膚。幸賴孝宗皇帝，不算是壓迫言論，殘殺文人的獨夫民賊，說是「秀才醉後妄言，何罪之有？」赦免了他。他和朱熹爲友，議論却不相合。朱子勸他放棄「義利雙行王霸並用」之說。並告訴他：「凡眞正大英雄，須是戰戰兢兢，從薄冰上履過去。」他次「上孝宗書」說：「今世之儒士自謂得正心誠意之學者，皆風痺不知痛癢之人也。舉一世安於君父之讎，而方低頭拱手以談性命，不知何者謂之性命乎！」顯然是諷刺朱熹之流。他又曾說：「研窮義理之精微，辨析古今之同異，原心於秒忽，析禮於分寸；以積累爲工，以涵養爲正，睟面盎背，則亮於諸儒誠有愧焉，至於堂堂之陣，正正之旗，風雨雲雷，交發而並至；龍蛇虎豹，變見而出沒：推倒一世之豪傑，開拓萬古之心胸，如世俗所謂麤塊大臠，飽有餘而文不足者，自謂差有一日之長。」這也是對朱熹一派儒者說的。他的文章才辯縱橫，不可控勒。他上孝宗四書及中興五論，都是名篇。他想做一位民族英雄，可惜不得志，只得終於爲學者爲文人。葉適說：「讀書不知接統緒，雖多無益也。爲文不能關教事，雖工無益也。篤行而不合於大義，雖高無益也。立志不存於憂世，雖仁無益也。」（「贈薛子長」）又說：「爲文之道，譬如人家觴客，雖或金銀器照座，然不免出於假借；惟自家罏列者，即僅甆缶瓦杯，然都是自家物色。」陳亮爲文持論，也正是大都有益政教，而看重自家物色的。葉適著「水心集」二十九卷，有「四部叢刊」本。陳亮著

「龍川文集」三十卷。有「國學基本叢書」本。

朱熹（一一三〇——一二〇〇）和呂祖謙（一一三七——一一八一）也是朋友。呂祖謙學問廣博，文章閎肆。有「東萊集」四十卷。朱熹之文原本六經，醇正深厚可追北宋歐曾，然爲道學之名所掩。他以爲文不必著意去學。「文章但須明理；理精後，文字自典實。」（「朱子語錄」下同）他說：「道者文之根本，文者道之枝葉，所以發之於文皆道也。三代聖賢文章皆從此心寫出，文便是道。」這是說文不可離道，文與道須一致。又說：「貫穿百氏及經史，乃所以辨驗是非，明此義理，豈特欲使文字不陋而已？義理既明，又能力行不倦，則其存諸中者，必也光明四達，何施不可！發而爲言，以宣其心志，當自發越不凡，可愛可傳矣。今執筆以習，研鑽華采之文以悅人者，外而已，可恥也矣。」這是說明道，力行，與爲文須一致，理論更完備了。「晦菴先生朱文公集」一百卷，續集十一卷，別集十卷，目錄二卷，有「四部叢刊」本。我們綜論南宋古文，當推朱呂陳葉爲四大家。

他們的文章，好說心性理欲王霸義利一類問題，可見當時道學在學術上勢力之大了。

這裏，要附帶說到宋代駢文了。

「容齋三筆」說：「四六駢儷於文章爲至淺近，然上自朝廷命令詔册，下而縉紳牋書祝疏，靡不用之。」可見宋代古文雖盛，但是公私應用文字，仍然多用駢文，因爲這是官僚政治最好的一種裝飾。宋初徐鉉（九一六——九九一）最工駢文，李後主死，太宗詔鉉撰「神道碑」。碑文中說：「東鄰搆禍，南箕扇疑。投杼致慈親之惑，乞火無里婦之辭。始勞因壘之師，終後塗山之會。」又說：「以厭兵之俗，當用武之世。孔明罕應變之略，不近成功；偃王躬仁義之師，終於亡國。」能存故主之義，措詞極爲得體。鉉爲文往往執筆立就。嘗說：「文速則意思敏壯，緩則體勢疎慢。」有「騎省集」三十卷。楊億（九七四——一〇二〇）詩文俱宗法義山。田况「儒林公議」稱：「億在兩禁，變文章之體，劉筠錢惟演輩皆從而效之，時號楊劉。」有「武夷新集」二十卷。他如夏竦（九八四——一〇五〇）巧技，胡宿（九九六——一〇六七）廉直，王珪（一〇一九——一〇八五）阿諛，立朝人品不同，工爲朝廷典册之文則一。夏有「文莊集」三十六卷，胡有「文恭集」五十卷，王有「華陽集」六十卷。總之，在北宋古文運動復起的時候，駢文也有復振的趨勢，學者如二宋最工駢文，前面已經說過。宋祁修「新唐書」删除駢文，但其館閣之作還是用典麗的駢體。司馬光先後除翰林學士及知制誥，均以不能爲四六辭，強之乃受，實則他的「傳家集」中也還是偶有四六。歐蘇王曾的公牘文字也大都用駢文。不過他們究竟是古文家，所作駢文往往參以古文之法，運以單行之氣，和齊梁色彩不同，和燕許大手筆也不同。這種文體原是陸宣公奏議開其端，到了他們就更散文化，或者竟以古文爲駢文了。這是宋四六的一種特色。例如蘇軾之「常州居住表」發端云：

臣聞聖人之行法也，如雷霆之震草木，威怒雖盛，而歸於欲其生。人主之罪人也，如父母之譴子孫，鞭撻雖嚴，而不忍致之死。

他的一篇「上皇帝書」也是如此，雖用駢文，意無不達，可惜太長，不能引用了。又如王安石「本朝百年無事劄子」云：

本朝累世，因循末俗之弊，而無親友羣臣之議。人君朝夕與處不過宦官女子。出而視事又不過有司之細故，未嘗如古大有爲之君與學士大夫討論先王之法，以措之天下也。一切因任自然之理勢，而精神之運有所不加，名實之間有所不察。君子非不見貴，然小人亦得廁其間；正論非不見容，然邪說亦有時而用。以詩賦記誦求天下之士，而無學校養民之法；以科名資歷敍朝廷之位，而無官司課士之方。監司無檢察之人，守將非選擇之吏。轉徙之亟既難於考績，而遊談之衆因得以亂眞。交私養望者多得顯官，獨立營職者或見排沮。故上下偸惰，取容而已。雖有能者在職，亦無以異於庸人。農民壞於繇役，而未嘗特見救恤，又不爲之設官，以修其水土之利。兵士雜於疲老，而未嘗申敕訓練，又不爲之擇將，而久其彊場之權。宿衞則聚卒伍無賴之人，而未有以變五代姑息羈縻之俗；宗室則無教訓選舉之實，而未有以合先王親疏隆殺之宜。其於理財，大抵無法，故雖儉約而民不富；雖憂勤而國不彊。賴非夷狄昌熾之時，又無堯湯水旱之變，故天下無事過於百年，雖曰人事，亦天助也。

北宋四六散文化，就這兩個例子可見一斑。南北宋間以駢文著名者，有汪藻（一〇七九——一一一八）孫覿（一〇八一——一一六九）綦崇禮（一〇八三——一一四二）洪适（一一一七——一一八四）以及周必大（一一二六——一二〇六）樓鑰（一一三七——一二一三）李劉（一二二四進士）諸人。汪藻「浮溪集」中代言之文，曲盡情理，讀者感奮，論者以比陸贄，推爲詞令之極則。如「隆祐太后手書」中云：

緬惟藝祖之開基，實自高穹之眷命。歷年二百，人不知兵；傳序九君，世無失德。雖舉族有北轅之釁，而敷天同左袒之心。乃眷賢王，越居舊服，已徇羣臣之請，俾膺神器之歸，繇康邸之舊藩，嗣我朝之大統。漢家之厄十世，宜光武之中興；獻公之子九人，惟重耳之尚在。茲惟天意，夫豈人謀！

又「張邦昌責詞」中云：

雖天奪其衷，坐愚如此；然君異於器，代匱可乎？

又「遙賀太上皇」云：

帝堯遊汾水之陽，久忘天下；文王遇明夷之卦，益見聖人。

措詞極爲得體，都是當時傳誦名作。至孫梅「四六叢話」譏他好用隔句對，及用長聯，實則這也是宋四六特色，不僅汪藻一人如此。孫覿在朝枉劾李綱，旋以贓獲罪；又曾受金人女樂，阿附秦檜屈辱和金一派；所作「韓忠武墓誌」詆毀岳飛，「万俟禼墓誌」贊其能殺岳飛，頗有漢奸嫌疑。論者謂爲「孔雀雖有毒，不能掩文章。」他的「鴻慶居士集」還存在。樓鑰「攻媿集」雖不免貪多務博之病，究竟饒有實學，勝於空言，文多淹雅可誦。李劉所作，由其門人羅逢吉編爲「四六標準」。後人作駢體箋啓，眞有奉他爲標準的。論者譏爲「類書之外編，公牘之副本。」又他好用本朝故事。

例如：

小范有胸中百萬兵，西賊聞之膽驚破；富弼上河朔十二策，北邊皆其手撫摩。（「賀虞大參帥蜀啓」）

說戰場文，八方迷於五色；讀刑賞論，公放出於一頭。（「謝曾舍人啓」）

夷狄問潞公之年，幸其未老；兒童誦君實之字，持此安歸。（「上衛參帥啓」）

南渡以後，四六好用本朝故事，不僅李劉一人，如周必大、洪适、王十朋、楊萬里、眞德秀、王邁、洪咨夔、劉克莊、方岳、文天祥諸人都是如此，成爲一時四六特色。而且劉克莊作詩也用本朝故事了。趙翼以爲「宋朝國史記載本散布於民間，如李燾作通鑑長編，徐夢莘作北盟會編之類，若非得國史原本，憑何撰述？可知日歷實錄，士大夫家有其書也。他如名臣錄、筆談、遺事、文集、又隨時刊布，人皆習知本朝故事，故便於引用耳。」（「二十二史劄記」）這當然不失爲一種理由。同時我們要知道宋代文學各方面也同具有一種革新傾向，要求有以異於前代，雖說沒有什麽大異於前代的地方。古文駢文如此，詩詞也如此。下面要說到宋代詩人了。

三、宋代詩人（上）

論到宋詩，我們知道宋代詩人有所謂派別，而以江西詩派爲最著。江西詩派以外還有些什麽詩派？嚴羽說：「國初之詩，王黄州學白樂天，楊文公劉中山學李商隱，盛文肅學韋蘇州，歐陽公學韓退之，梅聖俞學唐人平淡處。至東坡山谷始以己意爲詩。山谷用功尤爲深刻，其後法席盛行，稱爲江西派。近世趙紫芝翁靈舒輩獨喜賈島姚合之詩，江湖詩人多效其體。」（「滄浪詩話」）這是總論宋詩派別最早的一說。其後，元人戴表、袁桷、方回，清人宋犖、全祖望、紀昀，都曾論到宋詩派別，這里不便完全引用原文，只好列個簡表：

派別說者	嚴羽	戴表	袁桷	方回	宋犖	全祖望	紀昀

宋詩派別

派別名

王黃州	西崑		盛文肅（未詳）	歐陽公 梅聖俞		東坡	江西		
樂天	義山			聖俞			魯直		
				歐梅	臨川	眉山	江西		道學
白體	崑體	晚唐		歐陽 梅堯臣	王安石	蘇軾	江西		道學
	西崑			杜韓		蘇氏	江西	杜蘇（陸范）	
	西崑			慶曆			江西	建炎（尤楊范陸）	
白體	西崑			歐梅		蘇黃			擊壤

表

備註	稱		
滄浪詩話	四靈		
洪潛甫詩集序	四靈		
書湯西樓詩後	四靈		
羅壽可詩序			
漫堂說詩	四靈	江湖	
宋詩紀事序	四靈		方謝
四庫提要	四靈	江湖	

宋詩分派，其說不一，上表所列，可供參攷。近人陳衍「宋詩精華錄」卷第一案語說：「此錄亦略如唐詩分初盛中晚。吾鄉嚴滄浪高典籍之說，無可非議者也。天道無數十年不變，凡事隨之，盛極而衰，往往然也。今略區元豐元祐以前為初宋。（西崑諸人可比王楊盧駱，蘇梅歐陽可方陳杜沈宋。）由二元盡北宋為盛宋，王蘇黃陳秦晁張具在焉，唐之李杜岑高龍標右丞也。南渡茶山簡齋尤蕭范陸楊為中宋，唐之韓柳元白也。四靈以後為晚宋。謝皋羽鄭所南輩則如唐之有韓偓司空圖焉。」這是宋詩分期之說。陳衍分宋詩為初盛中晚，雖似勉強，却便敍述。我們論列宋詩，

也就略依時期先後和派別異同來說了。

首先要說到的，就是徐鉉、王禹偁。

會稽徐鉉徐鍇兄弟，都精說文學，有文名，鉉名更大。鉉字鼎臣，仕南唐三主，歸宋，官左散騎常侍，世稱徐騎省。馮延己說：「凡人爲文皆事奇語，不爾則不足觀，惟徐公率意而成，自造精銳。」他的詩頗似白體，語淺而有深致。我喜歡他的「寄外甥苗仲武」一首：

放逐今來瘴海邊，親情多在鳳臺前。且將聚散爲閑事，須信榮枯是偶然。蟬噪疏林村倚郭，鳥飛殘照水連天。此中惟欠韓康伯，共對秋風詠數篇。

王禹偁，（九五四——一〇〇一）字元之，濟州鉅野人。官至翰林學士，知制誥。坐實錄直書，出知黃州，徙蘄州卒，年四十八。所著「小畜集」三十卷，「小畜外集殘本」七卷，有「四部叢刊」本。他的古文學韓柳，詩學李杜。「贈朱嚴」詩云：「子美集開詩世界，伯陽書見道根源。」他好讀道書，和杜以腐儒自命不同。他的兒子說他的詩有和杜詩語意相類的，他喜而作詩云：「本與樂天爲後進，敢期子美是前身。」自注：「予自謫居時，多取白公詩時時玩之。」他像是學杜不到，纔又學樂天的。「村行」一詩云：

馬穿山徑竹初黃，信馬悠悠野興長，萬壑有聲含晚籟，數峯無語立斜陽。棠梨葉落胭脂色，蕎麥花開白雪香。何事吟餘忽惆悵，村橋原樹似吾鄉。

這就是所謂效法樂天的王黃州體。正在西崑派盛時，他却愛好「韓柳文章李杜詩」，也可算是初宋文壇上開風氣的一個人了。

原來初宋文學沿襲晚唐五代的風氣，講究纖麗，有所謂西崑體。浦城楊億（九七四——一〇二〇）算是這一派的代表作家。當他官兩禁時，因取玉山册府之義，編「西崑酬唱集」，錄他自己及劉筠錢惟演張詠丁謂等十七人之詩，凡近體二百五十首。他們的詩，取材博贍，練詞精整。這里錄楊億「成都」一首：

五丁力盡蜀山通，千古成都綠酎濃，白帝倉空蛙在井，青天路險劍爲峯。漫傳西漢祠神馬，已見南陽起臥龍。張載勒銘堪作戒，莫矜函谷一九封。

楊億不喜杜詩，至目杜甫爲「村夫子」。其實老杜並不貧儉，楊億倒嫌繁富。後來解杜詩的人往往以杜詩字字有來歷，以詞采繁富求杜詩，好像中了西崑派的毒。所以陸游「老學菴筆記 中說：「今人解杜詩但尋出處，不知少陵之意初不如是。且如岳陽樓詩：昔聞洞庭水，今上岳陽樓。吳楚東南圻，乾坤日夜浮。親朋無一字，老病有孤舟。戎馬關山北，憑軒涕泗流。此豈可以出處求哉？縱使字字尋得出處，去少陵之意益遠矣。後人元不知杜詩所以妙絕今古者在何處，但以一字亦有出處爲工。如西崑酬唱集中詩何嘗有一字無出處者，便以爲追配少陵可乎？」西崑體雖曾盛極一時，但不久便已衰歇。劉攽「中山詩話」云：「祥符天禧中，楊大年錢文僖晏元獻劉子儀以文章立朝，爲詩皆宗尚李義山，號西崑體。後進多竊義山語句。賜宴，優人有爲義山者，衣服敗敝，告人曰，我爲諸館職撏撦至此，聞者懽笑。」可見當時詩壇風氣之一斑。石介作「怪說」痛詆楊億，眞宗至下詔書禁「文體浮豔」，這都是西崑體盛行後引出來的反響。王禹偁已有意要改變當時的作風了，不幸早死；到了梅堯臣，「去浮靡之習于西崑體極弊之際，存古淡之道于諸大家未起之先。」（龔嘯語）要算他是開拓宋代詩境的第一人了。

梅堯臣，（一〇〇二——一〇六〇）字聖俞，宣州宣城人。初爲河南主簿，錢惟演留守西京，引爲忘年交，互相酬倡。歐陽修與爲詩友，自以爲不及。他更加精思苦學，由是知名於時。先與蘇舜欽（梓州人，官至湖州長史）齊名，人稱蘇梅；後與歐陽修齊名，人稱歐梅。又因官至尚書屯田都官員外郎，人稱梅都官。年五十九卒。所著「宛陵先生集」六十卷，有「四部叢刊」本。他論詩好言平淡。如云：「因吟適情性，稍欲到平淡。」（「依韻和晏相公」）又云：「作詩無古今，惟造平淡難。」（「讀邵不疑學士詩卷」）歐陽修也服膺他的平淡之論。說是「嗟哉我豈敢知子，論詩賴子初指迷。子言古淡有眞味，大羹豈須調以虀。」（「再和聖俞見答詩」）又他的詩多同情於貧苦階級，如「陶者」一首：

陶盡門前土，屋上無片瓦；十指不霑泥，鱗鱗居大廈。

這首詩頗爲手工業者抱不平。再如「岸貧」「村豪」兩首：

無能事耕穫，亦不有雞豚。燒蚌曬槎沫，織簑依樹根。野蘆編竹室，青蔓與爲門。稚子將荷葉，還充犢鼻褌。（「岸貧」）

日擊收田鼓，時稱大有年。爛傾新釀酒，包載下江船。女髻銀釵滿，童袍毳氈鮮。里胥休借問，不信有官權。（「村豪」）

他這樣寫貧農和地主，似乎不是沒有用意的。他如「田家」、「田家語」、「陶渠」、「小村」諸詩，都是爲農民貧戶呼籲之作。這裏再錄「東溪」一首：

行到東溪看水時，坐臨孤嶼發船遲。野鳧眠岸有閑意，老樹著花無醜枝。短短蒲茸齊似剪，平平砂石淨如篩。情雖不厭住不得，薄暮歸來車馬疲。

此詩「三四的是名句」，歐陽修最能欣賞此種。歐陽修說：「聖俞嘗語余，詩家雖率意，而造語亦難。若意新語工，得前人所未道者，斯爲善也。必能狀難寫之景如在目前，含不盡之意見於言外，然後爲至矣。賈島云：竹籠拾山果，瓦瓶擔石泉。姚合云：馬隨山鹿放。雞逐野禽棲。等是山邑荒僻，官況蕭條，不如縣古槐根出，官淸馬骨高爲工也。余曰：語之工者固如是。狀難寫之景，含不盡之意，何詩爲然？聖俞曰：作者得於心，覽者會以意。殆難指陳以言也。雖然，亦可略道其髣髴。若嚴維柳塘春水漫，花影夕陽遲，則天容時態，融和駘蕩，豈不如在目前乎？又若溫庭筠雞聲茅店月，人跡板橋霜；賈島怪禽啼曠野，落日恐行人。則道路辛苦，羈旅愁思，豈不見於言外乎？」(「六一詩話」)歐公自以爲不及梅，當在此等處。歐公又說：「聖俞子美齊名於一時，而二家詩體特異。子美筆力豪雋，以超邁橫絕爲奇；聖俞覃思精微，以深遠閒淡爲意；各極其長，雖善論者不能優劣。」蘇舜欽詩如「哭曼卿」一首：

去年春風開百花，與君相會歡無涯。高歌長吟插花飲，醉倒不去眠君家。今年痛哭來致奠，忽欲出送攀魂車。春輝照眼一如昨，花已破類蘭生芽。唯君顏色不復見，精魄飄忽隨朝霞。歸來悲痛不能食，壁上遺墨如棲鴉。嗚呼死生遽相隔，使我雙淚風中斜。

又「淮中晚泊犢頭」一絕：

春陰垂野草青青，時有幽花一樹明。晚泊孤舟古祠下，滿川風雨看潮生。

這都可算是「滄浪集」中筆力豪雋之作罷。據陳善「捫蝨新話」云：「蘇舜欽稱平生作詩不幸被人比梅堯臣。」可見他的自負處。我們不必作蘇梅優劣論，只要知道蘇梅或歐梅同是當時詩壇上開風氣的人就是了。

歐陽修，（一〇〇七——一〇七二）字永叔，號醉翁，晚號六一居士。（自傳謂：吾集古錄一千卷，藏書一萬卷，有琴一張，棊一局，而常置酒一壺，以吾一翁老於其間，是爲六一。）廬陵人。初舉進士甲科，歷仕知制誥，知滁州，楊州，潁州，還爲翰林學士，參知政事，刑部尚書，以太子少師致仕卒 年六十六，謚文忠。所著「六一居士集」都百四十八卷，有「四部叢刊」本。他是一個多方面的大作家，蘇軾說他「論大道似韓愈，論事似陸贄，記事似司馬遷，詩賦似李白。」他又是一個開創攷古學，開創宋代疑經學派（其「毛詩本義」疑毛鄭）的學者。史稱「修爲文天才自然，豐約中度，天下翕然師尊之。獎引後進，如恐不及，賞識之下，率爲聞人。曾鞏、王安石、蘇洵、洵子軾、轍，布衣屏處，未爲人知，修卽游其聲譽，謂必顯於世。」他眞可以說是宋代文學之父。他是熟讀韓集的，詩文都學韓，他却自許「廬山高」「明妃曲」等詩不讓李白。他還說：「廬山高惟韓愈可及；琵琶前引韓愈不可及，杜甫可及；後引杜甫不可及，李白可及。」（「苕溪漁隱叢話」）可以想見他自負處。劉攽說：「歐公不甚喜杜詩。謂韓吏部絕倫。吏部於唐世文章未嘗屈下，獨稱道李杜不已。歐貴韓而不悅子美，所不可曉。然于李白而甚賞愛，將由李白超趠飛揚爲感動也？」（「中山詩話」）不錯，歐詩也有超趠飛揚的地方。我最喜歡他的「夢中作」一首.

夜涼吹笛千山月，路暗迷人百種花。棋罷不知人換世，酒闌無奈客思家。

陳衍說：「此詩當眞是夢中作，如有神助。」又「贈王介甫」一首也極佳：

翰林風月三千首，吏部文章二百年。老去自憐心尙在，後來誰與子爭先。朱門歌舞爭新態，綠綺塵埃試拂絃。常恨聞名不相識，相逢罇酒盍留連！

這不只是泛泛應酬之作，他自己的抱負，對後進的熱情，都很深摯的表達出來了。

王安石在文學上的成就，果不負他的期望。

王安石，（一〇二一——一〇八六）字介甫，臨川人。晚居金陵，號半山。少好讀書，過目不忘。作文動筆如飛，而又精妙。他是一個大政治家，慨然有矯世變俗之志。初擢進士上第，歷仕至度支判官，上萬言書於仁宗，主張變法。神宗立，拜參知政事，行青苗、水利、均輸、保甲、免役、市易、保馬諸新法。但因守舊派的阻撓，新法失敗，罷相。再起爲相，封荊國公。年六十六卒，謚曰文。配食孔廟，追封舒王。所著「臨川先生文集」一百卷，有「四部叢刊」本。他在政治上自信力極強，文學上亦戛戛獨造。他的詩有深婉不迫處，也有生硬奇峭處，實爲江西派的先驅。「滄浪詩話」說：「公絕句最高，其得意處高出蘇黃陳之上。」蘇黃自己也都推重「荊公暮年小詩」，甚至以爲「雅麗精絕，脫去流俗，每諷味之，便覺沆瀣生齒頰間。」（山谷語）「苕溪漁隱叢話」也說是「荊公小詩眞可使人一唱而三歎。」楊萬里就說是「讀半山絕句可當朝餐」了。今錄他的五絕數首於此：

離蔣山

出谷頻回首，逢人更斷腸。桐鄉豈愛我，我自愛桐鄉。

秣陵道中口占二首

經世才難就，田園路欲迷。慇勤將白髮，下馬照淸溪。

歲熟田家樂，秋風客自悲。茫茫曲城路，歸馬日斜時。

雜詠二首

證聖南朝寺，三年到百回。不知牆下路，今日幾花開。

桃李石城塢，餉田三月時。柴荊常自閉，花發少人知。

蘇軾說他的「五字最勝」，想是此種。再錄七言小詩幾首：

九日

九日無歡可得追，飄然隨意歷山陂。蔣陵西曲風塵慘，也有黃花一兩枝。

初晴

幅巾慵整露蒼華，度隴深尋一徑斜。小雨初晴好天氣，晚花殘照野人家。

脩然

脩然三月閉柴荊，綠葉陰陰忽滿城。自是老年遊興少，春風何處不堪行。

竹裏

竹裏編茅倚石根，竹莖疏處見前村。閑眠盡日無人到，自有春風為掃門。

悟真院

野水從橫漱屋除，午窗殘夢鳥相呼。春風日日吹香盡，山北山南路欲無。

書湖陰先生壁

茆簷長掃靜無苔，花木成畦手自栽。一水護田將綠繞，兩山排闥送青來。

烏塘

烏塘渺渺綠平隄，隄上行人各有攜。試問春風何處好，辛夷如雪柘岡西。

鍾山即事

澗水無聲繞竹流，竹西花草弄春柔。茅簷相對坐終日，一鳥不鳴山更幽。

春日席上

十年流落負歸期，臨水登山各有思。今日樽前千萬恨，不堪頻唱鷓鴣辭。

宋人好作六言絕句，王安石是這一詩體的最先成功者。錄其六言絕句二首：

柳葉鳴蜩綠暗，荷花落日紅酣。三十六陂春水，白頭相見江南。

二十年前此地，父兄持我東西。今日重來白首，欲尋舊跡都迷。

蘇軾看見了這詩說：「此老野狐精也。」因有和詩。陳衍說：「絕代銷魂，荊公詩當以此二首壓卷。」王安石論詩，推杜而排李，說李白的詩不離醇酒婦人。他自己作詩好議論，好談佛理，有「擬寒山拾得詩　，還好集句。「夢溪筆談」云：「荊公始爲集句詩，多者至百韻，皆集合前人之句，語意對偶，往往親切過於本詩」。其實，這只是一種文字游戲，他的長處並不在此。只有他的暮年小詩纔眞是從他同時和後來許多作家公認的他的長處。他該感謝他自己早年政治上的失敗成全了他晚年文學上的業績。連素來和他議論不合的蘇軾也不得不說，「荊公暮年詩始有合處，」寄與他以相當的同情了。

蘇軾，（一○三六——一一○一）字子瞻，眉州眉山人。他和父洵弟轍（一○三九——一一一二）都享文壇盛名，世稱「三蘇」。初試禮部，主司歐陽修看了他的文章，對梅堯臣說：「吾當避此人出一頭地。」召直史館，因反對王安石新法，出爲杭州通判。後因詩語訕謗下獄，貶爲黃州團練副使。時與田父野老相從溪山間。築室東坡，自號東坡居士。又曾貶爲甯遠軍節度副使，惠州安置；再貶爲瓊州別駕。累官翰林學士，提舉玉局觀等職卒，年六十六，謚文忠。所著「東坡先生詩」二十五卷，「經進東坡文集事略」六十卷，有「四部叢刊」本。他才高學博，也是一個多方面的學者。古文而外，兼工駢文辭賦；塡詞寫字，都獨造一格。作詩最長於七言。王士禎說：「蘇文忠七言長句之妙，自子美退之後，一人而已。」（「古詩選凡例」）實則他不僅工爲七古，他的七律以長古之氣運於偶律之中，亦有栗姚之勢，變化之妙，纔算是他的獨創處。

和子由澠池懷舊

人生到處知何似，應似飛鴻踏雪泥，泥上偶然留指爪，鴻飛那復計東西。老僧已死成新塔，壞壁無由見舊題。往日崎嶇還記否？路長人困蹇驢嘶。

龜山

我生飄蕩去何求，再過龜山歲五周。身行萬里半天下，僧臥一菴初白頭。地隔中原勞北望，潮連滄海欲東遊　元嘉舊事無人記，故壘摧頹今在不！

海會寺淸心堂

南郭子綦初喪我，西來達摩尚求心。此堂不說有清濁，遊客自觀隨淺深。兩歲頻爲山水役，一溪長照雪霜侵。紛紛無補竟何事，慚愧高人閉戶吟。

初到黃州

自笑生平爲口忙，老來事業轉荒唐。長江繞郭知魚美，好竹連山覺筍香。逐客不妨員外置，詩人例作水曹郎。祇慚無補絲毫事，尚費官家壓酒囊。

六月二十日夜渡海

參橫斗轉欲三更，苦雨終風也解晴。雲散月明誰點綴，天容海色本澄清。空餘魯叟乘桴意，麤識軒轅奏樂聲。九死南荒吾不恨，玆遊奇絕冠平生。

再錄他的七絕幾首：

金山夢中作

江東賈客木綿裘，會散金山月滿樓。夜半潮來風又熟，臥吹簫管到揚州。（陳衍云：寫夢中詩境甚奇。）

題西林壁

橫看成嶺側成峯，遠近高低無一同。不識廬山眞面目，只緣身在此山中。（陳衍云：此詩有新思想，似未經人道過。）

飲湖上初晴後雨

水光瀲灩晴方好，山色空濛雨亦奇。欲把西湖比西子，淡粧濃抹總相宜。（陳衍云：後二句遂成爲西湖定評。）

惠崇春江曉景

竹外桃花三兩枝，春江水暖鴨先知。蔞蒿滿地蘆芽短，正是河豚欲上時。（陳衍云：毛西河並此亦要批駁，豈眞傖父至具哉，想亦口強耳。）

吏隱亭

從橫憂患在人間，頗怪先生日日閑，昨夜淸風眠北牖，朝來爽氣在西山。

總之，他的詩氣象壯闊，鋪敍宛轉。「呂氏童蒙訓」說：「東坡七言長句波瀾洪大，變化莫測。」這話是不錯的。「甌北詩話」說：「以文為詩自昌黎始，至東坡益大放厥辭，別開生面。」又說：「東坡詩放筆快意，一瀉千里。」這話也不錯。蘇軾好以議論典故為詩，細事長語，說無不盡。詩人之義掃地，文人之詩抬頭。「歲寒堂詩話」「懷麓堂詩話」等都會指摘過來。蘇軾於當時人詩頗好歐梅，自謂「作詩頗似六一語，往往亦帶梅翁酸。」於古人詩獨喜陶柳，有「和陶詩」四卷。他說：「李杜之後，詩人繼作，雖有遠韻，而才不逮意。獨韋應物與柳宗元發纖穠於簡古，寄至味於淡泊，非餘子所及也。」（「書黃子思詩集後」），又說：「流轉海外，書籍舉無有，惟陶淵明一集，柳子厚詩文數冊常置左右，目為二友。」（「答程全父書」）不錯，陶柳的詩雖說枯淡，可是「外枯而中膏，似淡而實腴，」正耐他玩味。蘇轍為他作墓誌說：「公詩本似李杜，晚喜陶淵明。」「後山詩話」說：「蘇詩始學劉禹錫，故多怨刺。晚學太白，至其得意處則似之矣，然失之粗，以其得之易也。」我們由此可知蘇軾的詩雖自成一大家，為北宋第一大詩人，而他的豪放處似李，怨刺處似劉白，淡遠處似陶柳，却不是沒有來由的。我還以爲歐陽修曾作「本論」排斥釋老，他却有許多見道之言似得自釋老。他晚年特好陶潛韋柳的詩也不是沒有來由的罷。

蘇軾「答張文潛書」說：「僕老矣，使後人猶得見古人之大全者，正賴黃魯直、秦少游、晁无咎、陳履常與君等數人耳。」又「與李方叔書」說：「頃年於稠人中驟得張秦黃晁及方叔履常，意謂天不愛其寶，其獲蓋未艾。比來閭闔四方，更欲其似，邈不可得，以此知人決不徒出。」他極力推重的張秦黃晁，卽世所謂「蘇門四學士」，再加李陳，便爲所謂「蘇門六君子」。六人中，李廌能文而不能詩，黃陳盛享詩名，而黃的詩名最大。

黃庭堅（一〇四五——一一〇五）字魯直，洪州分甯人。初舉進士，歷官校書郎，神宗實錄檢討，國史編修官。後以章蔡論實錄多誣，責問，條對不屈，貶涪州別駕，安置黔州。卽日上道，投牀大睡，人以是賢之。知太平州，因與宰相趙挺之有隙，爲嗾除名編管宜州。嘗遊灊皖山谷寺石牛洞，樂其林泉之勝，自號山谷道人。

又過涪州，號涪翁，年六十一卒。所著「豫章黃先生文集」三十卷，有「四部叢刊」本。史稱「庭堅於文章尤長於詩，蜀江西君子以庭堅配軾，故稱蘇黃。」又以爲他「自黔州以後，句法尤高，實天下之奇作，自宋興以來一人而已，非規模唐調者所能夢見。」他的詩也以七言爲最工。尤長七律，今錄數首：

寄黃幾復

我居北海君南海，寄雁傳書謝不能。桃李春風一杯酒，江湖夜雨十年燈。持家但有四立壁，治病不蘄三折肱。想得讀書頭已白，隔溪猿哭瘴溪藤。

池口風雨留三日

孤城三日風吹雨，小市人家只菜蔬。水遠山長雙屬玉，身閒心苦一舂鋤。翁從旁舍來收網，我適臨淵不羨魚。俛仰之間已成跡，莫窗歸了讀殘書。

郭明父作西齋於潁尾請予賦詩

食貧自以官爲業，聞說西齋意凜然。萬卷藏書宜子弟，十年種木長風煙。未嘗終日不思穎，想見先生多好賢。安得雍容一樽酒，女郎臺下水如天。

答龍門潘秀才見寄

男兒四十未全老，便入林泉眞自豪。明月淸風非俗物，輕裘肥馬謝兒曹。山中是處有黃菊，洛下誰家無白醪。想得秋來常日醉，伊川淸淺石樓高。

登快閣

癡兒了却公家事，快閣東西倚晚晴。落木千山天遠大，澄江一道水分明。朱絃已爲佳人絕，青眼聊因美酒橫。萬里歸船弄長笛，此心吾與白鷗盟。

蘇軾說：「山谷詩如蝤蛑江瑤柱，盤餐盡廢，然不可多食，多食則發風動氣。」（「仇池筆記」）可說妙喻。大抵山谷詩味美而奇，却嫌生硬。蘇軾嘗戲效魯直體，即效此一風格。我們要知道黃庭堅詩學老杜，而斥晚唐，他的詩是不滑澤而少風韻的。他說：「學老杜詩，所謂刻鵠不成猶類鶩也。學晚唐詩人詩，所謂作法於涼，其弊猶貪；作法於貪，弊將若何。」（「與趙伯充書」）「後山詩話」說：「唐人不學杜詩，惟黃庶謝師厚學之；魯直黃之子，謝之壻也，其於二父猶子美之於審言也。」可見黃庭堅的詩學淵源有自。黃庶詩兼學韓愈，句律奇崛，世謂爲山魈水怪著薜荔之體。「四庫提要」說：「庭堅之學韓愈，實自庶倡之。」庭堅「與徐師川書」說：「詩正欲如此作，其未至者，探經術未深，讀老杜李白韓愈詩未熟耳。」大抵庭堅中年力學韓杜，最初爲詩却不斥崑體。他有詩云：「元之如砥柱，大年若霜鵠，王楊立本朝，與世作郛郭。」他晚年好陶詩。他說：「寧律不諧而不使句弱，用字不工不使語俗，此庾開府之所長也，然有意於爲詩也。至於淵明，則所謂不煩繩削而自合。」（「題意可詩後」）。他還說：「陶彭澤之牆數仞，謝庾未能窺者何哉？蓋二公有意於俗人贊毀其工拙，淵明直寄焉耳。」（「論詩」）又說：「血氣方剛，讀此如嚼枯木；及綿歷世事，知決定無所用智。」（「跋淵明詩卷」）其實他晚年的詩也還未到淵明平淡自在的境界。「寧律不諧而不使句弱，用字不工不使語俗」，庾開府的這種長處，他却做到。只因他那樣推崇陶，難怪後來的論者說他是祖陶宗杜，江西　派實祖淵明了。我以爲他雖學杜學陶，或學謝庾，實則以受韓詩的影響爲最大。我已經說過了韓愈的詩生硬僻澀，是由八代直到盛唐五七言詩體都已達到爛熟甚至庸俗而起的一種反動。宋代詩人除了可以利用詞體作爲一種新的詩體而外，要做詩總不易跳過唐人範圍。要避免唐人爛熟而庸俗的一條舊路，只好揀生硬的一條來走，這雖然也是韓愈一派詩人走過的一條路，究竟沒有幾個算得走上了大路的偉大的作家，無異乎還是一條新路。黃庭堅正是把握了這個趨勢而爬上了成功之路的第一個新的大詩人。同時陳師道跟着他走，也算是爬上了成功之路的。

陳師道，（一〇五三——一一〇一）字無己，又字履常，號後山，彭城人。年十六，從曾鞏受業，故他後來「答東坡」說：「平生一瓣香，敬爲曾南豐。」大約他初學古文於曾，後又學詩於黃。他「贈魯直」詩說：「陳詩傳筆意，願列弟子行。」又他「答秦覯書」說：「僕於詩初無詩法，然少好之，老而不厭，數以千計，及一見黃豫章，盡焚其稿而學焉。」黃亦稱他「得老杜句法」。元祐三年蘇軾孫覺等薦爲徐州教授，除太學博士。元符間除祕書省正字。年四十九卒。「后山詩註」十二卷，有「四部叢刊」本。任淵謂「讀後山詩似參曹洞禪 不犯正位，切記死語。非冥搜旁引，莫窺其用意深處。」因爲作註。黃庭堅絕句云：「閉門覓句陳無己，對客揮毫秦少游。」原來陳師道於詩是最肯下鍛鍊工夫的。「石林詩話」說：「陳無己每登臨得句，即急歸，臥一榻，以被蒙），謂之吟榻。家人知之，即貓犬皆逐之，嬰兒稚子亦皆抱持寄鄰家。」可見這位詩人鍛鍊吟詠的辛苦。錄詩二首：

懷遠

海外三年謫，天南萬里行。生前只爲累，身後更須名。未有平安報，空懷故舊情。斯人有如此，無復涕縱橫。（任淵註云：此詩爲東坡。）

和南豐先生出山之作

側徑籃舁兩眼明，出山猶帶骨毛清。白雲笑我還多事，流水隨人合有情。不及鳥飛渾自在，羨他僧住便平生。未能與世全無意，起爲蒼生試一鳴。

蘇門六君子，黃陳而外，秦觀張耒晁補之也都是詩人，只有李廌能文而不能詩。李廌「濟南集」今存八卷。蘇軾稱其筆墨瀾翻，有飛沙走石之勢。又蘇軾說：「秦得吾工，張得吾易。」黃庭堅詩說：「晁子智囊可以括四海，張子筆端可以回萬牛。自我得二士，意氣傾九州。」（「以團茶洮州綠石研贈無咎文潛」）可見蘇黃對於秦晁張三人的推重。不過黃庭堅在此諸人中也有時厚自期許。他說：「余自謂作詩頗有悟處，若諸文亦無長處可過人。予嘗言作詩在東坡下，文潛少游上；至於雜文，與無咎等耳。」（「論詩文帖」）大約黃庭堅一生專力爲詩，不甚措意於爲文，秦張晁就兼用心於爲詩文了。

秦觀，（一〇四九——一一〇〇）字少游，一字太虛，揚州高郵人。初見蘇軾於徐，爲「黃樓賦」，軾以爲有屈宋才。介其詩於王安石，王亦以爲淸新如鮑謝。官至國史院編修，以增損實錄貶竄嶺南。放還，至藤州，遊光華亭，爲客道夢中長短句，索水飲，笑視水而卒，年五十二。朱子說：「渠詩合下得句便巧。」所著「淮海集」四十卷，後集六卷，長短句三卷，有「四部叢刊」本。他的「春日五首」之一云：

一夕輕雷落萬絲，霽光浮瓦碧參差。有情芍藥含春淚，無力薔薇臥曉枝

元好問論詩絕句，譏有情二語為女郎詩。不錯，他的詩長處在婉麗，短處在纖弱，在讀者自己怎樣領會。再錄「贈女冠暢師」一首：

瞳人剪水腰如束，一幅烏紗裹寒玉。超然自有姑射姿，回首粉黛皆塵俗。霧閣雲窗人莫窺，門前車馬任東西。禮罷曉壇春日靜，落紅滿地乳鴉啼。

自愛高華之作的元好問看來，這也是女郎詩罷。其實，秦觀為人豪雋慷慨，盛氣好奇，還好讀兵家書。人稱其過嶺後詩高古嚴重，自成一家。我也愛讀他的「寧浦書事」六首：

揮汗讀書不已，人皆怪我何求。我豈更求榮達，日長聊以消憂。

魚稻有如淮右，溪山宛類江南。自是遷臣多病，非干此地煙嵐。

南土四時盡熱，愁人日夜俱長。安得此身如石，一齊忘了家鄉。

洛邑太師奄謝，龍川僕射云亡。他日歸然獨在，不知誰似靈光。
身與杖藜爲二，對月和影成三。骨肉未知消息，人生到此何堪。
寒暑更拚三十，同歸滅盡無疑。縱復玉關生入，何殊死葬蠻夷。

出語看似平常，而表情却極深婉。這是「淮海集」中最上品。他的詩題有用駢語寫的，有時比詩還好，例如「口號」一題云：

美酒忘憂之物，流光過隙之駒。不稱人心，十事常居八九；得開口笑，一月亦無二三。莫思身外無窮，且賭尊前見在。功名富貴，何異楚人之弓。城郭人民，問取遼東之鶴。……

又他的名句，「雨砌墮危芳，風櫺納飛絮。」李公擇以爲謝家兄弟不能過。難怪蘇軾要說「秦得吾工」了。

晁補之（一〇五三——一一一〇）字无咎，濟川鉅野人，晚號歸來子。年十七從父端友官杭州，著「七述」，言錢塘山川風物之麗。時東坡爲通判，歎曰「吾可閣筆矣。」由是知名。舉進士，官至國史編修，出知泗州卒，年五十八。「濟北晁先生雞肋集」七十卷，有「四部叢刊」本。張耒說：「補之自少爲文，即能追步屈宋班揚，下逮韓愈柳宗元之作，促駕力鞭，務與之齊而後已。」秦觀詩以韻勝，晁補之詩以氣勝，今錄晁詩二首：

元符戊寅與无斁弟卜居緡城東述情

四海一居何處卜，北窗祇取見家山。要無名利來心曲，便有園林出世間。拙宦莫與三黜歎，老歸未厭百年閒。先君餘慶期之子，吾駕如今不可還。

題廬山

南康南麓江州北，五百僧房綴蜜脾。盡是廬山佳絕處，不知何處合題詩。

他因屢遭貶謫，常露歸隱之志。他的「答李令」一首：

知音慚李令，問我復何爲。道義惟添睡，功名只有詩。

可見他很感傷地想以睡和詩了結他的餘生了。

張耒，（一〇五二——一一一二）字文潛，號柯山，人稱宛丘先生，楚州淮陰人。舉進士，官至直龍圖閣，知潤州，後貶房州別駕。年六十一卒。所著「張右史文集」六十卷，有「四部叢刊」本。他在同輩中死最遲，享名最久。他有詩句說：「我生爲文章，與衆常不偶。出口所爲詩，不笑即謗詬。」（「寄答參寥五首」）可知他是一個不肯追逐時尚的詩人。他的七律最工，似效樂天體。他雖說：「區區爲對偶，此格最汙下。」（「與友人論文因以詩投之」）實則他就是一個頂會做對仗的人。今摘句如次：

陋巷誰過居士疾，
春風正作國人狂。（「晝臥懷陳三時陳三臥疾」）
青春不覺書邊過，
白髮無端鏡上來。（「次韻答存之」）
高談未盡胸中意，

作別猶如夢後驚。（「離天長寄周重實」）

天晴海上峯巒出，

野暗人家燈火明。（「登城樓」）

年來雙淚供愁盡，

老去勞生幾日休。

風物盡爲愁裏景，

山川疑是夢中來。

愁如夜月長隨客，

身似飛鴻不記家。（「自海至楚途次寄馬全玉」）

輕鳥竟隨青嶂去，

亂波爭泛夕陽來。「渡洛因泛舟東下數里頗憶淮

新月已生飛鳥外，

落霞更在夕陽西。（「和周廉彥」）

春風入戶似相覓，

新月低窗最可憐。（「僦居小室……」）

幾年魚鳥真相得，

從此江上是故人。（「發安化回望黃州山」）

柳色漸經秋雨暗，

荷香時與好風來。（「同周楚望飲花園」）

風月有情常似舊，

山川信美不如歸。（「寄蔡彥規兼謝惠酥梨」）

這些句子，看似平易不費力，實經幾許鍛鍊而來，這是他的一種長所。再錄七律一首：

二十三日即事

已逢斌媚散花峽，不怕艱危道士磯。啼鳥似逢人勸酒，好山如爲我開眉。丰標公子豔得意，跋扈將軍風斂威。到舍將何作歸遺，江山收得一囊詩。

蘇軾說：「張得吾易。」可以說是眞能欣賞宛邱風格的了。

以上說北宋詩人，較重要的作家算都說到了。近人梁崑「宋詩派別論」中所列香山派，我們已說過徐鉉徐鍇兄弟及王禹偁，其餘李昉王奇等就從略了。他所列的西崑派，我們已說通過楊億劉筠錢惟演，「西崑唱酬集」十七人除楊億存有「武夷新集」外，只有張詠存有「乖崖集」，餘均無別集行世。他如晏殊、二宋、文彥博、趙抃、胡宿等所作詩亦列入西崑體。我以爲王珪「華陽集」詩主富麗，好用金玉錦繡字面，當時人譏爲至寶丹，也當列入西崑體。他所列的昌黎體，我們已說過梅蘇歐三人外，余靖石介亦爲他列入昌黎體。他所列的荊公派，我們已說過派主王安石。李常、孫覺、俞紫芝、韓維、謝師厚，都爲安石詩友，也被他列入荊公派，只有韓維尚存「南陽集」傳世。他所列的東坡派，我們已說過派主蘇軾，及秦觀、張耒、晁補之，他如文同、清江三孔，（文仲、平仲、武仲）以及唐庚，也都屬東坡派。他所列的江西派，我們已說過派主黃庭堅及陳師道。呂本中「江西詩社宗派圖」所列共二十五人，即陳師道、潘大臨、謝逸、洪芻、饒節、祖可、徐俯、洪朋、林敏修、洪炎、汪革、李錞、韓駒、李彭、晁冲之、江端本、楊符、謝邁、夏倪、林敏功、潘大觀、何顗、王直方、僧善權、高荷。除陳師道外，晁冲之「具茨集」我們亦略而不說，其他更只好從略了。他所列的理學派，只算詩的別派，我們擬留到最後去說。至他所列的晚唐派，如魏野、寇準、林逋、潘閬、趙湘、九僧諸人，都不算頂重要的作家，我們只好在這裏略爲補說。寇準，（九六一——一〇二三）字平仲，華州人，官至中書侍郎同中書門下平章事，封萊國公。年六十三卒。他是北宋時代一位民族英雄，澶淵之盟，那次光榮的和平，就是靠他纔能取得。有「寇忠愍公集」三卷。其「春日登樓懷歸」一詩：

高樓聊引望，杳杳一川平。野水無人渡，孤舟盡日橫。荒村生斷靄，古寺語流鶯。舊業遙淸渭，沈思忽自驚。

「溫公詩話」說他的詩「才思融遠 初知巴東縣，有詩云，野水無人渡，孤舟盡日橫，爲人膾炙。」因他改韋應物西磵絕句「野渡無 舟自橫」 字爲五言二句，極爲自然，並不嫌其蹈襲。林逋（九六七——一〇二八）是一個隱逸詩人，隱居西湖孤山，終身不娶，留下了梅妻鶴子的嘉話。「詠梅詩」：「疎影橫斜水淸淺，暗香浮動月黃昏。」傳爲名句。今存「和靖詩集」四卷。「六一詩話」說：「國朝浮圖以詩名於世者九人，故時有集號九僧詩，今不復傳矣。……當時有進士許洞者，善爲詞章，俊逸之士也。因會諸詩僧分題，出一紙，約曰：不得犯此一字。其字乃山水風雲竹石花草雪霜星月禽鳥之類，於是諸僧皆閣筆。」我想自魏晉至隋唐五代，詩人取材自然者，發現自然之祕奧已多，故許洞立此詩約。趙宋一代詩，多取材人生，或好發議論，至近於迂腐，這也是重要的原因之一罷。

四　宋代詩人（下）

北宋一百六七十年間（約九六〇——一一二六）的詩人已說過了，現在繼續來說南宋一百四五十年間（約一一二六——一二七六）的詩人。

南宋詩壇幾乎全在江西派的勢力之下。只有四靈派想和江西派對抗，却沒有什麽值得重視的成就。江湖派則是四靈江西一派泚合的產兒。現在依次說下去。呂本中曾幾陳與義是南宋初期的詩人。次爲尤楊范陸蕭以及二趙二泉，再次說到四靈江湖。其中插論全宋道學派詩人以後，就以文天祥作爲全宋詩人的殿軍大將了。

劉克莊的「茶山誠齋詩選序」說：「比之禪學，山谷初祖也，呂曾南北二宗也。」羅大經「鶴林玉露」說：「自陳黃之後，詩人無逾陳簡齋。」可知呂曾陳與義是繼續黃陳一派的詩人，南宋的詩論者早已論定了。

呂本中，（一〇八四——一一三八）字居仁，婺州人。曾祖公著，父好問，子大器，孫祖謙，一家名德相望。他能傳其家學，有中原文獻之目。官至中書舍人，人稱他爲呂紫薇，又稱他大東萊先生。年五十四卒。他自小學山谷爲詩，作「江西詩社宗派圖」，劉克莊就把他附在宗派圖之後。所著「東萊詩集」二十卷，以及「紫薇詩話」，「童蒙訓」，「春秋集解」諸書都存。他論詩重悟入，主活法。他說：「作文必要悟入，悟入必自工夫中來，非僥倖可得也。如老蘇之於文，魯直之於詩，盡此理矣。」（「童蒙訓」）又說：「悟入之理，正在工夫勤惰間耳。如張長史見公孫大娘舞劍，頓悟筆法。如張老專意此事，未嘗稍忘胸中，故能遇事有得，遂造神妙。」（「與曾幾吉甫論詩第一帖」）他論活法說：「所謂活法者，規矩備具，而能出於規矩之外，變化不測，而亦不背於規矩也。是法也，蓋有定法而無定法，無定法而有定法，如是者則可以語活法也。昔謝玄暉有言：好詩流轉圓美如彈丸，此眞活法也。」（「夏均父集序」）潘邠老（大臨）論詩主字字響，尤重在七言第五字，五言第三字。

他以爲字字活則字字響。「朱子語錄」說：「呂居仁嘗言詩字字要響，晚年詩都啞了。」大抵他自己所作，不必首首都用活法，句句都是響字。佳句如「長河印曉月，老木聚荒烟。」「江村過雨蓬麻亂，野水連天鸛鶴飛。」「往事高低半枕夢，故人南北數行書。」「樹移午影重簾靜，門閉春風十日閒。」「殘雨入簾收薄暑，破窗留月鏤微明。」可以想見其作風之一斑。

陳與義，（一〇九〇——一一三八）字去非，號簡齋，洛陽人。年四十九卒。方回「瀛奎律髓」以杜甫爲一祖，黃庭堅陳師道陳與義爲三宗，雖不免一家門戶之見，但就江西派而論，陳與義的地位似應在陳師道之上，與黃陳並稱，實無愧色。所著「簡齋集」有「四部叢刊」本。他說：「詩至老杜極矣，蘇黃復振之，而正統不墜。東坡賦力大，故解縱繩墨之外，而用之不窮，山谷措意深，游泳玩味之餘，而索之益遠；要必識蘇黃之所不爲，然後可以涉老杜之涯涘。」原來他的詩是由蘇黃而上學老杜的。相傳他學詩於崔鶠（德符），崔說：「凡作詩工拙所未論，大要忌俗而已。天下書不可不讀，然愼不可有意於用事。」所以他的詩不甚掉書袋而絕少俗氣。

他登政和三年上舍甲科，以「墨梅詩」見知於徽宗，爲太學博士：

和張矩臣水墨梅五絕　五首錄二）

粲粲江南萬玉妃，別來幾度見春歸。相逢京洛渾依舊，惟恨緇塵染素衣。

自讀西湖處士詩，年年臨水看幽姿。晴窗畫出橫斜影，絕勝前村夜雪時。

後以「客子光陰詩卷裏，杏花消息雨聲中」句爲高宗所賞，做到參知政事：

懷天經智老因訪之

今年二月凍初融，睡起苕溪綠向東。客子光陰詩卷裏，杏花消息雨聲中。西菴禪伯還多病，北柵儒先只固窮。忽憶輕舟尋二子，綸巾鶴氅試春風。

他在南宋詩人中也算是最顯達的一個。劉克莊「後村詩話」說：「元祐後，詩人迭起，不出蘇黃二體，及簡齋始以老杜爲師。建炎間避地湖嶠，行萬里路，詩益奇壯，造次不忘憂愛。以嚴簡掃繁褥，以雄渾代尖新，第其品格　當在諸家之上。」這話是不錯的。今錄其七律五首：

春夜感懷寄席大光

管寧白帽且蹁躚，孤鶴歸期難計年。倚杖東南觀百變，傷心雲霧隔山川。江湖氣動春還冷，鴻雁聲廻人不眠。苦憶西州老太守，何時相伴一燈前。

雨中對酒庭下海棠經雨不謝

巴陵二月客添衣，草草杯觴恨醉遲。燕子不禁連夜雨，海棠猶待老夫詩。天翻地覆傷春色，齒豁頭童祝聖時。白竹籬前湖海濶，茫茫身世兩堪悲。

康州小舫與耿伯順李德升席大光鄭德象夜語以更長愛燭紅爲韻得更字

萬里衣冠京國舊，一船風雨晋康城。燈前顏面重相識，海內艱難各飽更。天闊路長皆欲老，夜闌酒盡意難傾。明朝古峽蒼煙道，都送新愁入櫓聲。

雨中再賦海山樓詩

百尺欄干橫海立，一生襟抱與山開。岸邊天影隨潮入，樓上春音帶雨來。慷慨賦詩還自恨，徘徊舒嘯却生哀。世間猛士今安有，非復當年單父臺。

醉中

醉中今古興衰事，詩裏江湖搖落時。兩手尙堪杯酒用，寸心唯是鬢毛知。稽山擁郭東西去，禹穴生雲朝暮奇。萬里南征無賦筆，茫茫遠望不勝悲。

他的七律往往能以簡嚴雄渾之筆，寫悲憫忠愛之懷，學杜至此，總算是成功的了。

曾幾，（一〇八四——一一六六）字吉甫，贛縣人，徙居河南。高宗時官江西浙江提刑，忤秦檜去職。僑寓上饒茶山寺，自號茶山居士。檜死，召爲祕書少監。權禮部侍郎，年六十三卒，諡文清。今存「茶山集」八卷。陸游爲他作墓誌說，「公治經學道之餘，發於文章，而詩尤工，以杜甫黃庭堅爲宗。初與徐俯韓駒呂本中遊。……」韓駒，字子蒼，蜀仙井人。政和中進士，官至中書舍人，出知江州，卒於撫州。有「陵陽集」四卷。其詩論見范季隨輯「陵陽室中語」。魏慶之「詩人玉屑」說，「茶山之學亦出於韓子蒼。」曾幾自己有「詩呈韓子蒼」說：

一時翰墨頗橫流，誰以斯文坐鎮浮。後學不虛稱吏部，此生曾是識荊州。相逢未改舊青眼，自笑無成今白頭。聞道少林新得髓，離言語處許參不！

他很推崇韓駒，大約他學詩是由韓駒而得少陵山谷之法的。他有「寄呂本中詩」說：「學詩如參禪，愼勿參死句。縱橫無不可，乃在歡喜處。」這和呂氏活法說恰相似。同時也像受了韓駒以禪喻詩的影響。韓駒「贈趙伯魚詩」說：「學詩當如初參禪，未悟且遍參諸方。一朝參罷正法眼，信手拈出皆文章。」「詩人玉屑」說，「唐人詩喜以兩句道一事，茶山詩中多用此體。如又從江北路，重到竹西亭。若無三日雨，那復一年秋。似知重九日，故放兩三花，又得新詩句，如聞謦欬音。如何萬家縣，不見一枝梅。此格亦甚省力也。」其實茶山此格也像得自韓氏。「陵陽室中語」云：「凡作詩使人讀前一句知有第二句，讀第二句知有第三句，次第終篇，方爲至妙。如老杜莽莽天涯雨，江村獨立時，不愁巴道路，恐濕漢旌旗是也。」又云：「大概作詩要從首至尾，語脈連屬，如有理詞狀。古詩云。喚婢打鴉兒，莫敎枝上啼，嗁時驚妾夢，不得到遼西。可爲標準。」「詩人玉屑」又載趙庚夫（仲白）「題茶山集」詩云：「清於月出初三夜，澹似湯烹第一泉。咄咄逼人門弟子，劍南已見一燈傳。」原來陸游是從茶山學詩的。陸游跋茶山的奏議稾說：「紹興末，先生居會稽禹蹟精舍，某自敕局歸，無三日不進見，見必聞憂國之言。先生時年過七十，聚族百口，未嘗以爲憂，憂國而已。」據此而說，陸游詩多憂憤忠愛之言，被稱爲愛國詩人，實是遠法杜甫，近師曾幾的了。

楊萬里「千巖摘稿序」說：「詩人若范致能之清新，尤梁溪之平淡，陸放翁之敷腴，蕭千巖之工緻，皆余所畏也。」又「寄張功甫姜堯章詩」說，「尤蕭范陸四詩翁，此後誰當第一功。官拜南湖爲上將，更牽白石作先鋒。」他於同時詩人特推尤蕭范陸四家，他把張鎡姜夔和尤蕭范陸四家並論，只是應酬話頭。後來方回有詩道：「尤蕭范陸楊，復振乾淳聲。」又「跋尤袤詩」說：「自中興以來，言詩必曰尤楊范陸。誠齋時出奇峭，放翁善爲悲壯，公與石湖冠冕佩玉，端莊婉雅。」所謂南宋四大家或五大家，算由楊萬里方回兩人論定了。不過尤袤（字延之，無錫人）的「梁溪集」，蕭德藻（字東夫，閩清人）的「千巖摘稿」，都已亡佚。清尤侗輯有「梁谿遺稿」一卷。又陳衍「宋詩精華錄」選有尤袤和蕭德藻的詩，今轉錄於此。先錄尤袤詩三首：

送吳待制守襄陽（按吳環爲高宗吳后之姪）

方持紫橐侍西清，忽領雄藩向外行。誰謂風流貴公子，甘爲辛苦一書生。詞源筆下三千牘，武庫胸中十萬兵。從此君王寬北顧，山南東道得長城。

題米元暉瀟湘圖

萬里江天杳靄，一村烟樹微茫。只欠孤蓬聽雨，恍如身在瀟湘。

淡淡曉山橫霧，茫茫遠水平沙。安得綠簑青笠，往來泛宅浮家。

次錄蕭德藻詩四首：

古梅二首

湘妃危立凍蛟脊，海月冷挂珊瑚枝。醜怪驚人能嫵媚，斷魂只有曉寒知。

百千年蘚著枯樹，三兩點春供老枝。絕壁笛聲那得到，只愁斜日凍蜂知。

次韻傅惟肖

竹根蟋蟀太多事，喚得秋來籬落間。又過暑天如許久，未償詩債若爲顏。肝腸與世苦相反，巖壑嗔人不早還。八月放船飛樣去，蘆花叢外數青山。

登岳陽樓

不作蒼茫去，眞成浪蕩遊。三年夜郎客，一柁洞庭秋。得句鷺飛去，看山天盡頭。猶嫌未奇絕，更上岳陽樓。

尤詩平淡有致，蕭詩工緻入微，可惜他們的詩存得不多了。

楊萬里，（一一二四——一二〇六）字廷秀，吉州吉水人　從擢進士第歷官國學太常，東宮侍讀，祕書監，寶文閣待制致仕。他終身服膺張浚正心誠意之學，書室命名誠齋，自號誠齋叟。時韓侂冑當國，他憂憤成疾，家人不敢進邸報。有族子來言侂冑近狀。他痛哭，呼紙書道：「姦臣專權，謀危社稷，吾頭顱如許，報國無路，惟有孤憤別妻子。」落筆而逝，年八十三。謚文節。「誠齋集」一百三十三卷，有四部叢刊」本。「瀛奎律髓」稱其「一官一集，每集必變一格。」我們從他的自序知道他初學江西派，及後山五字律；後學半山老人及唐人絕句；最後乃自成其爲誠齋體。周必大「跋誠齋集，石人峯長篇」云：「今時士子見誠齋大篇短章，七步而成，一字不改，皆掃千軍，倒三峽，穿天心，出月脅之語。至於狀物姿態，寫人情意，則鋪敍纖悉，曲盡其妙。遂謂天生辯才，得大自在，是固然矣。抑未知公自志學至從心，……凡名人傑作，無不推求其詞源，擇用其句法。五六十年之間，歲鍛月鍊，朝思夕惟，然後大悟大徹，筆端有口，句中有眼，夫豈一日之功哉！」頗能道着誠齋長處。誠齋友人尤袤說：「近世士人喜宗江西，溫潤有如范致能者乎？痛快有如楊廷秀者乎？高古如蕭東夫，俊逸如陸務觀，是皆自出機軸，亶有可觀者，又奚以江西爲？」拿痛快二字評誠齋詩，也可說是扼要。總之，「飛動馳擲」（方回「南海集序」語）是其所長；「麤俚頹唐」（「四庫提要」語）是其所短。他是一個很頹放的自然主義的詩人。他有「自贊」一詩道：

淸風索我吟，明月勸我飲。醉倒落花前，天地卽衾枕。

眞算他能知道他自己。他的「五更過無錫縣寄懷范參政尤侍郎」一詩道：

蘇州欲見石湖老，到得蘇州發更早。錫山欲見尤梁溪，過却錫山元不知。起來靈巖在何許，回首惠山亦何處。人生萬事不可期，怏然却向常州去。

他寫詩如說話，要說便說，有什麽說什麽，眞個痛快。這裏再錄他的「初入淮河」四絕句：

船離洪澤岸頭沙，人到淮河意不佳。何必桑乾方是遠，中流以北卽天涯！（陳衍云：淮以北久陸沉矣。）

劉岳張韓宣國威，趙張二將築皇基。長淮咫尺分南北，淚濕秋風欲怨誰！（陳衍云：此四首皆寫南渡後中國百姓之可憐。）

兩岸舟船各背馳，波痕交涉亦難爲。只餘鷗鷺無拘管，北去南來自在飛。（陳衍云：可以人不如鷗鷺乎？）

中原父老莫空談，逢着王八訴不堪。却是歸鴻不能語，一年一度到江南。（陳衍云：可以人而不如鴻乎？）

這樣的詩不免怨悱，諷刺。尤袤說他的詩「有劉夢得之味」，當屬此種。下面再錄他的兩首小詩：

有歎

老來無面見毛錐，猶把閒愁付小詩。君道愁多頭易白，鷺鷥從小鬢成絲。

題鍾家村石巖

水與高崖有底冤，相逢不得鎮相喧。若教漁父頭無笠，只著簑衣便是猿。（陳衍云：末七字使人失笑。）

這就是所謂「見者無不大笑」的誠齋體罷。他是個很有性靈很有風趣的詩人，遇事尋開心，很有意味又很輕妙的開一點玩笑。他偏向這方面發展個性，自成一種幽默的風格。他的詩好用接近語言的文字寫來，古人嫌其「麤俚」，陳衍眼見今之白話詩，就說「作白話詩當學誠齋，看其種種不直致法子。」倒覺誠齋的詩並不「麤俚」了。

范成大，（一一二六——一一九三）字致能，吳郡人。從擢進士官至參政知事，資政殿學士。年六十八卒，謚文節。所著「石湖居士詩集」三十四卷，有「四部叢刊」本。他既然做了「望重百僚，名滿四海」的「大參相公」，更抬高了他的文學地位。他歡喜用平易自然的文字歌詠田園山水。他有摹倣民歌的「竹枝山歌」，描寫新年風俗的「臘月村田樂府」，都可供民俗學者參考。更因他有「四時田園雜興」六十首，「夏日田園雜興」十二絕等作品，而確定了他的田園詩人的位置。

四時田園雜興六十首（錄二首）

社下燒錢鼓似雷，日斜扶得醉翁回。青枝滿地花狼藉，知是兒孫鬥草來。

騎吹東西里巷喧，行春車馬鬧如煙。繫牛莫礙門前路，移繫門前碌碡邊。

夏日田園雜興十二絕（錄一首）

晝出耘田夜績麻，村莊兒女各當家。小童未解供耕織，也傍桑陰學種瓜。

他有別墅在石湖，皇帝替他題署，他就自號石湖居士。他的朋友楊萬里說：「石湖山水之勝，東南絕境。」他不做官僚了，也還不失為一個很享福的大地主。我讀他的田園詩，很覺他能代表封建社會地主階級官僚的詩人，對於田園美自然美的欣賞、贊頌、憧憬、感傷。不過他最小一部分詩裏還可以看出他有時關心那些困苦顛連而呻吟於黑暗之底的農民。「宋史」稱他「帥金陵，會歲旱，奏移軍儲米二十萬賑飢民，減租米五萬。」他的「公退書懷」一詩說：

咋者騰章奏發倉，今茲飛檄議驅蝗。四無告者僅一飽，七不堪中仍百忙。皦日自能臨俯仰，浮雲甯解制行藏。求田問舍亦何有，歲晚倦遊思故鄉。

他對於貧農小販流氓乞丐之流，都有一些同情寄與，而對於貪官污吏則非常憎惡。

催租行

輸租得鈔官吏催，踉蹡里正敲門來。手持文書雜嗔喜，我亦來營醉歸耳。牀頭空囊大如拳，撲破正有三百錢。不堪與君成一醉，聊復償君草鞋費。

後催租行

老父田荒秋雨裏，舊時高岸今秋水。傭耕猶自抱長飢，的知無力輸租米。自從鄉官新上來，黃紙放盡白紙催。賣衣得錢都納却，病骨雖寒聊免縛。去年衣盡賣家口，大女臨岐兩分首。今年次女已行媒，亦復驅將換升斗。室中更有第三女，明年不怕催租苦。

牆外賣藥者九年無一日不過吟唱之聲甚適雪中呼問之家有十口一日不出即飢寒矣

十口啼號責望深，寧容安穩坐氈針。長鳴大咤欺風雪，不是甘心是苦心。

雪中聞牆外鬻魚菜者求售之聲甚苦有感三絕（錄二）

攜籮驅出敢偷閒，雪脛冰鬚慣忍寒。豈是不能扃戶坐，忍寒猶可忍飢難。

啼號升斗抵千金，凍雀飢鴉共一音。勞汝以生令至此，悠悠大塊一何心。

詠河市歌者

豈是從容唱渭城，箇中當有不平鳴。可憐日晏忍飢面，強作春深求友聲。

生命小如蚊子，他也愛惜。他曾詛咒蝙蝠吃蚊子。就是被人家薰走的蚊子。他也看做是和人類同命運的小蟲。

次韻溫伯苦蚊

白鳥營營夜苦飢，不堪薰燎出窗扉。小蟲與我同憂患，口腹驅來敢倦飛。

這樣說來，這位田園詩人有時候頗有一點人道主義者的精神了。

陸游，（一一二五——一二一〇）字務觀，山陰人。十二歲能詩文，以蔭補登仕郎。鎖廳薦送第一，秦檜孫塤居次，檜不悅。明年試禮部，復置游前列，檜顯黜之。檜死，始赴寧德簿。他於晚年，曾作一詩，題識此事：

陳阜卿先生爲兩浙轉運司考試官時秦丞相孫以右文殿修撰來就試直欲首送阜卿得予文卷擢置第一秦氏大怒予明年旣顯黜先生亦幾陷危機偶秦公

薨遂已予晚歲料理故書得先生手帖追感平昔作長句以識其事不知衰涕

之集也

冀北當年浩莫分，斯人一顧每空羣。國家科第與風漢，天下英雄惟使君。後進何人知大老，橫流無地寄斯文。自憐衰鈍辜眞賞，猶竊虛名海內聞。

孝宗初，他遷樞密院編修，賜進士出身。范成大帥蜀，他爲參議官，以文字交，不拘禮法，人譏其放，因自號放翁。後知嚴州，召還，同修「三朝國史實錄」。陞寶章閣待制，致仕，封渭南伯。年八十六卒。當他西泝夔道，樂其風土，有終焉之志，宿留殆十載。且題其生平所作詩卷爲「劍南詩稿」，都八十五卷。「渭南文集」五十卷，及「精選陸放翁詩集」，有「四部叢刊」本。他入蜀後，文學上的成就纔算達到最高峯。他的「劍門道中遇微雨」一詩道：

衣上征塵雜酒痕，遠遊無處不消魂。此身合是詩人未？細雨騎驢入劍門！

可以想見蜀中山水曾給予這位偉大的詩人以若何的靈感。他的「呂居仁詩集序」說

：「某自童子時，讀公詩文，願學焉；稍長遠遊，而公捐館舍。晚見曾文清公，文清謂某，君之詩，殆白呂紫薇。恨不一識面。某於是尤以爲恨。」又「跋曾文清公詩稿」說：「文清公一世龍門，顧未嘗輕許可；某獨辱知，無與比者。」又「跋岑嘉州詩集」說：「予自少時，絕好岑嘉州詩，常以爲太白、子美後，一人而已。」又有「示子遹詩」道：「我初學詩日，但欲工藻繪。中年始少悟，漸若窺宏大。怪奇亦間出，如石漱湍瀨。數仞李杜牆，常恨欠領會。元白纔倚門，溫李眞自鄶。正令筆扛鼎，亦未造三昧。詩爲六藝一，豈用資狡獪。汝果欲學詩，工夫在詩外。」原來放翁詩雖淵源出自江西派，實則他於李白取其豪放，於杜甫取其沉鬱，於岑參取其悲壯，最後乃獨開蹊徑，自成一家。我最愛讀他的七律：

度浮橋至南臺

客中多病廢登臨，聞說南臺試一尋。九軌徐行怒濤上，千艘橫繫大江心。寺樓鐘鼓催昏曉，墟落雲烟自古今。白髮未除豪氣在，醉吹橫笛坐長榕。

月下醉題

黃鵠飛鳴未免飢，此身自笑欲何之。閉門種菜英雄老，彈鋏思魚富貴遲。生擬入山隨李廣，死當穿冢近要離。一樽強醉南樓月，感慨長吟恐過悲。

江樓醉中作

淋漓百榼宴江樓，秉燭揮毫氣尚遒。天上但聞星主酒，人間寧有地埋憂。生希李廣名飛將，死慕劉伶贈醉侯。戲語佳人頻一笑，錦城已是六年留。

定南樓遇急雨

行徧梁州到益州，今年又作度瀘遊。江山重複爭供眼，風雨縱横亂入樓。人語朱離逢峒獠，棹歌欸乃下吳舟。天涯住穩歸心懶，登覽茫然却欲愁。

書憤

早歲那知世事艱，中原北望氣如山。樓船夜雪瓜洲渡，鐵馬秋風大散關。塞上長城空自許，鏡中衰鬢已先斑。出師一表眞名世，千載誰堪伯仲間。

趙翼說：「放翁以律詩見長，名章俊句，疊見層出 使事必切，屬對必工 無意不搜，而不落纖巧；無語不新，而不事塗澤；實古來詩家所未見也。抑知其古體詩才氣豪健，議論開闢，意在筆先，力透紙背。看似華藻，實則雅潔；看似奔放，實則謹嚴 」（「甌北詩話」）放翁詩雖說無體不工，七律却更超絕。他的祖父陸佃（一〇四二——一一〇二）著有「埤雅」及「陶山集」，其詩正以七律見長，可以見其家學淵源了。朱彝尊譏放翁律句太多重複。又說：「予嘗嫌務觀太熟。」（「書劍南集後」）句重，語熟，這是因爲作得太多的緣故。劉克莊「後村詩話」載放翁詩，稱其對偶之工；陳衍也有劍南摘句圖，說是「七言律斷句，美不勝收。」今略錄如次：

正欲清言聞客至，　凍雲傍水封梅蕚，
偶思小飲報花開。　嫩日烘窗釋硯冰。
號野白蟲如自訴，　還鄉且盡田家樂，
辭柯萬葉竟安歸。　舉世誰非市道交。

魚市人家滿斜日，
菊花天氣近新霜。

寒束幽花如有待，
風延啼鳥苦相催。

傍水無家無好竹，
卷簾是處是靑山。

山重水複疑無路，
柳暗花明又一村。

鄰諳好事頻賒酒，
家不全貧肯賣文。

雲容山意商量雪，
柳眼桃顋領略春。

津吏報添三尺水，
山僧歸入萬重雲。

郊原遠帶新晴色，
人語中含樂歲聲。

我們不必說「僅摘其對偶之工，已是皮相，」因爲放翁詩「淸新刻露，而出以圓潤，」（「四庫提要」）正在此等地方。陳衍不摘放翁太鍛鍊太斲削而使事太巧的句子，可以說是知音眞賞罷。因爲放翁自己就說過，「詩欲工而工亦非詩之極。鍛鍊之久，乃失本指；斲削之甚，反傷元氣。」又他的「文章」一詩說：

文章本天成，妙手偶得之。粹然無疵瑕，豈復須人爲。君看古彝器，巧拙兩無施。漢最近先秦，固已殊淳漓。胡部何爲者，豪竹雜哀絲。后夔不復作，千載誰與期。

放翁詩不少自然渾成之作，可以說是能夠實踐他自己主張的了。放翁悟得詩家三昧，據他自己說，係在南鄭從戎時，有詩爲證：

九日二日夜讀詩稿有感走筆作歌

我昔學詩未有得，殘餘未免從人乞。力孱氣餒心自知，妄取虛名有慚色。四十從戎駐南鄭，酣宴軍中夜連日。打毬築場一千步，閱馬列廄三萬匹。華燈縱博聲滿樓，寶釵豔舞光照席。琵琶急絃冰雹亂，羯鼓手勻風雨疾。詩家三昧忽見前，屈賈在眼元歷歷。天機雲錦原在我，剪裁妙處非刀尺。世間才傑固不乏，秋毫未合天地隔。放翁老死何足論，廣陵散絕還堪惜！

多謝軍中酣宴，打毬、閱馬、縱博、豔舞、琵琶、羯鼓等豪放的生活場面，使放翁悟得詩家三昧，成爲一個有悲壯豪放風格的偉大詩人。和放翁同時或者相差不遠的人，就已論到他在宋詩上的地位，如周必大把他比做當時的李白。朱熹也說：「放翁詩讀之爽然。近代惟此人爲有詩人風致，今諸家詩具在，可與游匹者誰也？」（「與徐賡載書」）又劉克莊說：「近歲詩人，雜博者堆隊仗，空疎者窘材料，出奇者費搜索，縛律者少變化。惟放翁記問足以貫通，力量足以驅使，才思足以發越，氣魄足以陵暴，南渡而下，故當爲一大家。」難怪「唐宋詩醇」於北宋止取蘇軾，於南宋止取陸游了。這里再錄陸游「示兒詩」一首：

死去元知萬事空，但悲不見九州同。王師北定中原日，家祭無忘告乃翁。

這一首小詩不僅是他的臨終絕筆，實可作爲這一偉大詩人不幸生在民族國家危急時代，而滿腔忠愛憂憤到死難消的總表白。個人的生命，臨終並不留戀；民族的生命，永恒不能忘懷；並且鄭重遺囑他的兒子不可忘記。我們如果知道他這一生的大悲哀，就不難理解從他的心靈深處寫出的許多作品了。

方回「羅壽可詩集序」說：「乾淳以來，尤楊范陸蕭其尤也。嘉定而降，稍厭江西，永嘉四靈復爲九僧舊晚唐體。然尚有餘杭二趙，復爲上饒二泉，典型未泯。」二趙卽汝談汝譡兄弟。其集都不傳。二泉爲趙蕃，（一一四三——一二二九）有「章泉稿」；韓淲，（一一五九——一二二四）有「澗泉集」。劉克莊「寄趙昌父詩」：「一生官職兼南嶽，四海詩盟主玉山。」「寄韓仲止詩」：「諸家爭欲推盟主，丞相差教作散人。」可見趙韓二人幾乎要繼尤楊范蕭之後而爲詩壇主盟了。

這裏要說到四靈詩派。四靈都是永嘉人，也可說是永嘉詩派。又同爲葉適門人，也不妨稱爲水心詩派。水心掊擊江西宗派「黜唐人之學，」（「徐斯遠文集序」）四靈深受他的影響。又水心「題劉潛夫南嶽詩稿」說：「徐道暉諸人擺落近世詩律，歛情約性，因狹出奇，合於唐人，夸所未有。」可見水心對於四靈的獎借了。

徐照，（？——一二一一）字道暉，一字靈暉，終於布衣。有「芳蘭軒集」，又名「山民集」。

徐璣，（一一六二——一二一四）字文淵，號靈淵，官武當長泰令，年五十三卒。今存「二薇亭集」。

翁卷，字續古，一字靈舒，終於布衣。今存「葦碧軒集」，一稱「西巖集」。

趙師秀，（？——一二一九）字紫芝，號靈秀，仕爲高安推官。今存「清苑齋集」。嘗選唐人律詩爲「衆妙集」，選姚合賈島詩爲「二妙集」。

四靈不滿意當時「連篇累牘，汗漫而無禁」的詩體。他們要學「昔人以浮聲切響，單字隻句計巧拙。」他們號學唐詩，以爲「唐詩由此而興」。（葉適「徐靈淵墓誌銘」）其實所學的只是晚唐姚賈體。他們的詩，句鍛字鍊，尖新刻畫，而意境篇幅都狹。僅工近體，尤其是五律，而且是五律頸腹二聯的對仗。例如：

引魚泉走石，掃徑葉平蔬。（徐靈暉「貧居」）

梅遲思閏月，楓遠誤春花。（徐靈暉「冬日書事」）

長日多花絮，
遊人愛綠陰。（徐靈淵「春日遊張提舉園池」）

蛩響砌尤靜，
雲疏月尚微。（徐靈淵「秋夕懷趙師秀」）

一階春草碧，
幾片落花輕。（翁靈舒「春日」）

醉酬花落月，
吟苦竹搖風。（翁靈舒「贈孫季蕃」）

樓鐘晴聽響，
池水夜觀深。（趙靈秀「冷泉夜坐」）

家務貧多缺，
詩篇老漸圓。（趙靈秀「辭薛景石」）

這就算是四靈「因狹出奇」的地方罷。趙師秀說：「一篇幸止四十字，更增一字，吾末如之何矣。」（劉克莊「野谷集序」）他是兩宋詩人中最工五律的一人。劉克莊「贈翁卷」詩說：「有時千載事，只在一聯中。」他們都是最注重聯語的苦吟詩人。所作聯語又偏重寫景，而不注重意聯或情聯。從上面的舉例可以窺見他們的作風之一斑。四靈派似乎是江西派引起的微波，而四靈派本身又引起了批評家的浪花。嚴羽「滄浪詩話」論詩以盛唐爲宗，以妙悟爲極則，似乎是因四靈派而發。這是我們論南宋詩的應該知道的了。

與四靈派同時的，還有所謂江湖詩派，這是因爲有一個書肆詩人陳起編刻了「江湖集」而得名的。今存「江湖小集」九十五卷，後集二十四卷，計作家百零九人。最著名者爲洪邁、劉過、姜夔、高翥、戴復古諸人和陳起自己。據周密「齊東野語」說：「寶慶間，李知孝爲言官，與曾極景建有隙，每欲尋釁以報之。極適有春詩云：九十日春晴日少，一千年事亂時多。刋之江湖集中。因復改劉子翬汴京紀事一聯云：秋雨梧桐皇子宅，春風楊柳相公橋，以爲指巴陵及史丞相。及劉潛夫黃巢戰場詩曰：未必朱三能跋扈，只緣鄭五欠經綸。遂皆指爲謗訕。同時被累者如敖陶孫、周文璞、趙師秀，及刋詩陳起，皆不免焉。」又「瀛奎律髓」說：「寶慶初，史彌遠廝立之際，錢塘書肆陳起宗之能詩，凡江湖詩人俱與之　，刋江湖集以售，劉潛夫南獄稿亦與焉。宗之賦詩有云：秋雨梧桐皇子府，春風楊柳相公橋，哀濟邸而誚彌遠，本改劉屏山句也。敖臞菴器之爲太學生時，以詩痛丞相趙忠定之死，韓侂胄下吏逮捕，亡命；韓敗乃始登第，致仕而老矣。或嫁秋雨春風之句爲器之所作，言者並潛夫梅詩論列。（按潛夫落梅詩有東風謬掌花權柄，却忌孤高不主張之句，言官以爲訕謗。）劈江湖集板，二人皆坐罪，於是詔禁士大夫作詩。紹定癸巳，彌遠死，詩禁乃解。」兩說略有出入。總之，江湖派詩人有好做諷刺詩的得罪了當局，引起詩禁，這很値得文學史上一提。再「瀛奎律髓」說：「今江湖學詩者喜許渾詩：水聲東去市朝變，山勢北來宮殿高；湘潭雲盡暮山出，巴蜀雪消春水來；以爲丁卯句法。」可知江湖四靈兩派都是詩學晚唐。不過江湖派不甚置重字句鍛鍊，好用時事做題材。而且有人借詩去干謁營求，或敲竹槓，如宋謙父投謁賈似道，得楮幣二十萬緡，用造華屋之類。劉克莊說：「余少嗜章句，格調卑下，故不能高，既老遂廢而不爲。然江湖社友猶以疇昔虛名相推讓，雖屏居田里，載贄而來者，常堆案盈几，不能遍閱。」不難想見劉克莊在當時文壇上的地位。難怪有人論到江湖派要以劉克莊爲這一派的領袖了。

劉克莊，（一一八七——一二六九）字潛夫，號後村，莆田人。初見知於葉適，繼而從學於眞德秀。以蔭補官。知建陽縣。歷官中書舍人，兵部侍郎，工部尙書，以煥章閣致仕，年八十三卒。所著「後村先生大全集」一百九十六卷，有「四部叢刊」本。他的詩論具見「後村詩話」。他於本朝詩人頗表不滿。他說：「本朝文人多，詩人少。三百年間，雖人各有集，集各有詩，詩各自爲體，或尙理致，或負材力，或逞辯博，少者千篇，多至萬首，要皆經義策論之有韻者爾，非詩也。自二三鉅儒及十數大作家俱未免此病。」（「竹溪詩序」）這可說是道著宋詩好發議論至於散文化的一種大毛病了。他一生作詩很多，數量在陸楊之間：

八十吟（十首錄一）

誠齋僅有四千首，惟放翁幾滿萬篇。老子胸中有殘錦，問天乞與放翁年。

他於江西派不甚許可，以爲蘇黃詩或波瀾富而句律疏，或鍛鍊精而性情遠。但他却極佩服陸楊：

題放翁像

三百篇寂寂久，九千首句句新。譬宗門中初祖，自過江後一人。

題誠齋像

歐陽公屋畔人，呂東萊派外詩。海外咸推獨步，江西横出一枝。

他到老不忘趕上陸楊的地位：

病起（十首錄一）

變風而下世無詩，初學西崑壯恥爲。老去僅名小家數，向來曾識大宗師。百年不覺皤雙鬢，一字誰能斷數髭。誠齋放翁幾日死，著鞭萬一肩相隨。

陸楊而外，他也很推許陳與義，以爲「造次不忘憂愛，以簡嚴掃繁縟，以雄渾代尖巧，第其品格，故當在諸家之上。」至他自己的詩則有兩個特點，一是好做六言絕句，一是好用本朝故事。從來詩人隸事，以爲愈古愈雅，唐人很少用陳隋時事，他却好用當時一般人都熟悉的近事。例如：

每嘲介甫行新法，　迂叟相邀入眞率，
常恨歐公不讀書。　乖崖安肯事輕肥。
康節易傳於隱者，　螘子盡云參妙善，
濂溪學得自高僧。　乞兒自許識荊公。
蚤日大程知反覆，　講學有誰明太極，
暮年小范要調停。　吟詩無路和薰風。
練句豈非林處士，　詩句騎驢遊蜀後，
鬻書莫是穆參軍。　情懷賦鵩弔湘餘。
淸於坡老遊杭市，　野人只識羹芹美，

儉似乖崖在劍川。　相國安知食筍甘。（自注富鄭公事）
務觀可堪供史草，　艱虞夷甫方謀窟，
補之不會作宮梅。　老懶堯夫少出窩。
碎板一如坡貶日，　朱子所疑非孔傳，
蓋棺不見檜薨年。　漢儒之罪甚秦灰。
似聞黃閣登迂叟，　放子一頭嗟我老，
且向青原訪醉翁。　避君三舍與之平。

這些例子是單從他的七律選出來的；其他例不勝舉。「瀛奎律髓」、「池北偶談」、「陔餘叢考」都以這類句子爲後村詬病。我以爲用近代人事入詩未爲不可，如爲對仗，最好兩句全是近代人事。不然，上句必須爲前代人事，否則使人有時代倒亂的感覺。王安石說：「用漢人語止可以漢人語對，若參以異代語，便不相類。」（葉夢得「石林詩話」）這話很有道理。劉克莊作詩敢用本朝故事，這是創格，也是特識。他曾有詩句道：「憂時元是詩人職，莫怪吟中感慨多。」這似乎也是他好用近事入詩的一種理由罷。但他已捱受「詞病質俚，意傷淺露，」或是「油腔滑調，江湖末流」一類的譏評了。

在劉克莊以前，已有道學詩。到了劉克莊的時候，道學派才算成立。眞德秀編「文章正宗」四十卷，論文以理爲主，錄「左傳」「國語」以至唐末之作，分辭令、議論、叙事、詩賦四類。其中詩賦一門是屬劉克莊編的，如涉及仙釋閨情宮閫的作品，和世教民彝無關的，都不採入。又以朱子之言爲準，律詩雖工亦不得與。從此談理的道學詩就別成一派了。金履祥（一二三二——一三〇三）編「濂洛風雅」六卷，作濂洛詩派圖，選錄周子程子以至王柏王偘等四十八人之詩，宋詩中的道學派更見確定了。韓良瑞「濂洛風雅序」略謂「濂洛諸人之詩，固皆風雅之遺。第風雅有正變大小之殊，頗有周召之異，於是分詩銘箴戒贊詠四言者爲風雅之正。其楚辭歌操樂府韻語爲風雅之變，五七言古詩則風雅之再變，絕句律詩則又風雅之三變。」這是道學派對於詩體蛻變的唯理史觀。「四庫提要」說：「自眞德秀文章正宗出，始別爲談理之詩，然其時助成其羹者爲劉克莊，德秀特因而删潤之，故所黜者或稍過，而所錄者尙未離乎詩。自履祥是編出，而道學之詩與詩人之詩千秋楚越矣。夫德行文章，孔門卽分爲二科。儒林道學文苑，宋史且別爲三傳。言豈一端，各有當也。以濂洛之理責李杜，李杜不能爭，天下亦不敢代爲李杜爭。然而學爲詩者終宗李杜，不宗濂洛也，此其故可深長思矣。」這種反唯理的文學論，我們以爲是對的。但我們還以爲詩中也不妨有講道學的一派。道學派的詩人，北宋以邵雍爲代表作者，南宋以朱熹爲代表作者，其他就不能多敘了。

邵雍，（一〇一一——一〇七七）字堯夫，河南共城人。少年的時候頗有志功名，刻苦求學，嚴寒不爐，酷暑不扇，夜不就席。壯時曾遊歷四方而歸，精研所謂物理性命之學，著有「觀物篇」、「漁樵問答」、「先天圖」、「皇極經世」等書，爲理學別派。晚年居洛時，蓬蓽環堵，不蔽風雨。司馬光、富弼、呂公著諸人都和他往來，很敬重他，替他買園宅，他就命名爲安樂窩，自號安樂先生。年六十七卒，賜謚康節。他的「伊川擊壤集」二十卷，集外詩一卷，有「四部叢刊」本。他自序道：「所作不限聲律，不沿愛惡，不立固必，不希名譽，如鑑之應形，如鐘之應聲。」可以窺見他對於詩的主張。「四庫提要」說：「自班固作詠史詩始肇論宗，東方朔作誡子詩始涉理路。沿及北宋，鄙唐人之不知道，於是以論理爲本，以修詞爲末，而詩格於是乎大變，此集其尤者也。」這說明了「擊壤集」在北宋道學詩中的地位。今舉一首爲例：

生男吟

我今行年四十五，生男方始爲人父。鞠育教誨誠在我，壽夭賢愚繫於汝。我若壽命七十歲，眼前見汝二十五。我欲願汝成大賢，未知天意肯從否。

這種詩不免缺乏詩趣。再舉兩首爲例：

安樂窩

半記不記夢覺後，似愁無愁情倦時。擁衾側臥未欲起，簾外落花撩亂飛。

南園賞花

花前把酒花前醉，醉把花枝仍自歌。花見白頭人莫笑，白頭人見好花多。

這種詩頗有詩趣，這就算是「擊壤集」中的上品了。

朱熹，（一一三〇——一二〇〇）字元晦，號晦菴，又號晦翁。其先婺源人，生於尤溪，晚遷建陽之考亭。紹興中進士，官至煥章閣待制卒，年七十一，諡曰文。「晦菴先生朱文公集」一百卷，續集十二卷，別集十卷，有「四部叢刊」本。他的詩論具見「朱子語類」。他對當時江西詩派表示不滿。他說：「古人文章大率只要平說而意自長，後人文章務意多而酸澀。如離騷初無奇字，只恁說將去，自是好。後如魯直恁地着力做，却自是不好。」他雖然稱許黃庭堅詩「精絕」、「巧好無餘」，却不以其「恁地着力做」為是。尤於那時江西派末流「只要嵌字使難字便云好」，大不滿意。他說：「李太白始終學選詩，所以好 杜子美好者亦多是效選詩漸放手，夔州諸詩則不然也。」又說：「蘇黃只是今人詩。蘇才高，然一滾說盡無餘意，黃費安排。」看他對於李杜蘇黃的批評，就可以知道他的詩要學什麼了。他的詩以五言古體爲最精，這裏只錄一首：

讀道書作

四山起秋雲，白日照長道。西風何蕭蕭，極目但烟草。不學飛仙術，日日成醜老。空瞻王子喬，吟笙碧天杪。

這種詩算是「醇穆有古意」，可以說是學選詩得來，也可以說是學韋蘇州得來。他說：「韋蘇州詩無一字做作，直是自在，其氣象近道，意常愛之。問比陶如何？曰，陶却是有力，但語健而意閒。隱者多是帶氣負性之人爲之，陶欲有爲而不能者也，又好名。韋則自在。」他的五古多效韋體。他說：「今人所以事事做得不好者，緣不識之故。只如箇詩，舉世之人盡命去奔做，只是無一個人做得成詩。他是不識，好底將做不好底，不好底將做好底。這箇只是心裏鬧，不虛靜之故。不虛不靜故不明，不明故不識。若虛靜而明，便識好物事。雖百工技術做得精者，也是他心虛理明，所以做得來精。心裏鬧，如何見得。」這是他甘苦有得之言。他能心裏不鬧，故能學此恬靜自在的韋體。再錄他的「觀書有感」二首：

半畝方塘一鑑開，天光雲影共徘徊。問渠那得清如許，爲有源頭活水來。

昨夜江邊春水生，蒙衝巨艦一毛輕。向來枉費推移力，此日中流自在行。

陳衍說：「晦翁登山臨水，處處有詩，蓋道學中之最活潑者。然語終平平無奇，不如選其寓物說理而不腐之作。」我也就只選晦翁這幾首詩了：

文天祥，（一二三六——一二八二）名雲孫，又字宋瑞，號文山，廬陵人。廷試第一，知贛州。元人渡江，奉詔起兵。除右丞相，兼樞密使，出使北軍，被留。未幾遁歸福州，奉益王登祚，事敗，虜繫至燕，因於兵馬司者四年。獄中猶作興復計，遂被殺，年四十七。有詩集兩卷，其「指南錄」，（其「渡楊子江詩」云：「臣心一片磁鍼石，不指南方不肯休。」）乃奉使脫難與復記事詩。又有「吟嘯集」，及「

集杜詩」，則囚燕獄中所作。今錄「過零丁洋」一首：

辛苦遭逢起一經，干戈落落四周星。山河破碎風拋絮，身世飄零雨打萍，皇恐灘頭說皇恐，零丁洋裏歎零丁。人生自古誰無死，留取丹心照汗青。

自注：「上巳日張元帥（弘範）令李元帥過船，請作書招諭張少保（世傑）。投拜，遂與之言：我自救父母不得，乃教人背父母可乎？書此詩遺之。李不能強，持詩以達，張但稱好人好詩，竟不能逼。」他這首詩連敵將讀了也被感動，眞不能不算是好詩了。其「吟嘯集」中以「正氣歌」爲千古名作。自敍他在獄中受到水氣、土氣、日氣、火氣、人氣、穢氣，都不爲害，只因爲他有正氣。他以爲「豈是數氣，當侵沴鮮不爲厲，而予以孱弱俯仰其間，于茲二年矣。無恙，是殆有養致然。然爾亦安知所養何哉？孟子曰：我善養吾浩然之氣。彼氣有七，吾氣有一，以一敵七，吾何患焉。」這就是他說的正氣：

天地有正氣，雜然賦流形。下則爲河嶽，上則爲日星，於人曰浩然，沛乎塞蒼冥。皇路當淸夷，含和吐明庭。時窮節乃見，一一垂丹靑。……

正氣在個人在社會，有何作用？他說：

……是氣所旁薄，凜烈萬古存。當其貫日月，生死安足論。地維賴以立，天柱賴以尊。三綱實係命，道義爲之根……

這是說：宇宙人生都靠正氣存在而存在。我們不要以爲他提到三綱，就以爲這是所謂封建道德。言非一端，義各有當。個人要有此正氣，民族國家要有此正氣，人類社會要有此正氣。天地一日不毀，人類一日不滅，正氣總該一日存在。趙宋不幸亡國，但我們中國民族的正氣並不曾隨趙宋以俱亡，文天祥這一詩人恰恰代表了當時的這一正氣。趙宋一代詩人得有文天祥殿後，不能不算是一種最大的光榮了！

五　宋代詞人（上）

宋代三百年間不但出了許多偉大的詩人，同時還出了許多偉大的詞人。而且那些詩人大都兼爲詞人的，他們以詞爲一種新的詩體，自成一種詩人的詞。比如大詩人蘇黃，他們就都是以詩爲詞的，他們的朋友陳師道說：「退之以文爲詩，子瞻以詩爲詞，如教坊雷大使之舞，雖極天下之工，要非本色。」（「后山詩話」）。按雷大使爲雷中慶，宣和中尙以善舞隸教坊，見蔡絛「鐵圍山叢談」。）又晁補之說：「黃魯直間作小詞，固高妙，然不是當行家語，自是著腔子唱好詩。」後來女詞人李清照也說：「晏元獻歐陽永叔蘇子瞻學際天人，作爲小歌詞，然皆句讀不葺之詩爾又往往不協音律。」（「苕溪漁隱叢話」）可見當時有許多詩人都是以詩爲詞的。而且這些詞不必可歌。雖然有人說，兩宋詞家每作一詞，先按月擇律，次按腔擇譜，再次按律定韻，最後按譜填詞。我想當日應制詞人如周邦彥、晁端禮、万俟詠、康與之一流詞人或當如此。其他詞人和詩人作詞，就未必這樣顧到音律罷。

總之兩宋大詩人如歐陽修、王安石、蘇軾、黃庭堅、陸游、范成大、楊萬里、劉克莊，同時兼爲詞人，雖然詞是他們的餘事。大詞人如張先、柳永、周邦彥、李清照、辛棄疾、姜夔，却不一定都能做詩。即如張先、姜夔算有詩名的了，然而張先的詩集二十卷失傳，姜夔「白石詩集」僅有兩卷。「白石歌曲」却有六卷之多。辛棄疾於詞雖和蘇陸齊名，却不工詩。我曾看見葉郋園先生所藏嘉慶間辛啓泰輯刻「永樂大典」本「辛忠敏集」，其中有詩一卷，具體而已，不能追蹤蘇陸。其他詞人兼能作詩的固然還有，但詩只算是他們的餘事罷了。

北宋時代道學初起，道氣還不曾瀰漫。許多文人遠承南朝李唐五代士大夫風流放蕩的結習，狎妓酬歌不算怎樣得罪名教。大官僚如晏殊、寇準、韓琦、宋祁，乃至謚爲文正的范仲淹，號爲一代大儒的司馬光，都有豔詞綺語流傳　此外不僅柳三變一生過著倚紅偎翠淺斟低唱的生活，其餘詞人自然常和妓女斷混一起，他們的詞多爲歌妓舞姬侍兒家僮而作　他如劉敞本不甚措意於詞，有時也不免自託風雅。當知永興時，惑於官妓，得驚眩疾。張耒也不甚措意於詞，當他官許州時，却爲了營妓劉淑奴而作「少年游」一詞：

含羞倚醉不成歡，纖手掩香羅。偎花映燭，偸傳深意，酒思入橫波。　看朱成碧心迷亂，脈脈斂雙蛾。相見時稀隔別多　又春盡，可奈何！

不待說，他的朋友，那位詩人秦觀，更多淫媟的詞，最爲歌妓舞姬所愛。相傳秦觀死於藤州，喪還長沙，有妓殉情自縊。至於黃庭堅於小妓楊姝，衡陽妓陳湘，正如周邦彥於名妓李師師岳楚雲一樣，也都有風流佳話。尤其是蘇軾在杭州，似乎是受了白居易的影響，狎妓酬歌，豪放已極。他的「賀新郎」一詞序云：

余倅杭日，府僚湖中高會，羣妓畢集，惟秀蘭不來，營將督之再三，乃來。僕問其故。答曰：沐浴倦臥，忽有叩門聲急，起詢之，乃營將催督也。整裝趨命，不覺稍遲。時府僚有屬意於蘭者，見其不來，恚恨不已，云必有私事。秀蘭含淚力辯，而僕亦從旁冷語，陰爲之解，府僚終不釋然也。適榴花開盛，秀蘭以一枝藉手獻坐中，府僚愈怒，責其不恭。秀蘭進退無據，但低首垂淚而已。僕乃作一曲，名賀新郎，令秀蘭歌以侑觴，聲容妙絕。府僚大悅，劇飲而罷。

我們從這裏不難想見當日官場的荒淫生活，以及蘇軾在杭州是一個怎樣風流自賞的小官僚 而且蘇詞有些已自註明是爲歌妓侍兒小鬟家僮而作。還有和他同時的一位道學家程頤，有一次聽到人家誦晏幾道的詞，「夢魂慣得無拘檢，又踏楊花過謝橋。」連呼「鬼語鬼語！」可見受了戒的人也還是怕邪魔外道的魅惑。難怪那位隱逸的高士陳烈老先生遇着綺筵豔曲竟至跳牆而逃了。在這樣的社會環境裏，自非道氣十足如程頤陳烈之流難免不爲習俗所移。就是那位蓄道德能文章的歐陽修罷，趙令時「侯鯖錄」載他居汝陰時亦有挾妓事，並錄其詩。何況「六一詞」、「醉翁琴趣外篇」許多曲子是在「好妓好歌喉」的生活裏產生出來的呢。

這樣看來，說到兩宋道學家或頗有道氣的詩人也不免有倚聲塡詞的，就不難理解了「絕妙好詞」裏錄有眞德秀的詞幾首。晚淸江標「靈鶼閣彙刻名家詞」，收有朱熹「晦菴詞」。又吳昌綬「雙照樓彙刻詞」收有魏了翁「鶴山長短句」 眞西山魏鶴山固然大有道氣，但在宋史裏，他們只列入儒林，還不是道學傳中人物 朱子算是純正的道學家了，他却了解聖人删詩不廢淫奔之詩，似乎他認爲偶用管絃冶蕩之音塡詞，只要不悖「思無邪」的詩教，那也是無妨的了 我們要知道南宋雖是道氣瀰漫的時代，也是敵氛猖披的時代，貴族官僚乃至頗有道氣兼有民族英雄氣質的學者如陳亮其人，都不免挾妓酣歌。南渡之初，幾於國破家亡，宗室趙端彥還和京口角妓蕭秀蕭瑩等九人相狎，作「鷓鴣天」十闋，歌以侑觴。岳飛算是有志規復中原報仇雪恥的大將了，據李彌遜「筠溪樂府」有「鵬擧座上歌姬唱夏雲峯」一首，可知精忠報國如岳飛，當戎馬倥傯之際，還不免偶然酣沈聲妓。辛棄疾范成大不離聲妓，那更是不足怪的了。葉紹翁「四朝聞見錄」載韓侂胄喜陸游附己，至出所愛四夫人號滿頭花者索詞，游有「飛上錦茵紅皺」之句。韓侂胄本是一位魯莽顢頇的大官僚，縱情聲色，固不足怪，陸游却也替他帮閑，眞是習俗移人，賢者不免了。

總之，我以爲詞在兩宋所以發展，有兩個重大的意義：一則因爲同時道學的逐漸發展，不但思想界大受影響，文學上也沾染了不少的道氣。有道學的詩人，有道學的古文家，邵雍朱熹可爲代表。只有詞畢竟是翦紅刻翠、滴粉搓酥的東西，本來就只有富貴氣，勉強可以有一點蔬筍氣，却不許你有頭巾氣——或說道氣，迂腐氣。所以儘管有道學家偶爾填詞，也不能不稍入情語，而不能成立一種道學派的詞。正因爲詞的本質如此，所以它就能夠在被道氣侵襲的文壇裏保存最後的一角，作爲文學上避難的桃源，也就在無形之中爲被壓抑了的人欲留了一條出路 因而就發生了嚴守「詩教」的詩人兼爲「語涉淫褻」的詞人；滿口「天理流行」的道學家不廢「人欲橫流」的詞體；現出了這種似乎不可解的矛盾。再從它的社會根據來說，詞在兩宋適應統治階級生活上的要求，而表現了他們的姿態，正繼續着五代而沒有兩樣。不過五代是一個大動亂的時代，兩宋是一個苟安的時代。尤其是在北宋盛時，除掉北方契丹部族建立的遼國佔據燕雲十六州以外，中國本部還算保持了一種統一的局面。直到女眞部族強大起來，建立了金國，併吞了遼國，宋朝君臣還是抱着苟安的態度，過着歌舞昇平酣恣享樂的生活。這在「宣和遺事」以及「鐵圍山叢談」等書裏，可以看得到的。南渡以後，雖然那位皇帝詞人（徽宗趙佶）早已被金人擄去，重演了南唐李後主一樣的悲劇，可是當時君臣晏安的生活依然如故。高宗洞曉音律，嘗自製曲子，命小臣賦詩，俾內人歌以侑觴。康與之就以會做諂諛應制的歌詞而得到高宗的寵眷。孝宗也和高宗一樣，周密「齊東野語」載孝宗內宴，酒酣，內人以帕子從曾覿乞詞。曾覿吳琚張掄王千秋一流詞人，都以會做應制酬賀的歌詞有名於當時。南渡以來號爲三大奸相的秦檜韓侂胄賈似道，他們的門下都搜羅了一些貢諛獻媚的詞人，例如朱敦儒依附秦檜，陸游依附韓侂胄，吳文英依附賈似道。賢者如此，其他可知了。醇酒婦人唱歌之外，再加諂諛。這是兩宋詞壇風氣所以異於五代的地方。在粉飾太平苟安的社會，統治階級的生活上要求享樂，也要求諂諛，自然諂諛也是一種享樂。何況粉飾太平，歌功誦德，更足以掩飾他們的罪惡，和他們不能抵抗外侮的恥辱呢！

兩宋的詞是在這樣社會背景裏產生的。下面就要按次說到各個著名的詞人了。

晏殊，（九九一——一〇五五）字同叔，撫州臨川人。七歲能屬文，眞宗時以神童召試，賜同進士出身。仁宗慶曆中，拜集賢殿學士，同平章事，兼樞密使。年六十五卒，謚元獻。史稱他「平居好賢，當世知名之士如范仲淹孔道輔皆出其門。及爲相，益務進賢材，而仲淹與韓琦富弼皆進用。」葉夢得「避暑錄話」道：「晏元獻公雖早富貴，而奉養儉約。惟喜賓客，未嘗一日不燕飲，亦必以歌樂相佐。稍闌即罷遣歌樂，曰，汝曹呈藝已徧，吾當呈藝。乃呈箋札，相與賦詩，率以爲常。」可知晏殊的詩詞是在怎樣的生活裏產生出來的。他有「浣沙溪」一闋最佳：

一曲新詞酒一杯，去年天氣舊亭臺，夕陽西下幾時回？　無可奈何花落去，似曾相識燕歸來，小園香徑獨徘徊！

無可奈何二句爲傳誦名句，他還用此二句入詩：

示張寺丞王校勘

元巳清明假未開，小園幽徑獨徘徊。春寒不定斑斑雨，宿醉難禁灩灩杯。無可奈何花落去，似曾相識燕歸來。遊梁賦客多風味，莫惜青錢萬選才。

稍後賀鑄爲「海陵西樓寓目」一詩，有句云：「掃地可憐花更落，卷簾無奈燕還來。」也像從晏殊那兩句脫化而出。晁補之說：「晏元獻不蹈襲人語，而風調閑遠，如舞低楊柳樓心月，歌盡桃花扇影風，知此人不住三家村也。」是的，我們不要忘記大晏是所謂太平宰相。他的「珠玉詞」，（唐圭璋「全宋詞」卷二十六）正反映着他的閑雅富麗的生活。他的幼子幾道有「小山詞」一卷，（「全宋詞」卷三十四）自跋云：「始時沈十二廉叔，陳十君寵，家有蓮鴻蘋雲，品清謳娛客，每得一解，即以授諸兒，吾三人持酒聽之，爲一笑樂。已而君寵疾廢臥家，廉叔下世，昔之狂篇醉句遂與兩家歌兒酒使俱流轉於人間。」可以想見小晏是過着怎樣的公子哥兒的生活了。

歐陽修的「六一詞」、「醉翁琴趣外篇」（「全宋詞」卷二十七至二十九，凡二百三十四首，附錄三十五首。）頗有豔曲。曾慥「樂府雅詞序」說：「歐公一代儒宗，風流自命。文章窈眇，世所矜式。乃小人或作豔曲，謬爲公詞。」又蔡絛「西清詩話」說：「歐陽修之淺近者謂是劉煇僞作。」「名臣錄」也說，「修知貢舉，爲下第劉煇等所忌，以醉蓬萊望江南誣之。」其實，歐陽修就有這種作品，也正如陶潛有「閒情賦」一樣，未必便是玉瑕珠纇。而且他曾兩次被人用家庭曖昧情事參劾，一疑他盜甥女張氏，一疑他與長子婦吳氏有私，事之有無固不必說；但當時道學的氣燄還不曾十分抬頭，他就做做豔曲，自然是可有的事，也就不必爲他諱言了。

這裏錄他的詞兩首：

浪淘沙

今日北池遊，漾漾輕舟，波光瀲灩柳條柔。如此春來春又去，白了人頭。

好妓好歌喉，不醉難休，勸君滿滿酌金甌。縱使花時常病酒，也是風流。

蝶戀花

庭院深深深幾許？柳絮堆煙 簾幕無重數。玉勒雕鞍遊冶處，樓高不見章臺路。

雨橫風狂三月暮，門掩黃昏，無計留春住。眼淚問花花不語，亂紅飛過秋千去。

歐晏的詞都還繼續五代花間派的風格，直到柳永、張先。纔算爲宋詞開了新路。

柳永，初名三變，字耆卿，崇安人。他和歐陽修同時，生卒年都不可考，但知他於仁宗景祐元年（一〇三四）登進士第。官至屯田員外郎，世稱柳屯田。有「樂章集」。（「全宋詞」卷三十一至三十三，凡二百十首，附錄九首。）「避暑錄話」說：「柳永爲舉子時，多游狹邪，善爲歌詞。教坊樂工每得新腔，必求永爲詞，始行於世 余仕丹徒，嘗見一西夏官歸朝云，凡有井水飲處，即能歌柳詞。言其傳之廣也。」張端義「貴耳集」也說：「項平齋言詩當學杜詩，詞當學柳詞，杜詩柳詞皆無表德，只是實說。」我們不難想見柳詞當日流傳之廣，除了音樂關係之外，還是因爲淺近通俗，並能與社會實際生活聯繫之故。但眞能欣賞柳詞的人，當然還是只有豢養教坊樂工或官妓侍兒的特殊階級，而不能說他的詞就是所謂平民文學。我們却須注意，五代詞只是小令，到北宋纔有慢詞，柳永正是慢詞的第一個成功者，他替宋詞開了一條新路。所以吳曾「能改齋漫錄」說：「詞自南唐以來，但有小令，其慢詞起自仁宗朝。中原息兵，汴京繁庶，歌臺舞榭，競覩新聲。耆卿失意無聊，流連坊曲，遂盡收俚俗語言，編入詞中，以便伎人傳唱。一時動聽，散布四方。其後東坡少游山谷輩相繼有作，慢詞遂盛。」這位作者和柳永的時代相去不遠，所說當有根據。慢詞比小令更能達出曲折繁復的情感思想，而且從此詞中不僅用金玉錦繡的字面，也可以用俚俗的語言，所以說詞體到了柳永有了個大進步。後來王觀自以爲詞在柳永上，所謂「冠柳詞」，並不見得眞能冠柳，何況柳在詞史上是一個劃時代的大作者。柳詞「雨淋鈴」一首最有名：

寒蟬凄切，對長亭晚，驟雨初歇。都門悵飲無緒，方留戀處，蘭舟催發。執手相看淚眼，竟無語凝咽。念去去千里烟波，暮靄沉沉楚天闊。　多情自古傷離別，更那堪冷落清秋節。今宵酒醒何處？楊柳岸，曉風殘月。此去經年，應是良辰好景虛設。便縱有千種風情，更與何人說？

柳永一生不甚得意，沉迷於醇酒婦人歌唱的生活裏。他曾說過「忍把浮名換了淺斟低唱」，作了許多纖麗的詞，却也時時流露感傷的調子。最後死於襄陽，無以爲葬，幸賴許多歌妓葬他於棗陽花山。每遇清明時節，還有人拿着酒殺飲於他的墓側，舉行「弔柳會」哩！

張先，（九九〇——一〇七八）字子野，烏程人，官至都官郎中，年八十九卒。有文集一百卷，今僅存「子野詞」。（「全宋詞」卷二十二至二十五，凡詞一百六十四首，附錄二十四首。）他和柳永齊名，都工慢詞。小令「天仙子」一首是他的名作：

水調數聲持酒聽，午醉醒來愁未醒。送春春去幾時回？臨晚鏡，傷流景，往事悠悠空記省。　沙上並禽池上瞑，雲破月來花弄影。重重簾幕密遮燈，風不定，人初靜，明日落紅應滿徑。

宋祁稱他爲「雲破月來花弄影郎中」。又人家叫他張三中，因爲他的詞句有「心中事，眼中淚，意中人。」他却自名張三影，以「雲破月來花弄影，」「嬌柔嬾起，簾幕捲花影，」「柳徑無人，隨飛絮無影，」三影字句自豪。實則他最會使用影字，不止這三句。

「四庫提要」說：「詞自晚唐五代以來，以淸切婉約爲宗，至柳永而一變，如詩家之有白居易；至蘇軾而一變，如詩家之有韓愈，遂開南宋辛棄疾等一派。尋源溯流，不能不謂之別格，然謂之不工則不可。」這話是對的。我們要論到蘇詞了。

論蘇詞有二點要注意：一、他是以詩爲詞的。晚唐五代乃至宋初二百年間的詞，幾乎完全無題，他的詞却於詞名（詞牌）之外，往往另標題目，無異乎詩題。以前的詞裏描寫的主要人物，大都是特殊階級化身的公子佳人，或者僅是被玩弄侮辱的女性。描寫的實際生活，不外乎特殊階級享樂的醇酒婦人歌唱。他的詞却「無意不可入，無事不可言。」從此詞的意境更擴大了，詞的內容更豐富了。二、他開詞中豪放一派。在他之前，花間一派的詞大都崇尚婉約，以公子佳人式的兒女姿態出現，作者的個性表現不甚明顯。他的詞却每以詩豪酒客名士狂生的姿態，充分表現他自己的個性，開了豪放一派。從此有許多詞人要以自己的姿態呈現在讀者之前，表現自己的個性風格了。而且詞只是他們的一種新體詩，不一定爲着歌唱而作。這裏錄蘇詞一首：

念奴嬌　赤壁懷古

大江東去，浪淘盡千古風流人物。故壘西邊，人道是三國周郎赤壁。亂石崩雲，驚濤裂岸，捲起千堆雪。江山如畫，一時多少豪傑！　遙想公瑾當年，小喬初嫁了，雄姿英發。羽扇綸巾，談笑間，強虜灰飛煙滅。故國神遊，多情應笑我早生華髮。

俞文豹說：「東坡在玉堂日。有幕士善歌，因問我詞何如柳七。對曰，柳郎中詞只合十七八女郎執紅牙板，歌楊柳岸曉風殘月。學士詞須關西大漢，銅琵琶，鐵綽板，唱大江東去。東坡爲之絕倒。」（「吹劍續錄」）這是一個妙喻。柳詞婉約，蘇詞豪放，蘇東坡自己也承認了。再錄一首：

水調歌頭

丙辰中秋歡飲達旦大醉作此篇兼懷子由

明月幾時有？把酒問青天，不知天上宮闕，今夕是何年。我欲乘風歸去，惟恐瓊樓玉宇，高處不勝寒。起舞弄淸影，何似在人間。　轉朱閣，低綺戶，照無眠。不應有恨，何事長向別時圓。人有悲歡離合，月有陰晴圓缺，此事古難全。但願人長久，千里共嬋娟。

最能表現蘇軾那種橫放傑出的天才，究竟還是這種句子長短比較自由，旋律進行比較變化的詞，所以他就喜歡以詩爲詞。當時晁補之說：「東坡居士詞，人謂多不諧音律。然橫放傑出，自是曲中縛不住者。」稍後李清照也曾說過他的小歌詞是「句讀不葺之詩」。原來蘇詞一部分如「賀新郎」、「哨遍」、「江城子」、「采桑子」之類，從他的題序裏可以知道他是爲着歌唱而作，其他就未必都可歌了。陸游說：「世言東坡不能歌，故所作樂府詞多不協。晁以道謂紹聖初與東坡別於汴上，東坡酒酣，自歌古陽關。則公非不能歌，但豪放不喜裁翦以就聲律耳。試取東坡諸詞歌之，曲終覺天風海雨逼人。」（「老學菴筆記」）放翁這話極對。實，蘇軾似只認詞爲詩之一體，儘管豪放，不協音律，那也是無妨的罷。

還有可注意的，是和蘇軾同時而論政論學往往相反的王安石，「臨川先生歌曲」中如「桂枝香」「金陵懷古」一類的詞也當屬豪放一派。又在蘇門四學士中，秦觀、黃庭堅、最有詞名，而風格却不相近。秦觀有「淮海詞」，（「全宋詞」卷五十至五十二，凡詞八十首。斷句二，附錄三十三首。）以下面一首爲最佳：

千秋歲

山抹微雲，天粘衰草，畫角聲斷譙門。暫停征棹，聊共飲離樽。多少蓬萊舊事，空回首煙靄紛紛。斜陽外，寒鴉數點，流水繞孤村。　消魂當此際，香囊暗解，羅帶輕分，漫贏得青樓薄倖名存。此去何時見也，襟袖上空染啼痕。傷情處，高城望斷，燈火已黃昏。

晁補之說：「近世以來，作者皆不及秦少游。如斜陽外，寒鴉數點，流水繞孤村，雖不識字人亦知是天生好言語。」又「鐵圍山叢談」中說，「觀婿范溫嘗預貴人家會。貴人有侍兒喜歌秦少游長短句，坐間略不顧溫，酒間懽洽，始問此爲何人。溫遽起叉手對曰，某乃山抹微雲女婿也。聞者絕倒。」可見秦詞很爲當時所重，而山抹微雲一詞在當時已成名作。黃庭堅有「山谷詞」，或題「山谷琴趣外編」。（「全宋詞」卷四十六至四十八，凡詞一百八十首，附錄十二首。）陳師道作詩學黃庭堅，却自以爲於詞不減秦七黃九。曾作「漁家傲」一詞云：「擬作新詞酬帝力，輕落筆，黃秦去後無強敵。」實則「后山詞」沒有幾首好的。他還是推秦黃爲一代詞手。「后山詩話」說：「今代詞手惟秦七黃九爾，他人不能及也。」晁補之也有此話，見陳振孫「書錄解題」。黃詞有雅有俗。雅的如晁補之說，「着腔子唱好詩。」俗的如法秀道人警告他說，「以筆墨勸淫，於我法中當下犂舌之獄。」究竟俗到什麼程度？淫到什麼樣子？今舉兩首為例：

千秋歲

世間好事，恰恁廝當對。乍夜永，涼天氣。雨稀簾外滴，香篆盤中字。長入夢，如今見也分明是。　歡極嬌無力，玉軟花欹墜。釵罥袖，雲堆臂。燈斜明媚夢，汗浹瞢騰醉。奴奴睡，奴奴睡也奴奴睡。

兩同心

秋水遙岑，粧淡情深。儘道教心穿堅石，更說甚官不容針。霎時間雨散雲歸，無處追尋。　小樓朱閣，沈沈一笑千金。你共人女邊著子，爭知我門裏挑心。最難忘，小院迴廊，月影花陰。

黃詞像這一類的雖然未必便是「褻諢不可名狀」，可是有好些俗語俗字難懂，這兩首算是最好懂的。他作詩喜用拗句僻典，作詞却不嫌鄙俗。他教人作詩要讀經學道，自己作詞却不免有筆墨勸淫之譏。他也和歐陽修一樣，在兩種文學形式中，表現了兩種人格。

黃庭堅與賀鑄同時 有贈賀的詩說：「解道江南腸斷句，只今惟有賀方回。」賀鑄，（一〇六三——一一二〇）衞州人，有「東山詞」，（「全宋詞」卷七十四至七十六，凡詞二百七十九首，附錄八首。）「靑玉案」一詞爲名作：

凌波不過橫塘路，但目送芳塵去。錦瑟年華誰與度，月橋花院 瑣窗朱戶，只有春知處。 碧雲冉冉蘅皋暮，彩筆空題斷腸句。試問閒愁都幾許？一川煙草，滿城風絮，梅子黃時雨。

他因這首詞而有名，人稱「賀梅子」。「老學菴筆記」說：「賀方回狀貌奇醜，俗謂之賀鬼頭。喜校書，朱黃未嘗去乎。詩文皆高，不獨工長短句也，」原來賀鑄還是一個多方面的作家。他在五十八歲時就死了。

以上略述北宋較爲著名的詞人差不多完了，只剩下最後一個大詞人周邦彥。

周邦彥，（一〇五七——一一二一）字美成，號淸眞居士，錢塘人。他在太學時，獻「汴都賦」萬餘言，神宗召他赴政事堂，自太學諸生一命而爲太學正。哲宗時，除祕書省正字。徽宗時，頒大晟樂，用他爲祕書監，進徽猷閣待制，提舉大晟府，年六十六卒。史稱他「好音樂，能自度曲，製樂府長短句，詞韻淸蔚，傳於世。」他有「片玉詞」，（「全宋詞」卷六十八至六十九。凡詞一百七十九首，附錄十九首。）他的詞不僅多寫兒女之情，還歡喜詠物寫景，好處可說精緻綢膩，壞處不免晦澀艱深。錄詞兩首爲例：

蝶戀花　早行

月皎驚烏棲不定，更漏將殘，轆轤牽金井。喚起兩眸淸炯炯，淚花落枕紅綿冷。

執手霜風吹鬢影。去意徘徊，別語愁難聽。樓上闌干橫斗柄，露寒人遠雞相應。

蘭陵王　柳

柳陰直，烟裏絲絲弄碧。隋堤上，曾見幾番拂水飄緜送行色。登臨望故國，誰識京華倦客？長亭路，年去歲來，應折柔條過千尺。　閒尋舊蹤跡，又酒趁哀絃，燈照離席，梨花榆火催寒食。愁一箭風快，半篙波暖，回頭迢遞便數驛，望人在天北。悽惻，恨堆積。漸別浦縈迴，津堠岑寂，斜陽冉冉春無極。念月榭携手，露橋聞笛，沈思前事似夢裏，淚暗滴。

南宋陳郁「藏一話腴」提到周邦彥，說是「以樂府獨步。貴人、學士、市儈、妓女，皆知其可愛。」不錯，他這樣的詞，無論從文學上或從音樂上說，眞只有當時的貴族官僚，知識份子，商業資產階級，以及供他們玩弄而豢養的妓女，有了優裕的生活，有了相當的教養，有了閒暇的時間，纔有福欣賞。他可以代表一大部分像這樣的詞人，難怪有人要推他爲集大成的詞人了。又他的詞不僅頗偷古句而已，還很喜歡堆砌典故，已導姜夔、吳文英一派的先路。

周邦彥死了不過幾年，北宋就完了。徽宗欽宗父子都被金人擄去。（一一二七）現在就把徽宗趙佶、欽宗趙桓在俘虜生活裏所作的詞各錄一首，（「全宋詞」卷一，宋徽宗詞十六首，附錄三首。宋欽宗詞三首。）作一個小結束：

燕山亭　北狩見杏花　　宋徽宗

裁翦冰綃，輕疊數重，淡著胭脂勻注。新樣靚妝，豔溢香融，羞殺蕊珠宮女。易得凋零，更多少無情風雨。愁苦；閒院落，淒涼幾番春暮。　憑寄離恨重重，這雙燕何曾會人言語。天遙地遠，萬水千山，知他故宮何處？怎不思量，除夢裏有時曾去。無據，和夢也新來不做！

西江月　　宋欽宗

歷代恢文偃武，四方晏粲無虞。姦臣招致北匈奴，邊境年年侵侮。　一旦金湯失守，萬邦不救鑾輿。我今父子在穹廬，壯士忠臣何處！

六　宋代詞人（下）

北宋南宋之際的詞人著名的有朱敦儒、李清照、陳與義、葉夢得、周紫芝、王灼、汪藻、樓鑰等，名臣如李綱、胡銓等也都能詞，名將岳飛也是能夠作詞的。這里只能以朱敦儒、李清照來代表這一過渡時期的詞人。辛棄疾生於南渡之初，我們就把他和朱李敍在一起，作爲南宋初期三大詞人罷。

朱敦儒，（一〇八〇——一一七五）字希眞，洛陽人。有「樵歌」三卷。「宋史」說他「志行高潔，雖爲布衣。而有朝野之望。」原來他是諫官的兒子，有相當門閥，受了良好的教養，所以得和名流闊人通聲氣。他少壯時代的生活是豪華的，愉快的。南渡以後，他流離轉徙於海角（廣東）江淮之間，雖在憂患中，還時時囘味當年的情景。這從他的詞里可以看出：

采桑子

一番海角淒涼夢，却到長安。翠幌犀簾，依舊屏斜十二山。　玉人爲我調琴瑟，颦黛低鬟。雲散香殘，風雨蠻溪半夜寒。

朝中措

當年彈鋏五陵間，行處萬人看。雪獵星飛羽箭，春游花簇雕鞍。　飄零到此，天涯倦客，海上蒼顏。多謝江南蘇小，尊前怪我青衫。

一落索

慣被好花留住，蝶飛鶯語。少年場上醉鄉中，容易放春歸去。　今日江南春暮，朱顏何處。莫將愁緒比花飛，花有數，愁無數。

他把兩個時候的生活對照寫來，眞是不勝今昔盛衰之感，有悽婉處，有悲壯處。當時高宗忘了父兄之仇，秦檜又堅持投降政策，向敵人卑屈求和，元首官僚還是和北宋時代一樣，粉飾太平，酣歌恆舞。朱敦儒眼見這種情形，不免常在他的詞中流露：

鷓鴣天

唱得梨園絕代聲，前朝唯數李夫人。自從驚破霓裳後，楚奏吳歌扇裏新。秦嶂雁，越溪砧，西風北客兩飄零。尊前却聽當時曲，側帽停杯淚滿巾。極目江湖水浸雲，不堪回首洛陽春。天津帳飲凌雲客，花市行歌絕代人。穿繡陌，踏香塵，滿城沈醉管絃聲。如今遠客休惆悵，飽向皇都見太平。

他雖不肯自甘於一個布衣，可是兩度出來做官，兩度失意而去。從此他晚年的退隱生活倒很優游自在，要以活神仙自居了：

感皇恩

一箇小園兒，兩三畝地，花竹隨宜施裝綴。槿籬茅舍，便有山家風味。等閒池上飲，林間醉。　都爲自家心中無事，風景爭來趁游戲。稱心如意，賸活人間幾歲。洞天誰道在塵寰外？

念奴嬌

老來可喜，是歷遍人間，諳知物外。看透虛空，將恨海愁山一齊挼碎。免被花迷，不為酒困，到處惺惺地。飽來覓睡，睡起逢場作戲。 休說古往今來，乃翁心裏沒許多般事。也不修仙不佞佛，不學栖栖孔子。懶共賢爭，從教他笑，如此只如此。雜劇打了，戲衫脫與獃底。

「花菴詞選」說他「天資曠逸，有神仙風致」實則他的這種曠逸，這種神仙風致，不是與生俱來的天資，是他「歷徧人間，諳知物外，看透虛空」而來的修養。他有「和李易安鵲橋仙金魚池蓮」一詞。但李清照似乎死在他前，不像他有「慶一百省歲」的高壽。

李清照，（一〇八一——一一四五？）號易安居士，濟南人。她的父親是禮部侍郎提點京東刑獄李格非。母親是狀元王拱辰的女兒。她生長世家，享受優裕的生活，良好的教育；嫁的丈夫趙明誠又是吏部侍郎趙挺之的兒子，由太學生而做到郡守的一位嗜好金石校勘的學者。可知她青春時代的生活是美滿的，愉快的。不過到她將近四十歲的時候，因爲金兵大舉侵宋，夫婦相隨避難南方，不久，她的丈夫病死，古器書物也已陸續散去；她奔走於台州溫州越州杭州之間，她的晚景淒涼可以想見了。她不僅是宋代一個有名的女詞人，她在整個的中國文學史上也該佔一個相當的地位。在她生前已經有人在摹做他的詞，如在侯寘的「孏窟詞」裏，「眼兒媚」題下就明注出「效易安體」。她死了以後，在她的故鄉裏出了一位大詞人辛棄疾，他也有「效易安體」的詞。這都可以證明她在南宋詞壇上所生的影響。她曾於歐陽、晏、蘇諸大家的詞都表示不滿，可以想見她的識力和自負。她有文集七卷，詞六卷，都已失傳，如今流傳的「漱玉詞」只能算是殘餘。朱熹說：「本朝婦人能文者，惟魏夫人及李易安二人而已。」魏夫人爲丞相曾布妻，所存作品絕少，沒有什麼值得注意之處。實則在宋代只有相傳爲朱熹姪女的海寧女子朱淑眞纔可以和李淸照比肩，所以後來有人把「斷腸詞」和「漱玉詞」合刊在一起。不過朱淑眞似是出於貧苦階級的家庭，所以纔嫁給一個市井小民爲妻。她自號幽棲居士，但她實不甘於幽棲。結果因「匹偶非倫，弗遂素志，」而愁苦斷腸了，這是常常流露在她的詞裏的。

謁金門

春已半，觸目此情無限。十二欄干閑倚遍，愁來天不管。　好是風和日暖，輸與鶯鶯燕燕。滿院落花簾不捲，斷腸芳草遠。

減字木蘭花

獨行獨坐，獨倡獨酬還獨臥。佇立傷神，無奈輕寒摸著人。　此情誰見，淚洗殘妝無一半。愁病相仍，剔盡寒燈夢不成。

李清照似乎因爲生活比較優裕的緣故，雖然在流離顚沛中，儘管愁苦却不酸楚，仍覺高貴而不寒傖，這在我們讀了她的「金石錄後序」和她留下的四五十首詞，都可以感覺得到的。這里錄她的詞兩首：

聲聲慢

尋尋、覓覓，冷冷、清清，淒淒、慘慘、戚戚。乍暖還寒時候，最難將息。三梧兩盞淡酒，怎敵他晚來風急。雁過也，正傷心，却是舊時相識。　滿地黃花堆積，憔悴損，而今有誰堪摘。守著窗兒，獨自怎生得黑。梧桐更兼細雨，到黃昏點點滴滴。這次第，怎一個愁字了得。

御街行

藤牀紙帳朝眠起，說不盡，無佳思。沈香烟斷玉爐寒，伴我情懷如水。笛聲三弄　梅心驚破，多少春情意。　小風疏雨瀟瀟地，又催下千行淚。吹簫人去玉樓空，腸斷與誰同倚？一枝折得，人間天上，沒箇人堪寄。

她的好詞眞可以說得上「抗周軼柳」。「苕溪漁隱叢話」載她「再適張汝舟，未幾反目，有啓事上綦處厚云，猥以桑榆之晚景，配於駔儈之下材。傳者無不笑之。」啓事具載趙彥衞「雲麓漫鈔」中。李心傳「建炎以來繫年要錄」，載她與後夫搆訟事尤詳。但經清儒俞正燮和李慈銘的考證，她是以老寡婦了其殘年的。大約眞是因爲她的才名太大，自視太高，纔有人誣她再嫁罷。

辛棄疾，(一一四〇——一二〇七)字幼安，號稼軒，濟南歷城人。當時山東久已在金人統治之下，他却立志歸宋。恰好金主亮死，中原豪傑並起，他就扶助那位「忠義軍馬」的領袖耿京，做了書記。他有一個認識的和尚義端也聚衆到千多人，由他去勸說隸屬耿京。不料有一夜這和尚偷印逃走，投奔金營。耿京大怒，要殺棄疾。他說：「請你給我三天期限，捉不到義端，再殺我不遲。」他追著了義端。義端說：「我看你的相，你是一條青兕，你會殺人的，請你饒了我。」他把義端的頭斬了拿囘來，耿京大佩服他的勇敢。他勸耿京歸宋，耿京派他奉表南來。事畢，他剛好囘到海州，聽說耿京已被部下張安國殺了降金。他就約好統制王世隆和忠義人馬全福等直奔金營，張安國正和金將暢飲，他竟把張安國擒囘來，金將追他不及。這個時候，他正二十三歲。我們要注意，這個偉大的詞人，他少年時代原是一位英勇壯烈的人物。他歸宋後，先後做過湖南江西福建浙江的安撫使。韓侂胄倡議伐金，他也是贊成的一人。結果，伐金失敗了，韓侂胄被殺；他已先死了，年六十八。他有

「稼軒長短句」十二卷，「全宋詞」輯爲六百二十三首，約佔「全宋詞」三十分之一，兩宋詞人存詞最多的算他第一個。其次，爲蘇軾、吳文英、張炎、劉辰翁、趙長卿，存詞在三百首以上，四百首以下。再其次，爲歐陽修、晏幾道、柳永、毛滂、賀鑄、朱敦儒、張孝祥、劉克莊、吳潛、李曾伯、陳允平，存詞在二百首以上，三百首以下。又其次，爲趙師俠、趙彥端、晏殊、張先、黃庭堅、晁補之、晁元禮、周邦彥、張元幹、向子諲、呂渭老、葉夢得、蔡伸、王之道、楊无咎、史浩、陸游、曾覿、張掄、石孝友、韓淲、程垓、魏了翁、史達祖、郭應祥、周密、陳著、葛長庚、存詞在百首以上，二百首以下。較少爲秦觀、陳師道、舒亶、黃裳、李之儀、葛勝仲、謝逸、李綱、李彌遜、王千秋、袁去華、沈瀛、李清照、侯寘、韓元吉、范成大、陳三聘、曹冠、王炎、王質、杜安世、呂勝己、管鑑、岳珂、張鎡、陳亮、劉過、杜正夫、張矩、楊澤民、姜夔、高觀國、王沂孫、蔣捷、汪莘、黃機、[illegible]夫等，存詞在五十首以上，百首以下。這樣說來，辛棄疾之所以爲宋代第一個大詞人，單就其作品的數量說，也是無疑的。岳珂「程史」載「棄疾自誦賀新涼、永遇樂二詞，使座客指摘其失。珂謂賀新涼首尾二腔語句相似，永遇樂詞用事太多。棄疾乃自改其酷，日數十易，累月猶未竟，其刻意如此。」可見辛棄疾作詞是拿出整個的生命之力的。劉克莊批評辛、陸兩家的詞，說是「一掃纖豔，不事斧鑿，高則高矣，但時時掉書袋，要是一癖。」「四庫提要」以爲辛詞「慷慨縱橫，有不可一世之概，於倚聲家爲變調。而異軍特起，能於翦紅刻翠之外，屹然別立一宗，迄今不廢。」這些批評都能道其特點。稼軒有「破陣子」一詞，自注「爲陳同甫賦壯詞以寄之」，詞云：

醉裏挑鐙看劍，夢囘吹角連營。八百里分麾下炙，五十絃翻塞外聲，沙場秋點兵。　馬作的盧飛快，弓如霹靂弦驚　了却君王天下事，贏得生前身後名，可憐白髮生。

當時滿眼腐儒，都是妍皮媸骨，只有陳亮纔和他同志，他們同做着規復中原的民族英雄的夢。陳亮「龍川詞」有「和辛幼安見懷韻」「賀新郎」三詞，詞中也說：「樹猶如此堪重別。只使君從來與我，話頭多合。行矣置之無足問，誰換妍皮癡骨！」「臥百尺高樓斗絕。天下適安耕且老，看買犂賣劍平家鐵。壯士淚，肺肝裂。」他們同樣壯志莫伸，同樣有無限的感慨。我們讀稼軒龍川二家詞，眞都可以開拓心胸。

再錄稼軒詞幾首：

水龍吟　登建康賞心亭

楚天千里清秋，水隨天去秋無際。遙岑遠目，獻愁供恨，玉簪螺髻。落日樓頭，斷鴻聲裏，江南遊子，把吳鈎看了，闌干拍遍，無人會登臨意。　休說鱸魚堪膾。儘西風，季鷹歸未。求田問舍，怕羞見劉郎才氣。可惜流年，憂愁風雨，樹猶如此，倩何人喚取紅巾翠袖，揾英雄淚。

醜奴兒近　博山道中　效易安體

千峯雲起，驟雨一霎兒價。更遠樹斜陽，風景怎生圖畫。青旗賣酒，山那畔別有人家。只消山水光中，無事過者一夏。午醉醒時，松窗竹戶，萬千瀟灑。野鳥飛來，又是一般閑暇。却怪白鷗覷著人，欲下未下。舊盟都在，新來莫是別有說話。

清平樂　博山道中卽事

茅檐低小，溪上靑靑草。醉裏吳音相媚好。白髮誰家翁媼。　大兒鋤豆溪東，中兒正織雞籠。最喜小兒無賴，溪頭看剝蓮蓬。

西江月　遣興

醉裏且貪歡笑，要愁那得工夫。近來始覺古人書，信著全無是處。　昨夜松邊醉倒，問松我醉何如。只疑松動要來扶，以手推松曰去。

西江月　示兒曹以家事付之

萬事雲煙忽過，百年蒲柳先衰。而今何事最相宜？宜醉、宜遊、宜睡。
早趁催科了納，更量出入收支。乃翁依舊管些兒：管竹、管山、管水。

長調豪放，短調詼諧，這是稼軒詞最精彩處。蘇辛並稱，實則稼軒詞更覺淋漓酣恣，奔放自由。和稼軒同時詞人劉過的「龍洲詞」，有許多「效稼軒體」。他說：「古豈無人，可以似若稼軒者誰？」辛劉的「豪氣詞」，眞只可以說是「長短句之詩」。（張炎語）陸游放翁詞也屬於豪放一派，所以辛陸並稱。至和陸游並稱的詩人范成大，在當時也很有詞名。他的「石湖詞」剛剛傳播出去，就有一個羡慕「獲登龍門」陳三聘偏和他的詞，至今「和石湖詞」還存。其實石湖詞除了可以考見作者「少年豪縱」，「老恐花枝覺」，個人的享樂生活以外，沒有什麼值得注意之處。這里只錄放翁詞一首：

訴衷情

當年萬里覓封侯，匹馬戍梁州。關河夢斷何處，塵暗舊貂裘。　胡未滅，鬢先秋，淚空流。此生誰料，心在天山，身老滄洲。

劉克莊論放翁詞道：「其激昂感慨者稼軒不能過，飄逸高妙者與陳簡齋朱希眞相頡頑，流麗綿密者欲出晏叔原、賀方回之上，而世歌之者絕少。」劉克莊論詞很佩服辛陸。他雖說辛陸好掉書袋總是一癖，他自己也正有這一毛病。他曾自題長短句說：「壓盡晚唐人以下，託諸小石調之中。」原來後村長短句也是辛陸一派。而與姜夔一派是兩樣的。雖然姜辛彼此唱和，姜詞的最小一部分也像是受了辛詞一點兒影響。

姜夔，（一一五〇？——一二三五？）字堯章，號白石道人，又號石帚，鄱陽人。他的父親（名噩）由進士出知漢陽縣。他自幼享受了文藝的教育，很能作詩，還精通音樂。他雖是一個布衣，却曾進「大樂議」於朝廷，又進自製「聖宋鐃歌鼓吹曲」十四首，詔付太常收掌。他還很與一些名公貴人接近。比如那位「大參相公」范成大，曾把自己的歌妓小紅贈給他，報酬他在石湖詠梅製了「暗香」「疏影」兩曲。他很得意的冒着雪夜回去，賦詩道：

自作新詞韻最嬌，小紅低唱我吹　。曲終過盡松陵路，回首煙波十四橋。

可見他的生活享受，實不止於一個尋常布衣之士。這裏錄他的「暗香」「疏影」二曲：

舊時色，算幾番照我，梅邊吹笛。喚起玉人，不管淸寒與攀摘。何遜而今漸老，都忘却春風詞筆。但怪得竹外疏花，香冷入瑤席。　江國，正寂寂　歎寄與路遙，夜雪初積。翠尊易泣，紅蕚無[illegible]空相憶。長記曾攜手處，千樹壓西湖寒碧。又片片吹盡也，幾時見得。（「暗香仙呂宮」）

苔枝綴玉，有翠禽小小，枝上同宿。客裏相逢，籬角黃昏，無言倚修竹。昭君不慣胡沙遠，但暗憶江南江北。想環珮月夜歸來，化作此花幽獨。　猶記深宮舊事，那人正睡裏，飛近蛾綠。莫似春風，不管盈盈，早與安排金屋。還教一片隨波去，又却怨玉龍哀曲。等恁時重覓幽香，已入小窗橫幅。（「疏影」）

張炎說：「詞之賦梅，惟姜白石暗香疏影二曲，前無古人，後無來者，自立新意，眞爲絕唱。太白云，眼前有景道不得，崔顥題詩在上頭，誠哉是言也。」（「詞源」、實則這種詞沒有若何新意，僅僅字面好看，調子好聽，而意思沾滯含胡的搬了幾個典故。但「白石道人歌曲」裏也有較好的詞：

長亭怨慢

予頗自喜製曲。初率意爲長短句，然後協以律，故前後闋多不同。桓大司馬云：「昔年種柳，依依漢南。今看搖落，悽愴江潭。樹猶如此，人何以堪。」此語予深愛之。

漸吹盡枝頭香絮，是處人家，綠深門戶。遠浦縈回，暮帆零亂向何許？閱人多矣，難得似長亭樹。樹若有情時，不會得青青如此。日暮，望高城不見，只見亂山無數。韋郎去也，怎忘得玉環分付。第一是早早歸來，怕紅萼無人爲主。算空有并刀，難翦離愁千縷。

淡黃柳　正平調近

寄居合肥南城赤闌橋之西，巷陌淒涼，與江左異。唯柳色夾道，依依可憐，因度此曲，以紓客懷。

空城曉角，吹入垂楊陌。馬上單衣寒惻惻。看盡鵝黃嫩綠，都是江南舊相識。正岑寂，明朝又寒食，強攜酒小橋宅。怕梨花落盡成秋色。燕燕飛來，問春何在，唯有池塘自碧。

朱彝尊論詞最推崇姜夔，以爲姜夔很能影響同時或後進的許多詞人，如張輯、盧祖皋、史達祖、吳文英、蔣捷、王沂孫、張炎、周密、陳允平，「皆具夔之一體」。餘如高觀國、黃昇等，我們也可以把他們列入姜派。宋人詞選現存曾慥「樂府雅詞」，周密「絕妙好詞」，黃昇「花菴詞選」，無名氏「草堂詩餘」幾種。黃昇選詞，所加評語，頗多精到之處。但他稱許万俟詠說：「雅言之詞，詞之聖者也。」就未免稱譽溢量了。在姜派許多詞人中，只有吳文英和張炎最有名，又最有影響於後來的作者。其次爲史達祖、高觀國，也可算是「格調不侔，句法挺異，俱能特立清新之意，刪削靡曼之辭，自成一家，各名於世。」（張炎語）可是我們這里只能敘述吳張兩家了。

吳文英，（？——一二六五？）字君特，號夢窗，本姓翁，四明人。他的詞在當時已享大名。宰相賈似道也要借重他的詞，所以他有「壽秋壑」的詞不少。尹煥「夢窗藁序」說：「求詞於吾宋，前有淸眞，後有夢窗，此非煥之言，天下之公言也。」在好用詠物的題材，或好用古典套語這兩點上，他是與周邦彥姜夔都相近的。不過周姜詞頗有詩趣，他的詞但覺堆砌好看而已。張炎說：「吳夢窗詞如七寶樓臺，眩人眼目，碎拆下來，不成片段。」可說妙喻。總之夢窗詞「用事下語太晦處，人不易知，」是一短所。不過偶爾也有好懂的。例如唐多令：

何處合成愁，離人心上秋。縱芭蕉不雨也颼颼。都道晚涼天氣好，有明月，怕登樓。　年事夢中休，花空煙水流。燕辭歸客尙淹留。垂柳不縈裙帶住，漫長是，繫行舟，

張炎也很稱許他這首詞「最爲疏快，不質實。」又張炎說：「詞之難於令曲，如詩

之難於絕句，不過十數句，一句一字閒不得。末句最當留意，有有餘不盡之意始佳，當以唐花間集中韋莊、溫飛卿爲則。又如馮延巳、賀方回、吳夢窗亦有妙處。至若陳簡齋杏花疏影裏，吹笛到天明之句，眞是自然而然。」夢窗這首唐多令的妙處，不待說，是在「自然」「疏快」了。

張炎，（一二四八——一三二〇？）字叔夏，號玉田生，晚號樂笑翁，居臨安。他是南渡名將張俊的五世孫。曾祖鎡，祖含，父樞，都有文名。「齊東野語」載「張約齋（鎡）能詩，一時名士大夫莫不交游。其園地聲妓服玩之麗甲天下。嘗於南湖園作駕霄亭於四古松間，以巨鐵絙懸之半空而羈之松身，當風月清夜，與客梯登之，飄搖雲表，眞有挾飛仙溯紫清之意。王簡卿侍郎嘗赴其牡丹會，云衆賓旣集，坐一虛堂，寂無所有。俄向左右云，香已發未。答云已發。一命捲簾，則異香自內出，郁然滿坐，羣妓以酒肴絲竹次第而至。別有名姬十輩，皆衣白，凡首飾衣領皆牡丹，首帶照殿紅。一妓執板奏歌侑觴。歌罷樂作，乃退。復垂簾，談論自如。

良久香起，捲簾如前。別十姬易服與花而出。大抵簪白花則衣紫，紫花則衣鵝黃，黃花則衣紅。如是十盃，衣與花皆十易。所歌者皆前輩牡丹名詞。酒竟，歌者樂者無慮百數十人，列行送客。燭光香霧，歌吹雜作，客皆恍然如仙遊也。」可以想見張炎的曾祖是一個怎樣豪富奢侈而又風流的人物。直到他的父親還是蓄有歌妓，每作一詞，便用歌喉試唱，稍有不協，隨卽改正。總之我們不要忘記他的「先世高曾祖父皆鐘鳴鼎食」，他是一個世家公子。可是他到了三十歲的時候，宋朝亡了，統治中原的換了蒙古人。不久，他自己也破產了。戴表元「送張叔夏西遊序」說他「飲酣氣張，取平生所自爲樂府詞自歌之，噫烏宛抑，流麗淸暢，不惟高情曠度不可褻企，而一時聽之，亦能令人忘去窮達得喪所在。……嗟乎！士固復有家世才華如叔夏，而窮甚于此者乎！」張炎在國破家亡之後一種悲歌慷慨的氣分，不難想見。然而他的詞並不能充分表現他的這種氣分。他有「山中白雲詞」，及「詞源」二卷。論詞主淸空。他說：「詞要淸空　不要質實。淸空則古雅峭拔，質實則凝澀晦昧。」他以爲白石淸空，夢窗質實，可是他自己的淸空之作並不見得多。他曾因詠「春水」詠「孤雁」的詞得名，實則這兩首詞不算好。我以爲他的「高陽臺西湖春感」一詞最佳：

接葉巢鶯，平波捲絮，斷橋斜日歸船。能幾番遊，看花又是明年。東風且伴薔薇住，到薔薇春已堪憐。更淒然，萬綠西冷，一抹荒烟。 當年燕子知何處，但苔深韋曲，草暗斜川。見說新愁，如今也到鷗邊。無心再續笙歌夢，掩重門淺醉閑眠。莫開簾，怕見飛花，怕聽啼鵑。

這眞是要叫嗚呼派的歷史家不勝興亡盛衰之感。兩宋詞人以太平宰相晏殊開始，以落魄公子張炎結局。而且宋代到了末年，詞也到了末運，正像唐代到了末年，詩也到了末運一樣。皮、陸一派的雜體詩遊戲詩出來了，唐詩的生氣完了。姜、吳一派的詠物詞古典詞出來了，宋詞的生氣也完了。

七　宋人平話

「話須通俗方傳遠，語必關風始動人。」（「馮玉梅團圓」）這里，我們要說到宋人平話了。

如今我們所可得見的宋人平話已不多，而且這些平話也許經過元明人改竄。稱爲宋人平話的，有商務印書館鉛印標點「新編五代史平話」、「大唐三藏取經詩話」、「大宋宣和遺事」、「京本通俗小說」四種，後一種爲短篇的話本。又有古今小品書籍印行會影印明嘉靖洪楩所刻「淸平山堂話本」一種，其中有好幾篇是可認爲宋人話本的。還有「古今小說」、「警世通言」、「醒世恆言」等書中大概也有二三十篇當是宋人話本。倘若有人要問：現今存在的宋人話本究竟有多少？這一答案，誰也不能肯定，因爲這類通俗作品向少爲人注意。錢遵王「也是園書目」中雖曾記有宋人詞話十六種，直到繆荃孫，他得到「京本通俗小說」四册，三册蓋有錢氏圖書，刊入他的「煙畫東堂小品」中，纔得流傳於世。繆氏跋文以爲「通體皆減筆小寫，閱之令人失笑。」他不知道這是從變文以來民間文學的一種共同特色。他所以刊布的緣故，固然由於他的欣賞力，見到「所引詩詞，皆出宋人，雅韻欲流。」同時似乎因爲見於錢氏書目。他說：「宋人平話即章回小說。夢粱錄云：說話有四家，以小說家爲最。此事盛行於南北，特藏書家不甚重之。坊賈又改頭換面，輕易名目，遂致傳本寥寥天壤。前止士禮居重刻宣和遺事，近則曹君直重刻五代史平話，爲天壤不易見之書。」好古成癖，願讀人間未見書，自然也是他刊布這部書的一個原因。總之我們今日談到宋人平話，還得佩服這位有多方面趣味，獲有多方面成就的淵博的學者。近二十年來，欣賞古代俗文學的學者漸漸多了，搜集、整理、刊布、研究，都有其人，鄭振鐸先生算是其中最努力的一個。他從馮氏「三言」中考出許多篇數爲宋人話本，使人驚訝宋人話本竟有如是之多。自然，他的考證只是這一學問的初期工作，全部考證出來，還待繼起的人努力。現在，我製就「現存宋人話本篇目表」，凡爲五表，約得宋人話本四十種。其中或有非宋人之作在內，此外也許還有宋人之作等待攷證，加入。增訂工作，有待來哲，此刻我們只得以此爲滿足了。

現存宋人話本篇目表

表一　「京本通俗小說」篇目表

篇名	備考
碾玉觀音（第十卷）	晁瑮（君石）寶文堂書目：子雜「玉觀音」。警世通言：「崔待詔生死寃家」。題下註云，「宋人小說，題作碾玉觀音。」江東老蟫（繆荃孫）跋：「三鎮節度延安郡王指韓蘄王，秦州雄武軍劉兩府是劉錡。楊和王是楊沂中。宮衙均不錯。」
菩薩蠻（第十一卷）	警世通言：「陳可常端陽仙化」。鄭振鐸中國文學論集：明清二代的平話集一文中云：「菩薩蠻一開頭，便道，『話說大宋高宗紹興年間』，很像宋人的口氣。」
西山一窟鬼（第十二卷）	警世通言：「一窟鬼癩道人除怪」。題下註云，「宋人小說，舊名西山一窟鬼。」

志誠張主管（第十三卷）	警世通言：「小夫人金錢贈年少。」（尾州本）或「張主管志誠脫奇禍」。鄭振鐸云：「志誠張主管中說及開封，便道，『如今說東京汴州開封府界。』又道是，『話說東京汴州開封府界。』明是宋人的語調。」
拗相公（第十四卷）	警世通言：「拗相公飲恨半山亭」。鄭振鐸云：「拗相公一種中有『後人論我宋元氣都爲熙甯變法所壞，所以有靖康之禍，』等語。明爲南宋人的口吻。」
錯斬崔寧第十五卷）	錢遵王也是園書目：宋人詞話、「錯斬崔寧」。醒世恆言：「十五貫戲言成巧禍」。題下註云，「宋本作錯斬崔寧。」
馮玉梅團圓（第十六卷）	也是園書目：「馮玉梅團圓」。警世通言：「范鰍兒雙鏡重圓」。

一

一、「京本通俗小說」七種二册，江東蟫老刋入「煙畫東堂小品」中。

二、江東老蟫原得舊鈔本京本通俗小說九種，認爲「的是影元人寫本」。其中二種未刋，以爲「定州三怪」一回破碎太甚，金

附注

三、主亮荒淫兩卷過於穢褻，未敢傳摹。」影宋京本通俗小說金虜海陵王荒淫一卷，葉德輝刊，題爲「金虜海陵王荒淫京本通俗小說第二十一卷，己未孟冬照宋本刊。」鄭振鐸疑葉氏翻刻醒世恆言中「金海陵縱欲亡身」一種，冒作京本通俗小說。

四、何謂京本？鄭振鐸以爲「明代的坊賈最喜以京本二字爲標榜的，當推福建建安一帶的書坊。」「京本通俗小說大有是閩刊的可能。」

表二「清平山堂話本」篇目表

篇名	備考
一、柳耆卿詩酒翫江樓	寶文堂書目：「柳耆卿斷蘭芳菊」。古今小說：「衆名姬春風弔柳七」。繡谷春容：「柳耆卿翫江樓記」。
二、簡帖和尚	寶文堂書目：「簡帖和尚」。也是園書目：「簡帖和尚」。古今小說：「簡帖僧巧騙皇甫妻」。

三、西湖三塔記

寶文堂書目：「西湖三塔記」。
也是園書目：「西湖三塔記」。
警世通言：「白娘子永鎮雷峯塔」。

四、合同文字記

寶文堂書目：「合同文字記」
拍案驚奇：「張員外義撫螟蛉子，包龍圖智賺合同文」。
鄭振鐸中國文學論集：明清二代的平話集一文中云：「合同文字記有『話說宋仁宗朝慶歷年間，去這東京汴梁城，離城三十里，有箇村，喚做老兒村』云云，明是宋人口吻。」

五、「風月瑞仙亭」

寶文堂書目：「風月瑞仙亭」。
鄭振鐸云：「風月瑞仙亭與警世通言的『俞仲舉題詩遇上皇』入話裏的司馬相如故事相同。三桂堂本通言別作一篇，名爲『卓文君慧眼識相如』。」

六、藍橋記

通體文言。
寶文堂書目：「藍橋記」。
鄭振鐸云：「藍橋記全襲唐人舊文。不過篇首加上了名爲入話的『洛陽三月裏，回首渡襄川；忽遇神仙侶，翩翩入洞天；』四句五言詩。及篇末『正是：『玉室丹書著姓，長生不老人家，』二語。」

按此可視爲由唐人傳奇過渡到宋人平話之一例，當係宋人作品。

七、快嘴李翠蓮記

寶文堂書目：「快嘴李翠蓮」。

馬隅卿清平山堂話本序目云：「李翠蓮乃民間傳說故事之最廣遠者，演變至今　秦腔劇中有「十萬金」，通常名爲「李翠蓮上吊」。而小說西遊記第十一回「劉全進瓜」，早採之爲說部資料矣。此本所記李翠蓮爲快嘴娘婦，別出西遊記中故事以外，是則考究民俗學者所更足珍貴者也。」

鄭振鐸云：「全篇皆以韻語唱說的爲主體，其他散文的敘事與對話似僅爲聯絡這此爽脆中聽的唱說爲作用者，大約前身或是一篇唱本。」

按此似可視爲由俗講變文過渡到平話之一例，當係宋人作品。

八、洛陽三怪記

寶文堂書目：「洛陽三怪」。

鄭振鐸云：「洛陽三怪記有『今時臨安府官府口花市，喚做壽安坊，便是這個故事』云云　明是宋人口吻。」

按稱臨安府不稱京，似是元人口吻。不然，即出北宋人手。

九、風月相思	通體文言，不似平話。 寶文堂書目：「風月相思」。 萬曆版話本小說四種（熊龍峯刊行，日本內閣文庫藏）：「馮伯玉風月相思小說」。 鄭振鐸云：「風月相思之首加上了名爲入話的『深院鶯花春晝長，風前月下倍淒涼，只因忘却當年約，空把朱絃寫斷腸』四句七言詩，其作用大似平話。」又云：「開頭明明寫著『洪武元年春』，當然是明代之作。」
十、張子房慕道記	寶文堂書目：「張子房慕道」。 鄭振鐸云：「陰隲積善，張子房慕道記等，似是後來擬倣的作品。他們已喪失了宋人話本的活潑而宛曲的趣味，只是記實敘事而已，不復能描寫俗情世態，眞切如現，只有若洛陽三怪記等作品。」
十一、陰隲積善	寶文堂書目：「陰隲積善」。 拍案驚奇：「袁尚寶相術動名卿，鄭舍人陰功叨世爵。」
十二、陳巡檢梅嶺失妻記	寶文堂書目：「陳巡檢梅嶺失妻」。 古今小說：「陳從善梅嶺失渾家」。餘見下第三表。

十三、五戒禪師私紅蓮記	寶文堂書目：「五戒禪師私紅蓮」。 古今小說：「明悟禪師趕五戒」。
十四、刎頸鴛鴦會	寶文堂書目：「刎頸鴛鴦會」。 警世通言：「蔣淑眞刎頸鴛鴦會」。 按篇中有「未知此女幾時得偶素願，因成商調醋葫蘆小令十篇，繫於事後，少述斯女始末之情。奉勞歌伴先聽格律，後聽蕪詞，」云云。以後每遇插入醋葫蘆小令之處，便云：「奉勞歌伴，再和前聲。」可見說話人之外，尚有歌伴幫腔，歌唱插詞。話本中插入詩詞，大半爲歌唱之用。
十五、楊溫攔路虎傳	寶文堂書目：「楊溫攔路虎傳」。 鄭振鐸云：「楊溫攔路虎有『話說令公之孫，重立之子，名溫，排行第三，喚做楊三官人。』云云。明是宋人口吻。」

附註

「淸平山堂話本」十五種，古今小品書籍印行會影印嘉靖洪楩刻本。原刻不知若干種，原書名稱亦不知其維何，僅存此殘本三册十五種，原藏日本內閣文庫。

表三 「古今小說」（「喻世明言」）所存宋人話本篇目表

篇名	備考
新橋市韓五賣春情（第三卷）	鄭振鐸中國文學論集：明清二代的平話集一文中云：「敍少年吳山因戀了韓氏女幾至病亡事。其風格大似宋人之作，文中並有『說這宋朝臨安府，去城十里，地名湖墅；出城五里，地名新橋，』云云。明是宋人語氣。」
閑雲菴阮三償寃債（第四卷）	鄭振鐸云：「敍少年阮三因戀上陳玉蘭小姐，得病而死；那小姐終身不嫁，撫子成名事。文字古樸而饒自然之趣。且直敍曰：『家西京、河南府、梧桐街、急演巷，』云云。當是宋人之作。」
史弘肇龍虎君臣會（第十五卷）	鄭振鐸云：「敍郭威及史弘肇君臣二人，微時乃爲柴夫人及閻行首所識事。篇首以洪邁的一首龍笛詞引起，敍述殊爲古拙有趣，且運用俗語，描狀人物，俱臻化境。當爲宋人之作。」

楊謙之客舫遇俠僧（第十九卷）	鄭振鐸云：「敍楊益授爲貴州安莊知縣，遂遇異僧，嫁他以一個婦人李氏，以治縣中蠱毒事。敍述邊情世態，至爲眞切，有如目覩；又寫李氏之功成而去，並不留戀；都非宋代以後文人學士的擬作所能有者。當爲宋人之作無疑。」
陳從善梅嶺失渾家（第二十卷）	寶文堂書目：「陳巡檢梅嶺失妻」。鄭振鐸云：「清平山堂話本作陳巡檢梅嶺失妻記。其故事全脫胎於唐無名氏補江總白猿傳。開端便道：『話說大宋徽宗皇帝宣和三年上春間，皇榜招賢；大開選場。云這東京汴梁城內，虎異營中，一秀才姓陳，名辛，字從善。』明是宋人口吻。」
楊思溫燕山逢故人（第二十四卷）	寶文堂書目：「燕山逢故人鄭意娘傳」。鄭振鐸云：「其風格極爲渾厚可愛。敍及祖國的遠思，更盡纏綿悱惻之能事。當爲南渡後故老之作無疑。」
沈小官一鳥害七命（第二十六卷）	寶文堂書目：「沈鳥兒畫眉記」。鄭振鐸云：「敍沈秀因喜愛畫眉，終死於強人之手，其畫眉亦爲所奪，以後因此鳥而死者又有六人事。其情節較之錯斬崔寧，尤爲錯綜複雜。其文字殊爲眞樸可愛，其描狀也極純熟自然，與錯斬崔等風格很相同。當爲宋人之作。」

張古老種瓜娶文女（第三十三卷）	寶文堂書目：「種瓜張老」。也是園書目：「種瓜張老」。
簡帖僧巧騙皇甫妻（第三十四卷）	寶文堂書目：「簡帖和尚」。也是園書目：「簡帖和尚」。
宋四公大鬧禁魂張（第三十六卷）	鄭振鐸云：「敘宋時大盜宋四公等在京城犯了許多案件，而官府終莫可奈何事。觀其文字，風格，當爲宋人之作。」
任孝子烈性爲神（第三十八卷）	鄭振鐸云：「敘任珪娶妻梁氏，她與周德通好，反誣珪之盲父。珪休了她，並因之殺死了五命事。其文字，風格，皆似爲宋人之作。」
汪信之一死救全家（第三十九卷）	鄭振鐸云：「敘俠士汪革爲程彪、程虎兄弟所陷，進退無路，不得不自殺以救全家事。這篇話本的風格頗爲渾莽豪放。其敘情述態，描摹心理，俱甚當行出色。當爲宋人之作無疑。」

附

「古今小說」，茂苑野史編輯，天許齋藏版。共收話本四十種，分作四十卷。日人鹽谷溫以爲「茂苑野史大概就是馮猶龍。左太冲蜀都賦有『佩長洲之茂苑』句，所以茂苑不妨看作長洲的異稱。」（「論明之小說『三言』及其他」）鄭振鐸以爲一所謂『古

註一

今小說」，當便是『三言』中之一的『喻世明言』。」至日本內閣文庫所藏的衍慶堂印本「喻世明言」鄭氏稱為「別本」，以為是坊肆「取了原本『明言』的殘版二十一卷，擅自加印上『醒世恒言』中的二卷，『警世通言』中的一卷，而集成為二十四卷的。」

表四 「警世通言」所存宋人話本篇目表

篇名	備考
拗相公飲恨半山亭（第四卷）	京本通俗小說：「拗相公」。
陳可常端陽仙化（第七卷）	京本通俗小說：「菩薩蠻」。
崔待詔生死寃家（第八卷）	原註：「宋人小說，題作碾玉觀音。」寶文堂書目：「玉觀音」。京本通俗小說：「碾玉觀音」
錢舍人題詩燕子樓（第十卷）	元侯克中有「關盼盼春風燕子有雜劇」。鄭振鐸『中國文學論集：明清二代的平話集』一文中云：「這篇文中有『當周顯德之末，平天水眞人承運而興，整頓朝綱，經營禮法。顧視而天妖氛寖滅，指揮而宇宙廓清。至皇宋二葉之時，四海無犬吠之警，』云云，似當為宋人的口氣。」

范鰍兒雙鏡重圓（第十二卷）	也是園書目：「馮玉梅團圓」。京本通俗小說：「馮玉梅團圓」。
三現身包龍圖斷寃（第十三卷）	鄭振鐸云：「敍包拯斷明孫押司被妻及其情人謀害的一案事。觀其風格之圓融渾厚，流轉無礙，與『錯斬崔寧』諸作若出一手。又其開端便寫著道：『話說大宋元祐年間，一箇太常大卿，姓陳，名亞，因打章子厚不中，除做江東留守安撫使，兼知建康府、』云云。明爲宋人口吻。當爲宋人所作，無疑。果爾，則包龍圖日間斷人，夜間斷鬼之說，在宋代便已流傳於世的了。」
一窟鬼癩道人除怪（第十四卷）	原註：「宋人小說，舊名西山一窟鬼。」京本通俗小說：「西山一窟鬼」。
小夫人金錢贈年少（第十六卷）	京本通俗小說：「志誠張主管」。
崔衙內白鷂招妖（第十九卷）	原註：「古本作定山三怪，又名新羅白鷂。」江東老　未刋之京本通俗小說：「定山三怪」。
計押番金鰻產禍（第二十卷）	原註：「舊名金鰻記」。寶文堂書目：「金鰻記」。鄭振鐸云：「敍計安因誤殺了一條金鰻，，害得合家

		慘亡事。觀其風格，顯然爲宋代的「公案傳奇」之一。開端亦有「話說大宋徽宗朝，有一個官人姓計名安，在北司廳下做個押番。」云云。」
宿香亭張浩遇鶯鶯	（第二十九卷）	寶文堂書目：「宿香亭記」。鄭振鐸云：「與第十卷」錢舍人題詩燕子樓」的格調全同。除了開頭的「話說西洛有一才子姓張名浩，字巨源」，及七言詩四句的引起類似平話體外，全篇皆爲文言，實是一篇傳奇文。這一篇的時代，比較的使我迷惑；但似乎也不能在元代以上。」按此可視爲由傳奇小說過渡到平話小說之一例，當係宋人作品
金明池吳清逢愛愛	（第三十卷）	明范文若有「金明池傳奇」。鄭振鐸云：「敍吳清逢女鬼愛愛，終藉其力，得成另一人世姻緣事。說鬼談怪，大似「定山三怪」諸作。且其風格亦近宋人。」
皂角林大王假形	（第三十六卷）	鄭振鐸云：「敍宋新會知縣趙再理，因燒燬了皂角林大王廟，去官歸家時，被大王冒了形貌，先行歸去，家中見有二個趙知縣，分[illegible]不出，告到當官，真的趙知縣卻被充軍遠去，後賴九子母娘娘力，滅了假的趙知縣，合家團圓事。開頭有「卻說大宋宣和年間，有個官人姓趙名再理，東京人氏。」云云。風格也大似宋人之作。」

萬秀娘仇報山亭兒（第三十七卷）	寶文堂書目：「山亭兒」。也是園書目：「山亭兒」。（山原作小，誤。）
蔣淑眞刎頸鴛鴦會（第三十八卷）	寶文堂書目：「刎頸鴛鴦會」。清平山堂話本：「刎頸鴛鴦會」。
福祿壽三星度世（第三十九卷）	鄭振鐸云：「敍劉本道被壽星座下的鹿、龜、鶴三物所戲弄，後乃爲壽星所度，隨之昇天事。敍述描寫饒有眞樸自然之致，毫無故意做作之態，大似「定山三怪」「西山一窟鬼」諸作。且開頭有一『這大宋第三帝王，乃是眞宗皇帝。景德四年，秋七月中。這個官人，水鄉爲活，捕魚爲生。』云云。當是宋人所作無疑。」

附注

一、「警世通言」四十卷，馮夢龍（猶龍）纂輯，有藏於日本之所謂尾州本，有傳鈔本。此外尚有三桂堂王振華刻本，其目錄則載於日本「舶載書目」中。

二、天啓甲子，豫章無礙居士「警世通言序」，略云：「隴西茂苑野史氏家藏小說甚富，有意矯正風化，故擇其事眞而理不贗，即事贗而理未嘗不眞者，授之賈人，凡若干種，其亦通德類情之助乎。」可證茂苑野史確爲馮猶龍。

表五 「醒世恆言」所存宋人話本篇目表

篇名	備考
小水灣妖狐詒書（第六卷）	鄭振鐸云：「演說唐玄宗時，王臣因彈狐奪取天書，而為狐所捉弄事。其風格似為宋元人作品。」
勘皮靴單證二郎神（第十三卷）	寶文堂書目：「勘靴記」。 鄭振鐸云：「敘述孫神通冒作二郎神，而與韓夫人通好事。描狀之逼真，文筆之樸實自然，大有非宋人不辨之概。文中有「這首詞調寄柳梢青，乃故宋時一個學士所作。」似為宋以後人的語氣。然我們殊不能過於重視「故宋」二字，因為在恆言中的十五貫戲言成巧禍一篇中亦有「却說故宋朝中有一個少年舉子」云云，則「故宋」字樣當是馮夢龍的改寫；否則，何所解於題下寫著的「宋本錯斬崔寧」一行字呢？篇末有「書了孫神通，好場熱鬧，原係京師老郎傳流，至今編入野史」之語。「老郎傳流」云云，亦大可注意，所謂「京師老郎」，在話本中的地位或不亞於書會先生。」

鬧樊樓多情周勝仙（第十四卷）

鄭振鐸云：「敍女郎周勝仙與范二郎相戀而不得相會；勝仙病亡後爲盜墓賊所救活，不得巳與之同居；後乃乘隙逃去，訪范二郎，二郎尙疑其爲鬼，以酒器擊死了她，最後獲盜墓賊，其寃始雪事。這篇寫東京景色，男女調情，至爲眞切，至爲古描，絕類宋人之作，有許多話是後來人絕寫不出的。文中且有「郱大宋徽宗朝年東京金明池邊有座酒樓，喚做樊樓。」云云。其他地名如「桑家瓦裏」等等，也都是宋代的地名。」

按此篇來源疑爲「夷堅志」三十一「鄂州南市女」。

張孝基陳留認舅（第十七卷）

鄭振鐸云：「敍漢末張孝基承繼得岳家巨產，却不忘其成爲破家子弟，流落在外的妻舅，終於讓產於他，使成一個好人事。文中有「嘗聞得老郎們傳說」云云，『老郎』於此又得一提。其風格似爲宋元人作。」

隋煬帝逸遊召譴（第二十四卷）

鄭振鐸云：「其內容大概係襲取之於宋人的隋煬帝「海山記」、「迷樓記」諸作的，且連文字也全襲取他們。不過開端加上了四句詩及平話體的開端而巳。其體裁全類「通言」中的「錯舍人題詩燕子樓」及「宿香亭張浩遇鶯鶯」，像這樣體裁的話本，我頗相信其是很古遠的，其時代或當在宋元之間。大約這些別體的話本，也都是說話人的一種底本罷。」

按此亦可視爲由傳奇小說過渡到平話小說之一例，或係宋人作品。雖鈔傳奇原之，而結構頗見意匠。

鄭節使立功神臂弓（第三十一卷）

寶文堂書目：「紅白蜘蛛記」。

鄭振鐸云：「敍鄭信之功成名事。風格大似宋人的作品。且開端直說『話說東京汴梁城開封府』云云，也大似宋人的口吻。」

按此篇敍鄭節使「發跡變泰」，此四字在篇中再三提到。

十五貫戲言成巧禍（第三十卷）

原註：「宋本作錯斬崔寧」。

也是園書目：「錯斬崔寧」。

京本通俗小說：「錯斬崔寧」。

附注

一、「醒世恆言」四十卷，馮夢龍纂輯，天啓丁卯刊本，又藝林衍慶堂翻刻本。

二、天啓丁卯中秋，隴西可一居士，「醒世恆言序」略云：「六經國史而外，凡著述皆小說也。而尚理或病於艱深，修詞或傷於藻繪，則不足以觸里耳而振恆心。此醒世恆言四十種所以繼明言、通言而刻也。明者，取其可以導愚也；通者，取其可以適俗也；恆則習之而不厭，傳之而可久。三刻殊名，其義一也」。此述「三言」之界說，及其刊布之先後，並及其在著述中之地位。

三、明晁瑮寶文堂書目子雜中存有幾十種話本篇目，今擇其可資考證者錄入以上各表。

四、清錢曾「也是園書目」所記單篇的宋人詞話十二種：「燈花

「婆婆」，「風吹轎兒」，「馮玉梅團圓」，「種瓜張老」，」錯斬崔寧」，「簡帖和尚」，「紫羅蓋頭」，「山亭兒「，李煥生五陣雨」，「女報冤」，「西湖三塔」，「小金錢」，已有六種見上所列各表中。此外有「宣和遺事」四卷，「煙粉小說」四卷，「奇聞類記」四卷，「湖海奇聞」十卷，後三書已佚。

所謂宋人話本，大都出自當時說話人之手。據北宋孟元老「東京夢華錄」，南宋灌園耐得翁「都城紀勝」，吳自牧「夢粱錄」，周密「武林舊事」四書所載，說話人各有專家，所分家數略有異同。今將兩宋說話人的家數列表如次：

兩宋說話人家數表

北宋	東京夢華錄	小說	講史：說三分、賣五代史		說諢話	
南宋	都城紀勝	小說：銀字兒、說公案、說鐵騎兒	講史書	說經、說參請		合生

宋	
夢粱錄	武林舊事
小說（名銀字兒，如煙粉、靈怪、傳奇、公案、朴刀桿棒、發跡變泰之事。）	小說
講史書（謂講說通鑑漢唐歷代書史文傳興廢爭戰之事。）	演史
談經（謂演說佛書）說參請（謂賓主參禪悟道等事。）說諢經	說經、諢經
	說諢話
	合笙

表內所列各家，以小說、講史兩家最爲重要，元明以來的白話小說都是繼續這兩家發展起來的，不過講史也通稱小說了。倘若我們再要尋根問柢，那末，在宋人之前，小說講史是早已萌芽了的。元稹「寄白樂天代書一百韻」有句道：「翰墨題名盡，光陰聽話斜。」自註：「樂天母與余同遊，常題名於屋壁。顧復本說一枝花，自寅至巳。」據「異聞錄」，一枝花係長安名妓李娃的別名。白行簡有「李娃傳」。可證作「李娃傳」的說李娃故事的是同時人了。同時我們知道顧復本是小說史上說

書的第一人。又如李商隱「驕兒詩」句云：「或謔張飛胡，或笑鄧艾吃。」似乎那個時候就有說三分的了。又段成式「酉陽雜俎」裏說：「予太和末，因弟生日觀戲，有市人小說，呼扁鵲作褊鵲，字上聲。」似乎兩宋人所謂說話人或舌辯，在唐朝就早已有之了。最可注意的是唐王建「觀蠻妓」一詩：

欲說昭君斂翠蛾，清聲委曲怨於歌。誰家年少春風裏，拋與金錢唱好多。

這首詩說有一個蠻族女子以說唱昭君故事爲生涯。又「全唐詩」載有一個世系爵里都無甚可考的詩人師吉老，他有「看蜀女轉昭君變」一詩：

妖姬未著石榴裙，自道家連錦水濆。檀口解知千載事，清詞堪歎九秋文。翠眉顰處楚邊月，畫卷開時塞外雲。說盡綺羅當日恨，昭君傳意向文君。

這首詩說他看見一個蜀中女子說唱昭君故事。所謂「變」，這是和四十年前供職印度教育部的匈牙利人斯坦因，（Sir,M,A.Stein）法國伯希和教授，（Professor Peljiot）先後在甘肅敦煌石室所發見的唐朝五代乃至北宋人寫本如「目連變」、「大目犍連冥間救母變文」、「舜子變」、「舜子至孝變文」，以及「八相變文」、「降魔變」、「地獄變文」、「漢將王陵變」、「張淮深變文」等一樣的文體，即散文雜著韻文，有說有唱的一種文體。所謂「轉」，當然是六朝以來和尚講誦佛經而稱爲「轉讀」，或「唱導」的意思。可證這種民間俗唱原由梵唄俗講蛻變而來。「通鑑」唐紀，敬宗紀：寶曆二年六月己卯，上幸興福寺觀沙門文漵俗講。」段安節「樂府雜錄」文漵子條云：「長慶中俗講僧文漵善吟經，其聲宛暢，感動里人。樂工黃米飯依其念四聲觀世音菩薩，乃撰此曲。」「太平廣記」（卷二百四）文宗條引盧氏雜說，則謂文　子一曲乃文宗所製。大約文漵和尚爲中晚唐間一位俗講大師。據上文所引王建和師吉老的詩，「昭君變」製作時代或許和「文漵子」同時。劉復「敦煌掇瑣」內有擬題爲「昭君出塞」的一種，原題不知叫做什麽。這是散韻夾雜的一種文體，頗多殘缺訛誤。今引其中描寫昭君的死一段於此：

從昨夜已來，明妃漸困，應爲異物，多不成人。單于重祭山川，再求日月，百計求方，千般求術。……怜（憐）至三更，大命方盡，單于脫却天子之服，還著庶人之裳，披髮臨喪，魁渠並至。曉（曉）夜不離喪側，部落豈敢東西。日夜哀吟，無由暫撥（輟），慟悲切調。乃哭明妃處，若爲陳說．

昭軍（君）昨夜子時亡，　突厥今朝發使忙。
三邊走馬傳胡命，　萬里非（飛）書奏漢王。
單于是日親臨哭，　莫捨須臾守看喪。
解劍脫除天子服，　披頭還著庶人裳。……
寒風入帳聲猶苦，　曉日臨行哭未殃（央）。
昔日同眠夜即短，　如今獨寢覺天長。
何期遠遠難京兆，　不憶（意）冥冥臥朔方。
早知死若埋沙裏，　悔不教君還帝鄉。

這完全是一種變文的體裁。我想這就是所謂「昭君變」罷。（參閱拙作「昭君變考

」，見二十一二年間「申報自由談」）這種歷史或傳說性質的變文的發生，當然是
由摹倣演唱佛經的一種文體而來的。北平京師圖書館藏有「佛本行集經俗文」、「
八相成道經俗文」，「維摩詰所說經俗文」。又「敦煌零拾」中有佛曲三種：其中
「文殊問疾」一種，想是「維摩詰所說經俗文」之一部分。又倫敦不列顛博物院，巴
黎國立圖書館，都收得有『維摩詰所說經俗文』殘卷，胡適之的『海外讀書雜記』
稱爲「維摩詰經唱文」。他說：「這些殘本的唱文，便是用通俗的韻文夾著散文的敍
述，把維摩詰的故事逐段演唱出來。……依原文一百字演成三四千字的比例，全
部唱文至少有二三百萬字。這要算是世界上最偉大的記事詩(EPie)了」。我想這種
依次演說一種佛書的俗文或唱文，就是唐人所謂俗講，宋人所謂說經。至於像「大
目犍連冥間救母變文」那樣抽說佛書某件有趣的故事，加以枝葉敷衍，或者就是宋
人所謂說諢經，如今的所謂寶卷。還有我們從「敦煌掇瑣」、「敦煌零拾」、「沙州文
錄」等，所見唐朝五代的俗文學，白話散文的小說或講史，如「唐太宗入冥記」、

「秋胡小說」，以及關於伍子胥和季布的故事唱本，我們要承認這是屬於宋人小說講史的一類，那也是當然的了。再，宋人所謂合生，也是起於唐代，而且來自外夷。「新唐書、武平一傳」載：「平一上書諫曰：伏見胡樂施於聲律，本備四夷之數。比來日益流宕，異曲同聲，哀思淫溺。始自王公，稍及閭巷。妖妓胡人，街童市子，於御座之前，或言妃主情貌，或列王公名質，詠歌蹈舞，名曰合生。……」原來在唐中宗時候，合生已是很盛行的。合生的歌詠踏舞已近戲曲，可以想像得之了。

總之，依我們的考察，宋人所謂說話，在唐代早已有了萌芽，到北宋纔大盛。郎瑛「七修類藁」說：「小說起於宋仁宗，蓋時太平盛久，國家閑暇，日欲進一奇怪之事以娛之，故小說得勝頭廻之後，即云話說『趙宋某年』。」（按所謂得勝頭廻係說話開場，先敍他事，槩括全文大意，爲小說開篇公式。如京本通俗小說「錯斬崔寧」以魏進士故事爲引子。開端云，『這回書單說一個官人，只因酒後一時戲笑之言，遂至殺身破家，陷了幾條性命。且先引一個故事來，權做個得勝頭廻。』）

又說：「閭閻淘眞之起，亦曰太祖、太宗、眞宗帝，四祖仁宗有道君。國初瞿存齋過汴詩，有陌頭盲女無愁恨，能撥琵琶說趙家。皆指宋也。」高承「事物紀原」云：「仁宗朝，市人有能談三國事者，或採其說加緣飾作影人。」倘若這些話可靠，那就北宋仁宗時候，民衆藝術如小說彈詞影戲之類，都已紛紛起來了。尤以小說一科爲最盛，已經能夠引起皇帝的注意。一向埋沒在民間的說話人，居然有機會跑到宮庭裏面奏技，可見當時不僅晏殊柳永那類酣沉酒色歌舞太平的曲子，能夠大出風頭了。從仁宗到徽宗初政是北宋所謂極盛時代，也就是北宋文化絢爛時代，一方有許多詞人的曲子反映那時支配階級的享樂生活，一方從「東京夢華錄」等書所記汴京流行的各種技藝，還可以看見那時汴京一般民衆的娛樂狀況。「東京夢華錄」的著者還說：「僕從先人宦游南北，崇寧癸未（徽宗崇寧二年）到京師。……太平日久，人物繁阜。垂髫之童但習鼓舞，斑白之老不識干戈。」不難想見那時汴京的太平景象。南渡以還，高宗已與金國議和，苟安一時，元氣稍復，又號小元祐。緣天館主人「古今小說敍」道：「南宋供奉局有說話人，如□□書流。其文必通俗，其作者莫可考。泥馬倦勤，以太上享天下之養。仁壽清暇，喜閱話本，命內璫日進一帙，當意，則以金錢□酬。於是內璫輩廣求先代奇蹟，及閭里新聞，倩人敷衍進御，以怡天顏。」又姑蘇笑花主人「今古奇觀序」說：「有宋孝皇以天下養太上，命侍從訪民間奇事，日進一回，謂之說話人，而通俗演義一種乃始盛行。」可證宋代小說的發展，北宋仁宗、南宋高宗，都有提倡的功績。高宗孝宗的苟安政策原是一致的。我在論南宋詞人時，已經說過當時君臣的歌舞太平了。據「武林舊事」諸書所載，當時臨安的太平景象并不減於汴京。但看其中所載諸色伎藝人和社會諸條，已知當時民衆藝術何等發達。如雜劇則有緋綠社，小說則有雄辯社，還有所謂書會，他們居然有了職業組合似的團體了。

如今稱爲宋人平話的「宣和遺事」、「京本通俗小說」，以及其他話本，就內容說，固然出於南宋說話人之手；他如「五代史平話」、「三藏取經詩話」，也像出於南宋人。「京本通俗小說」等話本爲短篇平話小說之祖。「五代史平話」或者就是那時說五代遺下的底本，屬於講史一類，爲歷史演義之祖　「三藏取經詩話」在當時應該屬於靈怪一類的小說，而不屬於說經，還是神魔小說之祖。而且全編分爲第一到十七等節目，已經略具後來章回小說的雛形了。這些小說就它夾雜許多詞而說，或稱爲詞話；就它夾雜許多詩而說，或稱詩話。在白話散文中夾雜一些詩詞，無論這些詩詞在說話人嘴裏或念或唱，好像都是沿襲唐朝五代變文或俗講那類體式而來的。還有像唐人那樣傳奇體的小說，已不甚發達，舉其最著的，有樂史「綠珠傳」、「楊太眞外傳」，秦醇「譚意哥」、「趙飛燕外傳」，以及無名氏「梅妃傳」、「李師師外傳」等。還有題爲顏師古撰的「隋遺錄」，以及「唐人說薈」題爲韓偓撰的「海山記」、「開河記」、「迷樓記」，也都是北宋人所作。（魯迅輯有『唐宋傳奇集』）至於有說有唱而以唱爲中心的諸宮調，上承變文，下開戲曲，這在我們說金元戲曲的時候必得首先觸及的課題，這里不用說了。

宋代文學算是講完。末了還得略略提及的，就是宋人的文學批評。自歐陽修撰「六一詩話」，司馬光撰「續詩話」，此後作者紛起，（「四庫全書」著錄宋人詩話凡三十四家，附存目十家。又著錄宋人文話五家，附存目一家。）實則能夠自成一家之言，而給後來詩人以若何影響的，只有嚴羽「滄浪詩話」。嚴氏以禪喻詩，在一味妙悟，頗有獨到之見。他於近代諸公「以文字爲詩，以才學爲詩，以議論爲詩，」末流甚至「以罵詈爲詩」，視爲詩之一厄。詩話末，附與吳景仙書，自稱「其間說江西詩病，眞取心肝劊子手。」可證他的詩論大都爲江西派而發。他如阮閱「詩話總龜」，蔡正孫「詩林廣記」，胡仔「苕溪漁隱叢話」，魏慶之「詩人玉屑」等，採擷既多，精華不少。尤其是胡魏兩家之書可算爲宋人詩話大觀。「詩人玉屑」幾乎成爲元明以來詩歌作法教科書。至於詞話，王灼「碧雞漫志」，沈義父「樂府指迷」，張炎「詞源」，（四庫存目，題樂府指迷）也都可供參考。總之，宋代文學，詩古文都算可以趕得上唐代，詩文評似較唐代更有進展，宋人好議論，這也是其中的一端了。

（宋代文學史・完）

唐宋文學史

著作人　陳子展

發行人　姚蓬子

發行所　作家書屋　上海中正中路六一〇號

特約發行　聯營書店　漢口・重慶・成都

朝華書店　北平

中華民國三十六年九月滬一版